KU-621-142

BREANDÁN Ó hEITHIR

# Lig
# Sinn
# i gCathú

LIBRARIES NI
WITHDRAWN FROM STOCK

## SÁIRSÉAL · Ó MARCAIGH
### BAILE ÁTHA CLIATH

*An Chéad Chló 1976*

**10 9 8 7**

ISBN  0 85289 019 5

© *Sáirséal · Ó Marcaigh Tta 1982*

Gach ceart ar cosnamh. Ní ceadmhach aon chuid den fhoilseachán seo a atáirgeadh, a chur i gcomhad athfhála, ná a tharchur ar aon mhodh ná slí, bíodh sin leictreonach, meicniúil, bunaithe ar fhótachóipeáil, ar thaifeadadh nó eile gan cead a fháil roimh ré ón bhfoilsitheoir.

Árna chlóbhualadh i bPoblacht na hÉireann ag Criterion Tta.

Sáirséal · Ó Marcaigh Teoranta,
13 Br Chríoch Mhór, Baile Átha Cliath 11.

do Shéamus ó hAllmhuráin

Déardaoin 14 Aibreán 1949

BHÍ clog cársánach na hollscoile ag bualadh buillí a trí nuair a shiúil Máirtín ó Méalóid go mall isteach an geata. Bhí an t-am tomhaiste go cruinn aige mar cé go raibh na mic léinn ar fad nach mór imithe abhaile ar saoire na Cásca, chloígh oifig an choláiste go dlúth le uaireanta oifigiúla. Ní raibh deoraí le feiceáil idir an geata agus an áirse a bhí faoi thúr an chloig ach an doirseoir, Pádraic Puirséal, a bhí ina sheasamh go sásta ag breathnú ar ghadhar beag dubh ag tochailt poll i bplásóg mhór bláthanna a bhí ar aghaidh an áirse amach. Púdarlach dúchraicneach a raibh bolg ollmhór air ab ea an Puirséalach. An Púca a thugtaí air taobh thiar dá dhroim. Ina óige throid sé i gcogadh na saoirse agus chuaigh sé in arm an tSaorstáit nuair a bunaíodh é. De bharr a sheirbhís airm sa gCogadh Cathartha a fuair sé an post mar dhoirseoir san ollscoil ach níor thúisce bunaithe é ná bhain athrú míorúilteach dó agus bhí sé ar na daoine ba threise agus ba bhrúidiúla sa bhfeachtas in aghaidh lucht na léinte gorma i mBaile an Chaisil sna tríochadaí.

Bhí an Púca ag saighdeadh an ghadhair ar a dhícheall. 'Sa-ha-ha 'mhadaí! Good Bran!' Rinne an gaidhrín gnúsacht go sásta agus chaith an Púca cnámh chuige.

'Sa-ha-ha-ha 'mhadaí!' a deir sé arís agus thug

9

sracfhéachaint i dtreo bhothán cloiche an gharraíodóra a bhí díreach taobh istigh den phríomhgheata. Thug sé faoi deara Máirtín chuige agus bheannaigh sé go croíúil dó. Bhí aithne ag an bPúca ar mhic léinn uile an choláiste a d'fhan san áit thar bhliain, go háirithe an chuid a thaithíodh óstaí an bhaile.

'Do chéad míle fáilte, a Mhéalóidigh, a chomrádaí. Cá raibh tú le síoraíocht? Is fada an lá ó thom mé mo chroiméal i bpionta a tharraing tú. Bhí sé de scéala thart anseo go raibh tú bailithe as an gcoláiste ar fad.'

Chaith an doirseoir cnámh beag eile chuig an mada agus shiúil isteach faoin áirse. Leis sin tháinig liú feirge ó bhothán an gharraíodóra. Bhí an gadhar feicthe ag an ngarraíodóir agus é ag teacht arís eile lena ruaigeadh. Buta beag fir a bhí ann nár léir go raibh muineál ar bith idir a cheann agus a ghuaillí agus chuile chuma air go dtabharfadh an chéad racht feirge eile a bhás le taom croí. Bhí a anáil i mbarr a ghoib tar éis cúpla coiscéim reatha agus 'chaon 'Múchadh agus deargbhá,' agus 'Bascadh agus bearnadh,' le clos idir chneadanna. Chomh luath agus a chuala an gadhar a ghuth bhain sé as, a chnámha ina bhéal, timpeall cúinne an choláiste chuig teach a mháistir, an tUachtarán.

Cuid de chogadh a bhí ar siúl ón mbliain 1933 ab ea Bran agus plásóg na mbláth. Oíche i bhfómhar na bliana sin d'fhill an Púca ar an gcoláiste tar éis dó bheith amuigh faoin tír ag bualadh lucht léinte gorma a bhí ag iarraidh damhsa a rith. Bhí a dhóthain go binn ólta aige agus nuair a tháinig sé chuig an ngeata beag taoibhe fuair sé amach go raibh sé boltáilte taobh istigh. Bhí dhá insint ar an scéal ina dhiaidh sin, ach os rud é gur fear saorstáit neamhleithscéalach agus ball de na léinte gorma an garraíodóir, fuair an Púca boladh na polaitíochta. Tharr-aing sé spallaí as claí an choláiste gur rúisc trí fhuinneoga an bhotháin iad agus é ag raideadh maslaí agus mallachtaí lena linn sin.

B'éigean don gharraíodóir duine de na gasúir a chur amach trí cheann d'fhuinneoga cúil an tí chun glaoch ar na gardaí, ach faoin am a dtáinig siad ní raibh pána gloine fágtha sa teach agus bhí an garraíodóir, a bhean agus a chlann ina luí faoina gcuid leapacha, líonraithe. Ainneoin iarrachtaí na n-údarás chuaigh an cás chun na cúirte. Mhionnaigh an garraíodóir agus a bhean go rabhadar fós croite de bharr an scéil agus nach gcodlóidís néall arís go brách go gcuirfí an Púca faoi bhannaí. Ba é breith na cúirte nach raibh cead ag an bPúca labhairt leis an ngarraíodóir ná le aoinne a bhain leis go deo arís. Neartaigh coiste riaracháin an choláiste an bhreith d'aon ghuth agus murach gur bhagair Club Poblachtach an choláiste (a bhí fiáin ag lorg cineál éigin mairtírigh san am) go ndéanfaidís ciréib, chuile sheans go mbrisfí an Púca as a phost.

Mhair an fíoch i gcroí an Phúca ó bhliain go bliain ach nuair a tháinig an Monsignór de Bláca agus a ghaidhrín, Bran, chun cónaí sa gcoláiste, fuair sé deis a dhíoltas a agairt taobh istigh de chuibhreacha an dlí. Fear lách, scothaosta, a raibh iarracht láidir den fhóidín mearbhaill air, ab ea an Monsignór de Bláca agus fuair sé an post de thimpiste agus de bharr an chineál comhréiteach a raibh seanchleachtadh air sa gcoláiste. An bheirt a bhí leagtha ar an bpost bhíodar ar mhalairt dath polaitíochta, ach tharla, freisin, de bharr timpiste nach dtarlódh arís go ceann deich nglún, go rabhadar beirt fuarbhruite faoi chúrsaí creidimh agus neamhspleách ar an gcléir.

Léachtóir sóisearach le Breatnais ab ea an tAthair de Bláca. Tugadh an post sin dó d'fhonn ministir Modhach as an mBreatain Bheag, a raibh cáilíochtaí acadúla as cuimse aige, a choinneáil amach as Baile an Chaisil. Is beag an cur isteach a rinne an tAthair de Bláca ar an gcoláiste ná ar scoláireacht ach oiread. Ba ghnách leis scoláire amháin in aghaidh na bliana a ghlacadh chun a phost a chinntiú ach dhíbríodh sé scoláire ar bith a raibh cuma ródháiríre air. Chaitheadh sé a chuid ama saor ina shuí sa tsólann in Óstlann an Bhóthair Iarainn ag ól fuisce agus ag comhrá go neamhdhíobhálach le duine nó daoine a thagadh sa timpeall.

Bhí sé ag druidim le meánaois agus comharthaí an mhearbhaill bhig le tabhairt faoi deara cheana air nuair a chuir an tEaspag ó Maoláin fios air lá agus thug ordú dó dhul amach ar fud na dúiche ag stocaireacht dó féin mar iarrthóir don Uachtaránacht. Rinne sé sin, mar a chomhlíonfadh sé ordú ar bith eile faoin spéir a thabhar-fadh an t-easpag dó. Ach ba é sin lá an léin. Faoin am ar fhill sé óna chamchuairt ar chomhairleoirí contae agus baile an chúige bhí sé ina dhruncaeir amach is amach. Rinneadh Monsignór de go gairid tar éis dó an post a fháil, le súil is go gceilfeadh an gradam an tseafóid, ach ní raibh maith ann. Nuair a chuala bean amháin de chuid an bhaile an scéal dúirt sí, 'Míle buíochas le Dia ach tá an breallán ar an drisiúr anois dáiríre.' Tamall ina dhiaidh sin chuir an t-easpag a rúnaí isteach mar chúntóir chun aire a thabhairt dó; rud a d'fhág go raibh urlámhas iomlán ag an easpag ar an gcoláiste.

Bhí deich mbliain caite ó tharla na heachtraí sin, ach ní raibh d'athrú ar an Monsignór de Bláca ach go raibh sé anois bailithe go hiomlán sna haoiseanna leanbaí. Lá bronnta na gcéim sa bhfómhar roimhe sin, rinne sé tréaniarracht céim sa leigheas a bhronnadh ar ghrianghrafadóir *Churadh an Chaisil* a bhí ina sheasamh in aice leis san Aula Maxima ag tógáil pictiúir. Ní raibh de chompánach seasta aige ach an gaidhrín beag otraithe, Bran, mura n-áireofá an dá bhuidéal fuisce a d'fholmhaigh sé go laethúil. Nuair a thagadh drochbhabhtaí mearbhaill air ní aithníodh sé duine ar bith, go fiú an gadhar. Ba ghnách leis é a ruaigeadh amach as an ngairdín beag príobháideach ar chúl an choláiste ag fógairt, 'Bí amuigh, a bhitch! Gabh 'bhaile, a bhitch!' ainneoin gur mada fireann a bhí ann. Deireadh cuid den aos teagaisc go raibh Bran i mbaol glanteipeadh néarógach mar nach raibh a fhios aige riamh an cic nó cuimilt a bhí ag a mháistir dó. Ba le linn ceann de na ráigeanna mearbhaill seo a casadh isteach i bpóirse an Phúca san áirse é, áit ar theith sé ó mhic léinn innealtóireachta a bhí ag iarraidh é aimsiú sna súile le nutaí deargtha toitín. Fuair an Púca amach go bhféadfaí cleasanna go leor a mhúineadh don ghaidhrín uaigneach agus mar sin a chuir sé cath ar phlásóga bláth an gharraíodóra. Ní raibh cur síos ná inseacht scéil ar an sult míchuíosach a bhaineadh foireann an choláiste as an bhfíoch seo.

'Níl fhios agam beo céard a dhéanfaidh mé má cailltear an gadhar sin sula gcailltear a mháistir,' arsa an Púca le Máirtín nuair a chuadar isteach sa bpóirse bídeach d'oifig a bhí aige ar thaobh na láimhe deise den áirse. Bhí a fhios ag an saol go raibh barántas faighte ag an ngarraíodóir ó údaráis an choláiste nach gceadófaí gadhar go deo arís san áit nuair a shéalódh Bran agus bhí a fhios acu freisin gur easpa misnigh amháin a bhí dá chosc féin ar nimh a thabhairt dó d'fhonn deireadh a chur leis an gcéasadh. Ach bhí Máirtín tuirseach den scéal leadránach agus bhí rudaí eile ar a intinn. D'fhiafraigh sé go giorraisc den Phúca an raibh cárta ó oifig an sparánaí aige dó.

'Tá do sheic scoláireachta in oifig an sparánaí,' arsa an Púca. 'Pé ar bith sa diabhal céard a choinnigh an mhoill uafásach seo air? Nár híocadh an chuid eile acu thimpeall Lá 'le Bríde?'

Bhí a fhios go maith ag an bPúca fáth na moille. Bhí a fhios aige freisin nár thaobhaigh Máirtín an áit rómhinic ó Nollaig agus gur gála scoláireachta a coinníodh uaidh an téarma roimhe sin a bhí sroichte anois. Bhí an teachtaireacht a bhí ar an gcárta a shín an Púca chuige chomh tur, giorraisc leis an bhfear a dheachtaigh é— 'Chugam ar do chaothúlacht.'

'Is fearr dom aghaidh a thabhairt ar Bhalor,' a deir Máirtín. Ar nós mórán chuile dhuine sa gcoláiste agus i mBaile an Chaisil fré chéile, bhí leasainm ar an sparánaí a bhí in úsáid níos coitianta ná a ainm dílis féin. Dúirt an Púca an rud céanna a deireadh sé i gcónaí ar ócáidí mar seo.

'Breathnaigh idir an dá shúil air agus fógair i mullach an diabhail é.'

Thrasnaigh Máirtín an chearnóg bheag féarach a bhí i lár fhoirgnimh an choláiste agus chnag ar dhoras na hoifige. Stop torann an chlóscríobháin agus chuala sé guth rúnaí an sparánaí dá ghlaoch isteach. Beainín chaite, thar a bheith cúthail, ab ea í agus cion ag gach aoinne uirthi.

'Dia dhuit, a Mháirtín. Fan nóiméad agus gheobhaidh mé é féin duit.'

Bhagair Máirtín a lámh uirthi agus dúirt os íseal, 'Nach

dtig leat é chaitheamh chugam tú féin? Ní theastaíonn uaim . . .'

Chroith sí a ceann go cairdiúil agus go truamhéileach.

'Tá an seic aige féin. Sílim go dteastaíonn uaidh labhairt leat. As ucht Dé anois, a Mháirtín, ná habair aon cheo . . .' Leag sí a corrmhéar ar a beola agus shiúil chuig doras na hoifige taobh istigh. D'oscail sí é agus rinne monabar doiléir cainte.

'Beidh mé leis anois díreach,' arsa an sparánaí de ghuth ard gairgeach, rinne gleo mór lena chathaoir agus tháinig go mall amach san oifig tosaigh. Fear ard cnámhach a bhí ann ar bhain stróc dá thaobh dheis ina mheánaois, rud a d'fhág leathmhaing air i dteannta na máchaille ar a shúil. Bhí sé fíordheacair labhairt díreach leis mar bhí an tsúil seo ag síorathrú conair le linn don cheann eile bheith do do ghrinneadh. Tháinig sé i dtreo Mháirtín agus an seic deontais dá iompar idir ordóg agus corrmhéar aige faoi mar bheadh sé smálaithe. Dhearc Máirtín díreach ar an tsúil a bhí dá ghrinneadh agus rinne tréaniarracht chuile shórt eile sa seomra a sheachaint. Lig an sparánaí osna bheag mhífhoighde agus chroith a cheann.

'Níl fúm a dhul i bhfad scéil leis seo, Ó Méalóid, níl fonn dá laghad orm bheith ag tabhairt seanmóirí do dhuine ar bith nach ngéilleann do chiall ná do réasún . . . agus tá fhios go maith agam gur duine acu sin tusa. Bhí gealladh fút agus gealladh . . . gealladh . . . sea, ach céard a rinne tú ansin?' Chaith an sparánaí a lámha san aer go tobann agus d'imigh an seic ag foluain go dainséarach trasna i dtreo na tine. D'éirigh an bheainín, d'aimsigh chuici é agus rinne sodar beag sásta i dtreo an sparánaí. Mheas Máirtín buntáiste a bhreith ar an eachtra.

'Gheobhaidh tú d'áit ar ais ar fhoireann an chontae, a Iníon uí Chinnéide!'

Bhagair sise go faiteach lena súile air ach lig an sparánaí cnead as, shnap an seic as a láimh agus tharraing buille boise ar chuntar na hoifige.

'Bladar!' a deir sé. 'Bladar agus seafóid! Cén sórt ceolán tú féin ar chor ar bith? Ní le do dheartháir a chuaigh tú . . . Níl fhios agam céard tá le déanamh leat.'

Leis an ngeit a baineadh as, chaill Máirtín a ghreim ar an tsúil sheasta agus thit in umar na fiarshúile a bhí ag tabhairt timpeall na hoifige le fiántas. Bhí faitíos air go mbrisfeadh a gháire air agus rinne sé iarracht a aigne a dhíriú ar a chúrsaí bambairneacha féin, go mb'fhada ó údar gáire iad. Ach go tobann scinn scéal grinn chuige i dtaobh an mhisinéir a bhí ag dul a tabhairt greasáil dá shearbhónta sna creasa teo faoi ghadaíocht agus a thosaigh ag tabhairt seanmóir dó le linn an réitigh. Arsa an searbhónta,

'If you must flogee, flogee! If you must preachee, preachee! But no flogee and preachee too!' Dá laghad grinn dá raibh ag roinnt leis an scéal, ba leor é le smeach amaideach gáire a bhaint as Máirtín dá bhuíochas. B'shin é a dhóthain! Stop an rúnaí den chlóscríobh agus bhuail a lámha ar a ceann. Lig an sparánaí a dhá láimh ar an gcuntar agus chrom a cheann. Bhí tost gránna san oifig. Díreach nuair a bhraith Máirtín a leithscéal a ghabháil, phreab an sparánaí an seic os a chomhair, dhírigh a mhéar air agus dúirt go tomhaiste,

'Tabhair leat é sin. Sin é an dara gála ón gcéad théarma . . . tríocha a ceathair punt, seacht agus sé pingne. Ní íocfaidh an Rialtas pingin eile leat de bharr tú bheith as láthair ó do chuid léachtaí uilig, nach mór, an téarma seo. Caolsheans go ligfear duit suí don scrúdú céime mura mbíonn tinreamh céad faoin gcéad agat an téarma seo chugainn. Murach na leithscéalta a rinneadh faoi thinneas t'athar ní dóigh go n-íocfaí an gála seo féin. Ní hé polasaí na Roinne bheith ag coinneáil airgid óil le dailtíní nach dtaobhaíonn an coláiste ar chor ar bith.'

Tháinig fearg ar Mháirtín. Bhí an rúnaí ag sméideadh go truacánta air.

'Níor iarr mise ar dhuine ar bith tinneas m'athar a tharraingt isteach sa scéal seo. Níor theastaigh...'

'Tá do dhóthain ráite agat. Tabhair leat an t-airgead. Sin deireadh. Tá sé chomh maith dom inseacht duit freisin go bhfuil fios an scéil seo uilig ag do dheartháir. Tháinig sé chugam agus d'inis mé dó é. Ba é mo dhualgas sin a dhéanamh. Tá meas agam air nach bhfuil agatsa is cosúil.'

Bheadh, a sheanchonúis fiarshúileach, a deir Máirtín leis féin, agus gur hoirníodh do phleota de mhac agus é féin an lá céanna thuas i Maigh Nuad le dhul amach ag gabháil máistreachta ar dhaoine saonta. Phioc sé suas an seic agus rinne ar an doras gan focal a rá. Chuala sé guth beag Iníon uí Chinnéide,

'Go n-éirí an t-ádh leat, a Mháirtín!' An méid sin féin! Agus gan féachaint in dhiaidh a chúil,

'Agus leatsa, a Iníon uí Chinnéide!'

Bhí an Púca ina sheasamh i gceartlár an áirse ag feitheamh leis. Níor theastaigh ó Mháirtín níos mó ama a mheilt ach sular shroich sé an Púca ar chor ar bith lig seisean uaill as.

'Is cosúil go gcaithfidh Emmet bocht fuireacht; ar scáth a ndéanfaidh sé sin d'imní don chriú sneáchán atá ag bleán na tíre anois!'

Bhí intinn Mháirtín ar rudaí eile agus mar ba bhéas leis ar ócáidí den tsórt, bhreathnaigh sé idir an dá shúil ar an bPúca agus dúirt, 'Bhuel, sin é an chaoi is dóigh!' Lig an Púca uaill eile as:

'Poblacht ón diún is ón diabhal . . . sin í an phoblacht a ceannaíodh go héasca. Nár fheice Dia an rath orthu trína chéile. Dlíodóirí agus sean-Blueshirts agus iad ar fad chomh cam le cos deiridh cait. Sin í an Phoblacht gan amhras. Ah! Mo Emmet bocht! Ní scríobhfar aon fheartlaoi duit ar an Luan!'

Thuig Máirtín ansin gurb í an Phoblacht a bhí le fógairt go hoifigiúil an lá sin ba bhonn le racht feirge an Phúca agus gur le droim an gharraíodóra, a bhí ag deasú na gceapacha bláth le liathán, a bhí sé ag caint. Chroith Máirtín an seic agus rinne monabar faoi thráthanna oscailte an bhainc agus deireadh seachtaine na Cásca agus fiacha agus shleamhnaigh amach thar an bPúca. Ní raibh sé imithe i bhfad nuair a chuala sé sodar trom an fhir mhóir ina dhiaidh.

'Hóra, a Mháirtín, ní choinneoidh mé nóiméad tú.' Rug sé ar uillinn ar Mháirtín, d'ísligh sé a ghuth agus d'fhiafraigh,

'Cén chaoi a bhfuil sé, a Mháirtín?'

'M'athair? Níl mórán préith ann, déanta na fírinne, a Phádraic, níl mórán préith ar chor ar bith ann. Níl sé ag bisiú faic, tá faitíos orm.' Agus nár lige Dia go bhfiafrófá díom cén uair a chonaic mé go deireanach é.

'Go bhfóire Dia orainn! Tá sé dhá shaothrú, an fear bocht?'

'Níl aon phian air, chomh fada agus a deireann sé féin, ach tá sé ag imeacht as faoi na héadaí leapa. Sin é an chaoi. Breathnaigh, caithfidh mé rith. B'fhéidir go bhfeicfinn thíos an baile mór anocht tú go gceannóidh mé an pionta úd . . .'

Chroith an Púca a cheann go mall ó thaobh go taobh agus níor dhúirt tada ach a anáil a tharraingt go mall trína fhiacla. Rug sé ar uillinn arís ar Mháirtín, d'fháisc é agus shiúil ar ais chuig an áirse agus na faltanais a ghealaigh leimhe a shaoil.

Nuair a d'iompaigh Máirtín amach geata na hollscoile smaoinigh sé go tobann ar an gcéad lá ar shiúil sé isteach ann mar mhac léinn agus chomh bródúil is a bhí sé. Ag coinneáil smaointe dá shórt as a cheann nó dá ndíbirt ar luas a chaitheadh sé go leor dá chuid ama le gairid. Bhí bealaí éagsúla aige lena ndíbirt; cuid acu níos éifeachtaí ná a chéile. Ar an bpointe seo dhírigh sé iomlán a intinne ar an mbanc; ar an ngá a bhí le airgead tirim a fháil láithreach; ar an gcaoi a gcaithfeadh sé castáil lena dheartháir níos deireanaí . . . Agus ós rud é gur chuir an smaoineamh deireanach seo tuilleadh drioganna amhrais trí uachtar a intinne lig sé cnead as agus dúirt leis féin,

'Tá deich fichead punt agam agus ag an diabhal go raibh na fiacha dlisteanacha.'

'Gabh mo leithscéal, a Mháirtín. Céard dúirt tú?' a deir an cailín a bhí ina seasamh i mbéal geata ar an taobh eile den bhóthar. Mar a tharlaíodh go minic dó le linn dá intinn bheith ag iomrascáil le smaointe míthaitneamhacha, caithfidh sé gur labhair sé os ard. Sheas sé agus rinne a mheangadh cúthail mí-ionraic gáire leis an gcailín.

'Ag deifriú síos chuig an mbanc atá mé. Mura mbéarfaidh mé inniu air ní bheidh sé oscailte arís go lár na seachtaine seo chugainn. Ag smaoineamh os ard . . .'

Thosaigh sé ag suaitheadh a lámha agus rinne iarracht éalú leis ach bhí sí chuige trasna an bhóthair. Sé mo lá é, a deir sé leis féin agus nach mór is fiú go bhfuil deifir dáiríre orm. Imelda ní Chonchúir a bhí ar an gcailín agus bhí a hathair ina ollamh le innealtóireacht sa gcoláiste. Bhí sí in aon bhliain le Máirtín ach leigheas a bhí dá dhéanamh aici agus má b'fhíor scéala, níor stró di cúpla ábhar sa mbreis a thabhairt léi lena hintinn a choinneáil ag imeacht. Ní fhéadfaí a rá ina taobh go raibh sí dathúil ná mílítheach. Ciallmhar an chéad fhocal a thiocfadh chugat ar í ghrinneadh; a cuid éadaigh, a cuid bróga, a ceannaithe, a súile stuama donna agus a gruaig chatach dhubh nach raibh riamh in aimhréidh. Bhí dhá chíoch shuntasach aici a choinníodh sí ceilte chomh maith agus ab fhéidir, go háirithe le linn teas an tsamhraidh. Ba í a bhí ina reachtaire ar phraesidium an choláiste den Léigiún Mhuire, gnó a ghlac sí thar a bheith dáiríre.

'Táim féin ag dul sa treo sin mar a tharlaíonn. An bhfuil tú ag dul abhaile tráthnóna nó an bhfuil sé i gceist agat oibriú leat go Satharn Cásca? Tá tú ag déanamh na céime sa bhfómhar nach bhfuil?'

'Táim féin agus Ó Gráda ar maos i mbriathra an mheánBhéarla . . .' Tá an rud mícheart ráite agam, a deir sé leis féin, dar an leabhar ceapann sí gur d'aonghnó a dúirt mé é. Ba é Bilín ó Gráda comrádaí lóistín agus ósta Mháirtín le deireanas agus cúpla mí roimhe sin, an oíche ar bhuaigh foireann an choláiste Corn Mhic Giobúin, bhí Ó Gráda ag searmanas sa gcoláiste agus a dhóthain ólta aige. Ag dul dó thar an seomra ina mbíodh a gcruinnithe ag an Léigiún chuala sé ag urnaí iad. Ní dhearna sé ach a bhall fearga a chur isteach trí bhosca litreach a bhí sa doras agus mar a dúirt sé féin, spout fuail

a dhéanamh ar an urlár. Dá n-éigneodh sé a raibh istigh
ní tharraingeodh an gníomh níos mó cainte. Bhí fiosrú
iomlán oifigiúil ann, ach cé go raibh a fhios ag an gcoláiste
fré chéile go mba é Ó Gráda a ba chiontach ní raibh duine
ar bith ar fáil a chonaic é. Chonaic cuid áirithe de na
cailíní an gléas as a dtáinig an steall ach mar a dúirt Ó
Gráda féin,

'Ní dream iad ar cheart dóibh bheith in ann mo
cheannsa a aithneachtáil thar ceann ar bith eile,' agus dá
bharr seo go léir b'éigean an scéal a ligean i ndearmad.
D'fhan an ghoimh agus ba léir sin anois ar aghaidh
Imelda ní Chonchúir, ach shocraigh sí bheith ciallmhar
i dtaobh an scéil.

'Ní mheasaim gur i mbriathra meánBhéarla bheadh
spéis ar leith ag Mac uí Ghráda . . . ach ná bac seafóid, tá
ceist agam ort. Cén fáth nár shínigh tú an agóid faoin
gCairdinéal Mindzenty . . .? Anois ná habair nach raibh
tú sa gcoláiste. Dúirt Máirín nic Uidhir liom gur stop sí
thuas ag an gcearnóg tú agus go ndúirt tú . . .'

'Dúirt mé nár mheáigh mo thuairim sop taobh thoir
den Chuirtín Iarainn agus gur chóir dúinn aird a
thabhairt ar chúrsaí ba ghaire do bhaile . . . Sin ar dhúirt
mé!'

Bhí siad ar an droichead a thrasnaigh béal an locha a
bhí taobh ó thuaidh de Bhaile an Chaisil, ceann de na
spotaí a ba dheise sa mbaile agus níorbh iontas gur ann a
bhí an t-easpag ag beartú Ardeaglais a bheadh ar aon dul
lena uaillmhian a thógáil. Ba ghnách le Máirtín uaireanta
a chaitheamh ar shlata an droichid ag breathnú síos ar na
bradáin a luíodh ann sula dtéidís suas sa loch. Leag Imelda
ní Chonchúir a lámh go cairdiúil ar a uillinn go ndúirt,

'Go réidh, a Mháirtín, go réidh. Is ceart dúinn na rudaí

seo a phlé . . . a phlé, an dtuigeann tú. Ní haon mhaith éirí
teasaí ina dtaobh.'

Tá sí ag fágáil an lámh sin i bhfad ar a uillinn! Ní féidir
go raibh bean mhaith eile meallta ag na súile gorma, an
aghaidh thanaí bháiníneach, an siúl seachránach. Chuile
shórt ach an cineál seo óinsiúlacht. Bhí sé díreach ar tí an
briathar mór a ghearradh thar chuirtín iarainn soir chuig
cillín Mindzenty nuair a chuir Imelda a lámh lena taobh
gur thosaigh ag siúl agus ag ceartú dó:

'Tuigim céard tá i gceist agat! B'fhéidir go gceapfá gur
ait an scéal é ach bhíos féin mar seo tráth . . . anois tugaim
"Sinn Féineachas an Anma" ar an ngalar. D'fhéadfá
argóint a dhéanamh i dtaobh tionchar na ró-
náisiúnachta . . . ach scéal thairis.'

Bhí sí anois i mbarr a réime agus tháinig na
díospóireachtaí ollscoile agus an plé a leanadh iad ar ais i
gcuimhne Mháirtín. Bhí sí ag suaitheadh a lámha agus ag
análú ar nós mná Bhilín uí Ghráda, má b'fhíor dó, nuair
a bhídís ullamh don phionna. Lean sí uirthi ag caint i
maidhmeanna beaga, giorranálacha.

'Bhíos riamh diaganta. Théinn ar comaoin chuile
lá . . . chuile lá . . . ach dar liom gur rud
príobháideach . . . idir mé féin agus Dia amháin . . . an
chuid sin de mo shaol, an dtuigeann tú? Níor smaoinigh
mé riamh gur rud é seo a bhí agamsa i gcomhpháirt le
daoine eile. Ach an bhliain dheiridh ar scoil . . . le linn an
chúrsa spioradálta . . . ciúnas agus mar sin de, tá fhios
agat, ha! . . . bhuel, phioc mé suas an leabhrán seo le
bunaitheoir an Léigiúin, Frank Duff, agus chonaic mé
ansin nach mbeidh ar chumas billiún agus trí chéad
milliún duine . . .' Sheas sí agus dhírigh méar air. 'Billiún
agus trí chéad milliún! . . . cuimhnigh air sin . . . ar fud na

cruinne . . . nach mbeidh ar a gcumas comaoin a ghlacadh go deo . . . agus cén fáth . . . mar nár tugadh Críost chucu riamh faoi mar a tugadh chugamsa agus chugatsa é . . . sin é do chuid "Sinn Féineachais."'

Bhí an uimhir ollmhór dhoshamhalta daoine seo neadaithe i gceann Mháirtín. Ach cén bhaint a bhí aige seo leis an gCairdinéal Mindzenty? Níor fhan sí le ceist.

'Is comharsa duit, a Mháirtín ó Méalóid, an cine daonna go hiomlán, gan dealú ar bith . . . fiú iad sin a dhéanann díobháil duit!'

Bhí siad tagtha isteach sa gcearnóg ar aghaidh an bhainc amach. Sheasadar agus chuir Imelda a lámh arís go cairdiúil ar a uillinn.

'Creid mé, a Mháirtín, mhairfinn ach ag argóint leat! Trua gur thréig tú bealach na hintleachta . . . tréigean sealadach, tá súil agam. Agus rud eile . . . ní dream caolaigeanta, dímheabhrach sinne sa Léigiún . . . bímid ag déanamh ár ndícheall . . . ceal cabhrach atá orainn . . . do leithéid féin mar shampla . . . agus a Mháirtín . . . Cáisc shona duit.'

D'imigh sí go haerach trasna na cearnóige. Gheobhadh sí céad onóracha agus post sa gcoláiste agus ollúnacht agus gan dabht ar bith dhéanfadh sí bean mhaith do dhuine éigin. D'iompaigh Máirtín go tobann nuair a chuala sé doras an bhainc dá dhúnadh go díoscánach. Rith sé suas na céimeanna agus shleamhnaigh isteach sular tharla dúnadh mór na Cásca.

## 2

Is minic a dúradh i dtaobh Bhaile an Chaisil nach ndearna sé a intinn suas riamh an baile mór tuaithe nó cathair mheánaoiseach a bheadh ann. Ceann de na cúiseanna a bhí leis an mbreithiúnas, go raibh comharthaí sóirt na seanchathrach le tabhairt faoi deara fós i lár an bhaile. Bhí dhá cheann de na seangheataí fós ina seasamh, má ba ar éigean féin é, agus fothracha lucht gnó an séú agus an seachtú céad déag fós ina seasamh sna sráideanna gnó ba mhó. Bhí cearnóg fhairsing in aice lár an bhaile agus in aice leis bhí an Ardeaglais ar a raibh an clog a choinníodh am leis an bpobal go léir. Ach ní raibh Baile an Chaisil róshásta leis an Ardeaglais. Cé go raibh sí fíorsheanda agus stair chéatach ag baint léi, ba leis na Protastúin í, pobal beag a bhí ag imeacht as an saol chomh tapa sin go mba dheacair radharc níos uaigní a shamhlú ná an pobal go léir cruinnithe i bhfolús na hArdeaglaise agus a nguthanna fána ag dúiseacht macallaí millteacha sna frathacha, báite i ndord an orgáin.

I gcúlshráid bheag chúng in aice leis an tSráid Láir a bhí an Leas-Ardeaglais Chaitliceach, teach mór neodrach cloch aoil ar chosúla go mór a dhreach le stór cruithneachta ná le eaglais. Bhí sé de scéala gur thairg an t-easpag Protastúnach an tArdeaglais don Easpag ó Maoláin mar iomlaoid ghlan ar an Leas-Ardeaglais ach gur eitigh sé giorraisc go leor é agus gur dhúirt go mb'fhearr leis an t-easpag Protastúnach istigh ná é féin nuair a thitfeadh an díon go gairid de bharr críonlobhadh sna rachtaí. Fágadh an scéal mar sin, ach is géar a theastaigh deisiú ón Ardeaglais agus ba ghnách leis an gcuid b'eolgaisí den phobal seasamh i bhfad ón gclogthúr nuair a bhí buillí sa mbreis ar a ceathair le bualadh. Agus tamall gairid tar éis na tairiscinte (má tharla sé ar chor ar bith) fógraíodh go fíoroifigiúil go raibh Ardeaglais Chaitliceach nua as an maide le tógáil thuas in aice na habhann agus na hollscoile. Níor tugadh thairis sin d'eolas, ach scaipeadh ráfla go mbeadh ar chuile Chaitliceach sa deoise leathchoróin sa tseachtain a íoc ar feadh deich mbliain leis an gcostas a ghlanadh. Ós rud é gur i mBaile an Chaisil a bhí formhór phobal na deoise lonnaithe, ní mórán áthais a chuir an scéala sin orthu, go háirithe ó bhíothas tar éis meall airgid a mhealladh uathu go gairid roimhe sin chun Coláiste Mhaigh Nuad a choinneáil ó thitim isteach sa gCanáil Ríoga. Ach bhí sé cinnte go mbaileofaí an t-airgead agus go dtógfaí an Ardeaglais agus go n-abródh gach uile dhuine go poiblí go mba mhór an spórt é agus go príobháideach go mba uafásach an cur amú airgid a bhí ann agus gur i stábla a rugadh Íosa Críost.

Bhí na sráideanna cúnga seanaimseartha a bhí i lár Bhaile an Chaisil ag dul timpeall i gciorcail mhírialta ar nós snaidhm na bpéist, rud a chuireadh mearbhall ar chuairteoirí a mheas go minic gur gaibhnithe i gcineál éigin cathair ghríobháin mheánaoiseach a bhí siad nuair a chinneadh orthu pointe ar bith a aimsiú ach an pointe a bhí fágtha acu beagán ama roimhe sin.

Ach nuair a d'fhág duine lár an bhaile dhírigh na sráideanna go léir ar an dtuath. Go deimhin shroich cuid de na sráideanna an tuath de phlimp, sa gcaoi is go bhféadfá slán a fhágáil le cara i sráid forbhailteach agus siúl caol díreach isteach i bpáirc a bheadh lán le beithígh bhainne, caoirigh nó capaill.

Bhí an chathair de shíor ag bagairt ar an dtuath agus an tuath ag brú isteach ar an gcathair. Taobh thall den abhainn, a bhí ag rith caol díreach trí lár an bhaile, agus ar bhruach ard os cionn na farraige, bhí an Baile Gaelach. Anseo a chónaigh na Gaeil nuair ba leis na Gaill agus na GallGhaeil croí an bhaile. San am i láthair, de bharr síorimirce, bhí formhór mhuintir an Bhaile Ghaelaigh fostaithe i Sasana, go leor díobh sna fórsaí armtha. Bhí stair fhada ag cabhlach iascaireachta an Bhaile Ghaelaigh, ach nuair a tháinig rialtas dúchasach i dtreis ligeadar don chabhlach dreo agus lobhadh, agus an chuid de phobal na háite ar theastaigh uathu leanacht d'oidhreacht na mara sa saol a bhí ann, b'éigean dóibh dul i gcabhlach Shasana, rud a rinne cuid mhaith díobh. Níor caintíodh mórán air seo i mBaile an Chaisil ná in áit ar bith eile sa tír ach oiread.

Tuairim míle taobh thiar den Bhaile Gaelach ar chósta an chuain bhí ionad beag saoire a bhíodh ag cur thar maoil le fámairí ar feadh trí mhí sa samhradh agus fuar folamh ar feadh an chuid eile den bhliain. Ba é seo an Trá Rua agus ó chríochnaigh an cogadh deirtí go mba fhairsinge mná craicinn ann sa samhradh ná gráinní gainimh ar an trá. Tharlódh nach gnátháibhéil Bhaile an Chaisil a ba bhonn leis an gcaint seo ar chor ar bith, mar ní raibh níos mó ná céad slat de thrá ghainimh san áit. Le tamall anuas, bhí feachtas ar siúl chun na carraigeacha móra a bhí ag cumhdach na coda eile den trá a thógáil chun siúil, d'fhonn áit bholg le gréin faoi chompord a thabhairt do na céadta a bhí ag teacht ó Shasana agus ó thuaisceart Éireann agus flosc bia, dí agus gnéis orthu.

Idir an Baile Gaelach agus an Trá Rua bhí bóthar Stella Maris, bóthar fada a raibh tithe nua de dhéanamh agus de mhéid éagsúla ar a chabhail. Díreach roimh an gcogadh a críochnaíodh an bóthar agus bhí pobal meánaicmeach Bhaile an Chaisil fíorbhródúil as. Má bhí an chuid eile den phobal bródúil as, choinníodar an scéal acu féin. Bhí chuile shórt ar deil gur féachadh leis an mbóthar a bhaisteadh. Mar ba ghnách, bhí an baile scoilte ó thaobh na polaitíochta. Theastaigh ó Fhianna Fáil Bóthar Eamon de Valera a thabhairt air, agus Bóthar Mhic Coscair a theastaigh ó mhuintir Fhine Gael. Bhí Fianna Fáil agus Fine Gael cothrom ar an gComhairle, ach fuair Fianna Fáil an Chathaoirleacht le cabhair ionadaí ón Lucht Oibre ar gealladh post dó mar ghíománach árachais, agus Poblachtach a raibh an ghráin fáiscthe aige ar de Valera agus a staon. Ba iad an bheirt seo a rialaigh Comhairle na Cathrach agus ba iad a bhí ag dul dá rialú an babhta seo freisin. Dúradar le Fianna Fáil go nglacfaí go toilteanach le ainm Shéamais uí Chonghaile agus go rabhadar cinnte nach bhféadfadh Fine Gael cur ina aghaidh. Dúradar freisin go mba dheas an rud a bheith ar aon intinn i dtaobh rud a bhí chomh tábhachtach don bhaile. Ach le linn do na comhráití seo a bheith ar siúl i seomra cúil san Óstlann Ríoga, deireanach san oíche, bhí cainteanna eile ar siúl i seomra cúil i gclub Ridirí Naomh Cholumbáin idir fir ghnó áirithe agus Fine Gael. Dúirt na daoine mór le rá go mba ghránna an rud aighneas agus gur dheas an rud a bheith ar aon fhocal faoi rud chomh tábhachtach. Dúradar gur cheart do na páirtithe aontú ar ainm a bheadh scartha go hiomlán le polaitíocht agus a mbeadh glacadh ag formhór mór an phobail leis. Bhí an bóthar nua buailte ar an bhfarraige, bhí ómós go

forleathan ag pobal Bhaile an Chaisil don Mhaighdean
Bheannaithe, mar sin de céard faoi Bhóthar Stella Maris?
Bhí an-ghlacadh leis gan dabht. Óladh gailleoga móra
biotáille agus rinneadh mórchuid gáire faoin bpoll tarath-
air ina raibh Fianna Fáil.

Ag an bpointe seo bhí Séamas ó Conghaile glactha ag
Fianna Fáil go huile agus go hiomlán mar naomhphátrún
dá gcuid féin. Níorbh fhada gur aimsigh piléar eaglasta
idir an gob is an tsúil iad. Tráthnóna Aoine roimh an
gcruinniú bardais a bhí leis an mbaisteadh deireanach a
dhéanamh, d'fhoilsigh *Curadh an Chaisil* sraith rún a
chuir cuallachtaí scaball, réadóirí, Cumann Céad Aoine
agus Comaoin Laethúil an bhaile i bhfeidhm ag cruinn-
ithe éagsúla, ag tabhairt le fios go mba é toil an mhóraimh
Bóthar Stella Maris a thabhairt ar an mbóthar nua.
Foilsíodh litir eile ó 'Máthair Chlainne, Trá Rua. Ainm
agus seoladh leis an Eagarthóir,' a thug le fios go mba
mhasla glan don Mhaighdean Mhuire 'ainm duine de na
daoine ba mhó le rá i gcur chun cinn "phlanda coigríche
nimhe an tsóisialachais" ar thalamh na hÉireann' a
bhaisteadh ar an mbóthar nua. Bhí Fianna Fáil buailte
agus ghéilleadar gan urchar a chaitheamh. Ghéill giolla
coirp an Lucht Oibre freisin, cé go ndearna sé óráid ag
bréagnú na ráflaí a bhí ag dul timpeall faoi chríocha
deireanacha Shéamais uí Chonghaile. Dhearbhaigh sé
nárbh fhíor gur fhógair Séamas ó Conghaile an sagart a
tháinig chun a fhaoistin a éisteacht i mullach an diabhail
agus gur dhiúltaigh an sagart a pheacaí a mhaitheamh
dó. Dúirt sé fresin go gcuirfeadh cinneadh an bhardais
áthas ar chroí Uí Chonghaile mar go mba ghnách leis guí
chun na Maighdine Muire go rialta i rith Sheachtain
ghlórmhar na Cásca.

Níor sheas go daingean ach an seanphoblachtach,

Máirtín mac an Oircheannaigh, a dúirt go neamhbhalbh nach raibh iontu uilig ach paca aisiléirí gan náire agus dá mbeadh comhairleoirí Fhine Gael, go speisialta, dílis dá bprionsabail ghnó agus pholaitíochta gur Bóthar Iúdáis Iscariot a thabharfaí ar an mbóthar. Níor tuairiscíodh an chuid seo dá óráid sa bpáipéar áitiúil ach foilsíodh go míorúilteach i bpáipéar Domhnaigh Sasanach é faoin teideal, B'FHEARR LEIS IÚDÁS NÁ AN MHAIGH-DEAN MHUIRE. Faoin am seo bhí an bóthar baistithe, na plátaí curtha suas ag a dhá cheann agus an scéal ag fuarú, nuair a tharla eachtra a chruthaigh go raibh Dia go fírinneach ag breathnú amach do chliú a Mháthar Beannaithe i mBaile an Chaisil. De bharr díocais, bris-eadh croí agus táirm óil a mhair coicís, mheas Mac an Oircheannaigh an bóthar a athbhaisteadh mar ba chóir. Fuair sé buicéad tarra agus scuab agus in am marbh na hoíche thosaigh sé ag scrios agus ag athscríobh. Ní raibh ann ach go raibh pláta amháin cumhdaithe aige agus *Bót...* scríofa go hamscaí ar an mballa faoina bhun, nuair a buaileadh buillí fíochmhara air a d'fhág a chos briste agus sclaig a thóg sé ghreim déag lena dhúnadh i gcúl a chinn. Dúradh gur fear buile ar ghluaisrothar a bhuail é agus mar sin a fágadh an scéal. Comhartha ó Dhia a bhí ann; cé go ndúirt lucht an eolais go mb'ait na teachtairí a thogh sé, triúr de Chlann 'ac Donncha as an mBaile Gaelach a bhí ag fanacht le blianta ar ócáid chun díoltas a agairt ar Mhac an Oircheannaigh de bharr fuíoll bruíne a tharla le linn feachtas doirte Bass blianta roimhe sin. Bhí an scéal ar fad sa stair anois agus níor fhan saolach ach céim bhacaíle Mhic an Oircheannaigh agus thugadh daoine áirithe sa mBaile Gaelach 'Teachtairí an Aingil' ar Chlann 'ac Donncha.

In uimhir a céad is a seacht Bóthar Stella Maris a bhí

Máirtín ó Méalóid ar lóistín. Baintreach mheánaosta darbh ainm Bean mhic an Adhastair a bhaist *Pachelli* air cúpla bliain roimhe sin, nuair a cheannaigh sí é leis an airgead árachais a thit uirthi féin agus a ceathrar clainne nuair a d'éirigh lena fear céile, a bhí ina bhleachtaire sa nGarda Síochána, leac a dhéanamh dá chuid aenna le fuisce. Bean bheag bháiníneach ab ea Bean mhic an Adhastair a bhíodh ag labhairt go síoraí agus go canránach trína srón. Bhí sí thar a bheith diaganta agus a súil in airde de shíor aici ar ghníomhartha a tharraingeodh fíoch an Tiarna ar a teaghlach beag beannaithe, mar a deireadh sí. Ba bheag eile ábhar cainte a chleacht sí seachas béadán i dtaobh lochtanna folaithe agus poiblí na gcomharsan, a chruinníodh sí le scil agus a scaipeadh sí arís i modh fabhailscéalta, d'fhonn beatha dhaoine eile a leasú. Ní raibh cuallacht, coiste nó ord tuata ar an mbaile nach raibh páirt ag Bean mhic an Adhastair ann. Thagadh sraith sagart ar cuairt chuici chun a cuid fadhbanna a réiteach agus comhairle a chur uirthi faoi oideachas a clainne agus na hoird bheannaithe inar cheart iad a sheoladh as bealach claonta an tsaoil. Thagadh sraith gardaí isteach chuici ag ól tae le linn dóibh bheith ar chúram oíche. Tháinig siad ar dtús mar dhualgas dá gcomrádaí a bhí imithe ar shlí na fírinne; ina dhiaidh sin ar a gcuid óil, d'fhonn a fháil amach an raibh a troscadh éigeantach ó phléisiúr na leapa ag goilliúint uirthi. Ach bhí Bean mhic an Adhastair slán ar ionsaithe dá sórt. D'fhreagraíodh sí le mílseacht dhiaganta a mhúchadh dúil an gheilt ghnéis. D'fhilleadar chun tae a ól agus rúin na beairice agus an bhaile a scaoileadh.

Bhí tuiscint speisialta ag Bean mhic an Adhastair don ól, mar ba dhual do bhean a chaith saol pósta mar a chaith sí. Ina theannta sin, d'fheil sé di a rá gur 'laige an fhir fhiúntaigh' a bhí ann. Ach bhí sí go síoraí sa tóir ar mhígheanmnaíocht, i ngníomh nó i bhfocal. Ba é seo an cinnpheaca, arae, is cosúil go raibh an Sáirsint Bleachtaire mac an Adhastair róghnóthach ag diúgadh na gcart lena shúil a chur thar a chuid. Bhí an cineál lóistéara a thagadh chun cónaí i *Pachelli* ag teacht le cáilíochtaí Bhean mhic an Adhastair; mic léinn a dteastaíodh ciúnas uathu agus mionchléirigh ar theastaigh meánmheasúlacht seolta agus suímh uathu. Ach ina dteannta siúd ba ghnách i gcónaí beagán mac léinn a bhíodh ag lorg tearmainn agus dídean; rud a bhí le fáil acu freisin ar na téarmaí a leagadh Bean mhic an Adhastair síos, mar níor iarr sí riamh ach bheith ag cur peacaigh ar bhealach a leasa. Mar nuair a bhíodh Bean mhic an Adhastair dá leadhbairt ag a cuid lóistéirí faoi dhrochbhia, canrán, creideamh, fiosracht, fiafraítheacht agus mínóis eile, d'admhaídís i gcónaí go raibh féith charthanachta inti a cheil cuid mhaith dá duáilcí; go fiú más carthanacht a bhí ann a raibh a dá shúil ina dhiaidh go minic.

Ar a seacht a chlog tráthnóna Déardaoin, bhí Bean mhic an Adhastair ina suí ag fuinneog an tseomra suí ag breathnú amach ar Bhóthar Stella Maris agus ag caint le comrádaí lóistín Mháirtín uí Mhéalóid, Bilín ó Gráda. Bhí Bilín ina shuí in aice an ghráta, ina mbíodh tine le linn aimsir shioc agus ghaoth anoir, ag léamh leabhair leighis le mac léinn Polannach a bhí imithe go Sasana faoi chomhair na Cásca. Bhí sé ag tabhairt leathchluais do Bhean mhic an Adhastair le linn dó bheith ag léamh faoi chomharthaí sóirt na bolgaí Francaí. Bhí sé thar am tae, ach ós rud é nach raibh fanta sa teach ach é féin agus

Máirtín, ní aontódh Bean mhic an Adhastair tae a fhliuchadh faoi dhó.

'Céard a bheadh á choinneáil ach go mb'fhéidir go dtáinig an t-airgead siúd faoi dheireadh agus gur shóinseáil sé é . . . Sin í suas Iníon Phaidí uí Uaithnín agus a máthair a rá go raibh sí imithe isteach sna Louis i gCarraig Mhachaire Rois . . . an sciorta, go dtarrthaí Dia sinn . . . ní féidir aoinne a chreidiúint ar na saolta seo. Ach faoin gCáisc, a Bhilín, caithfidh mé labhairt dáiríre anois. A Bhilín, cuir uait an leabhar sin! Dúirt mé le Stan gan iad a fhágáil san áit a bhfeicfeadh na gasúir iad.'

D'éirigh Bilín agus chuir an leabhar ar an seilf ab airde sa leabhragán a bhí in aice na tine. Rinne sé searradh agus shuigh síos arís. Ní raibh sé ach tar éis éirí agus bhí ocras air. Rinne sé méanfach agus thosaigh ag cuimilt a bhois ar a ghoiríní caocha a bhí scólta tar éis bearradh le lann nua.

'Caith chugam an tae, a Bhean mhic an Adhastair, agus ná bac leis siúd. Má tá airgead aige féadfaidh sé greim a fháil thuas faoin mbaile. Nach gcaithfidh tusa dhul síos chuig na Doiminiceánaigh go gairid?'

'Ag na Jes. anocht, a Bhilín, searmanas álainn nach gcaillfinn ar ór . . . Féach, a Bhilín! Féach suas! Tá sé briste amach arís! Ó, a Mhuire Mháthair, breathnaigh an chuma atá air.'

Bhí fear ard a raibh cóta fada dubh agus hata leathan dubh dá chaitheamh aige ina sheasamh go guagach ar an gcosán taobh amuigh den fhuinneog. Bhí beirt fhear ghioblacha dá ghiollaíocht, duine i ngreim 'chaon uillinn ann, ag iarraidh siúl a choinneáil faoi. Bhí sé ag canadh bailéid in ard a chinn agus ag luascadh a mhaide siúil san aer. Ba é seo an tOllamh le Árseolaíocht in Ollscoil an Chaisil agus beirt dhugaire a phioc sé suas le linn a tháirm óil a bhí ina theannta.

'*We'll go down with our sh-i-i-i-ip,*
*Said the Cumberland's crew.*'

'Croí dhuit, a Phrofessor, a mhaicín bán,' arsa na dugairí dá mhaíomh. Ghluais an mórshiúl go mall as raon cluas agus súl, suas an bóthar i dtreo an Trá Rua, áit a raibh cónaí ar an ollamh i dteach mór fairsing os cionn na farraige.

'Go bhfóire Dia dílis orainn, ach breathnaigh an dá ragaí atá in éindí leis,' arsa Bean mhic an Adhastair. 'Cén chaoi a gcoinníonn sé an job ar chor ar bith?'

'Ní measa é ná formhór na coda eile acu, ach go bhfuil sé de mhisneach aige é dhéanamh go poiblí,' a deir Bilín.

D'oscail doras na sráide go tobann agus tháinig Máirtín isteach sa seomra suí de shiota.

'An bhfaca sibh an buachaill? Chaill tú an tráthnóna thuas Tí Mhaggie, a Bhilín, é féin ag ceannach agus an teach ag ól. Bhí siad ag cruinniú air as chuile cheard agus é féin ag bualadh nótaí cúig phunt ar an gcuntar.'

Lig Bean mhic an Adhastair osna agus d'éirigh go mall as an gcathaoir uillinne in aice na fuinneoige. Bhí iarracht de na scoilteacha ina glúine agus dá bharr sin bhí siúl mairnéalaigh fuithi.

'Tabharfaidh mé an tae isteach anseo agaibh. Ní fiú bheith ag leagan bord do bheirt sa seomra bia. D'fhéadfá bheith beagán níos pointeáilte, a Mháirtín, muran miste leat mé bheith dhá rá, ach tá an téarma caite anois agus ní hé seo an tÓstlann Ríoga. Furast' aithint go dtáinig do sheic, ach tá glaoch ag daoine air seachas Maggie Pléamonn, bíodh fhios agat.'

'Ní bhfuair mé an seic, a Bhean mhic an Adhastair. An t-ollamh a bhí ag ceannach.'

Rinneadh staic de Bhean mhic an Adhastair i mbéal doras na cistine. Thug Bilín spleáchadh ar Mháirtín, tharraing chuige féin cóip den *Tempest* as an leabhragán agus thosaigh ag léamh an réamhrá. D'iompaigh Bean mhic an Adhastair ar Mháirtín agus leathmheangadh leanbaí ar a haghaidh bháiníneach.

'Níor tháinig do sheic? An é sin atá tú a rá liom? Ach cén chaoi a gceapann tú atá mise ag dul ag maireachtáil? Bean fhoighdeach mé, a Mháirtín, ach tá deich bpunt fhichead agam ort ... deich bpunt fhichead amárach ... deich seachtainí!'

Chroch Bilín a cheann as an leabhar, rinne comhartha súl le Máirtín, a bhí go follasach bogtha, agus labhair sé féin go mall.

'Ní raibh tú ag éisteacht leis, a Bhean mhic an Adhastair. Níor dhúirt sé nach dtáinig an seic. Dúirt sé nach bhfuair sé é. Cé fuair é, a Mháirtín?'

'Mo dhearth. áir ... an tAthair Breandán ... bhí litreacha istigh faoi fhiacha agus ní thabharfadh an ... an ... sparánaí dom é. Tá mé ag castáil leis an Athair Breandán ag a naoi a chlog in Óstlann an Bhóthair Iarainn agus ... agus ...' Chaith sé a dhá láimh san aer faoi dhó agus thug sracfhéachaint ar Bhilín a bhí ag meangadh leis féin go sásta. Tá tú ag feabhsú gan aon amhras, dhá bhliain ó shin dhéanfá praiseach de na bréaga sin. Agus bhí éirithe leis freisin. Chomh luath agus a chuala Bean mhic an Adhastair ainm an tsagairt, chuaigh sí isteach sa gcistin agus thug amach an béile. Sé phíosa aráin, ruainne ime, pota tae agus dhá ubh friochta a bhí greamaithe do na plátaí de bharr a bheith san oigheann le uair a chloig. Leag sí an tráidire ar bhord beag a bhí i lár an urláir agus dúirt go tláith,

'Tarraing agaibh agus cuimil air, tá neart eile san áit as a dtáinig sé sin.'

Sean-nath a bhí ann agus rinne Bilín mar a rinne sé gach uile uair dá gcuala sé é. D'éirigh sé agus shiúil chuig an mbord.

'An bhfuil ocras ort, a Mhat, a mhac?'

Chroith Máirtín a cheann. Shleamhnaigh Bilín scian faoi ubh agus shlog d'aon iarraidh é. Ansin chuir sé trí phíosa aráin i dteannta a chéile, chuimil leath an phíosa ime orthu agus d'alp siar iad. Rinne sé an cleas céanna leis an ubh eile agus leis na píosaí eile aráin. Dhoirt sé amach cupán tae agus d'ól siar é. Chuimil sé cúl a bhoise dá bhéal agus dúirt,

'Go gcúití Dia a saothar leis an gcroí caifeach. Téanam ort, a Mháirtín, tá beithígh le bleán suas faoin mbaile mór.'

Bhí siad ar an mbealach amach an doras nuair a labhair Bean mhic an Adhastair.

'Nóiméad, a Mháirtín. Teachtaireacht anseo duit!'

Shín sí clúdach litreach chuig Máirtín. Ba é a lá é gan dabht! Bhí sé tugtha faoi deara ag súil uisciúil Bhilín freisin agus rinne sé gáire beag.

'D'fhan sí leathuair, ach nuair nach raibh tú ag teacht d'fhág sí é sin. Anois, ná bígí rómhall agus seachain na soilse agus cuimhnigh cén lá atá amárach againn. As ucht Dé agus . . . agus abair leis an Athair Breandán go rabhas dá fhiafraí agus bualadh isteach lá éigin.'

Thug an bheirt cúl le Bean mhic an Adhastair agus shiúil suas Bóthar Stella Maris i dtreo an bhaile mhóir. Nuair a bhíodar imithe as amharc an tí chuir Máirtín a lámh ina phóca agus shín dhá nóta cúig phunt chuig Bilín.

'Beag díreach nach ndearna mé praiseach den scéal sin. Ní hé go bhfuil an oiread sin ólta agam, ach bhí na piontaí ag teacht i mullach a chéile agus ansin caitheadh an t-iomlán amach ar an tsráid nuair thosaigh an buachaill ar *Take it down from the mast Free State traitors.*'

'Caithfidh sé go raibh sé go dona agus tosaí air sin Tí Mhaggie. Cén bhrí ach bhraith mé éirí agus dhul suas ann tuairim a ceathair, ach thit néall eile orm . . .'

Níor luar le Bilín an sioc ná seisiún óil bogsí a chailleadh. Chroith sé a cheann ar nós peileadóir a chaillfeadh aimsiú cúil gan chosaint.

'Ach cogar, a Mhat, éist liom. Tá an bheirt againn i dtrioblóid leis an scleoiteach seo thiar agus tá tusa i dtrioblóid cheart chríochnaithe. Caithfimid bheith bailithe amach faoi thráthnóna Dé Luain gan teip . . . na mná beannaithe seo atá ag teacht . . . agus cá rachfaidh tú agus níos measa ná sin, céard faoi na fiacha? Tá tú go cluasa chuile áit ar an mbaile seo. Maith an scéal duit féin gur tharraing tú an conús bradach de dhearthair úd agat amach as do hata, nó ní fios céard a dhéanfadh sí.'

'Breathnaigh! An éireofá as, as ucht Dé ort? An gceapann tú nach dtuigim an scéal mé féin? Gheobhaidh sí a cuid airgid. Gheobhaidh siad ar fad a gcuid airgid. Téanam isteach anseo in Ósta na Mara agus seas deoch dom as na fiacha sin a ghlan mé chomh honórach.'

Chuadar isteach in ósta beag ar cheann an droichid a bhí trasna na habhann idir Bóthar Stella Maris agus lár an bhaile. Ósta beag dorcha a bhí ann agus ní raibh istigh ach fear meánaosta amháin a bhí ag ól buidéal pórtair agus ag caint leis an óstóir. Múinteoir scoile a bhí ann a bhí ina chónaí in aice an tí lóistín agus sé a bhí ina rúnaí ar Fhianna Fáil sa gceantar. Nuair a tháinig siad isteach bhí sé ag cur as faoi fhógairt na poblachta.

'Dúirt mé féin leis an gcathaoirleach,' a dúirt sé, 'gan

frapa, gan taca, "Rachfaidh an t-iomlán dearg againn ag an Aifreann agus ina dhiaidh sin rachfaimid ar fad abhaile. Ní haon mhaith bheith ag tarraingt creideamh isteach sa scéal, ach níl duine ar bith againn ag dul suas chuig an leacht ar an gcearnóg. Bíodh a bpoblacht maide acu, más é sin atá uathu!" Nach raibh an ceart agam?'

'Ní dochar do dhuine ar bith dul ag Aifreann, cuma cén t-údar atá leis an Aifreann áirithe sin. Sin a cheapfainn féin ar chuma ar bith.' Agus nuair a bhí an ráiteas tromchúiseach sin curtha de aige, tharraing an t-óstóir agus líon dhá leathghloine ar iarratas Bhilín. Bhí seisean ar tí páipéar cúig phunt a leagan ar an gcuntar nuair a d'athraigh sé a intinn go tobann, tharraing amach spros sóinseála agus chomhair amach trí scilling agus deich bpingin.

'Bhfuil dhá phingin agat?' a deir sé le Máirtín. 'Buachaill tú féin.'

Chuaigh Máirtín amach chuig an leithreas beag bréan a bhí ar chúl an tí agus d'oscail an litir. Mar mheas sé go díreach; tuilleadh trioblóide!

A Mhattie, a ghrá,

Níor tháinig tú chugam mar a gheall tú. Caithfimid an chaint úd a dhéanamh amárach. Tá cúrsaí anseo go dona arís ach dá mbeadh an bheirt againne ceart ba chuma liom. Beidh mé ag súil leat amárach ar leathuair tar éis a ceathair gan teip . . . nó más maith leat é is féidir linn castáil ar a chéile tar éis turas na croise sna Doiminiceánaigh. Táim ag brath ort. Ní féidir linn leanacht ar aghaidh mar seo. Tá mé trína chéile, a Mhat.

Grá mór, do Nuala

Chaith Máirtín an litir agus an clúdach isteach sa leithreas agus tharraing an slabhra go taghdach. Nuair a d'fhill sé ar ais bhí Ó Gráda ag cur a spéic féin i scéal na poblachta. Bhí sé de bhua aige bheith ábalta caint a raibh craiceann an stuaim uirthi a dhéanamh faoi ábhar ar bith ar an domhan nár thuig sé. Bhí sé ina lándúiseacht anois agus ar thóir creiche.

'Tóg poblacht Plato,' a deir sé. 'Bhain sé sin le daonlathas iomlán, an dtuigeann tú?' Chuir an chaint mhaíteach seo fearg ar an múinteoir scoile.

'Ag iarraidh bheith ag múineadh a cheirde do de Valera a bheadh tú? An gceapann tú nach bhfuil staidéar déanta aige siúd ar phoblachtaí uilig an domhain? An dtuigeann tú céard tá i gcroí na ceiste seo ar chor ar bith?' Bhí sé ag téamh chun an ábhair agus scaoil Ó Gráda a chriogbhuille faoi.

'An fiodmhagadh atá dá dhéanamh faoin rud ar íobair daoine a n-anamacha ar a shon,' a deir sé go ciúin, sollúnta. 'Sin é croí an scéil . . . i mo thuairim mhacánta féin.'

Go méadaí Dia do mhí-ionracas, a mhac bán. Sméid Máirtín air, dúirt go gcaithfeadh sé imeacht agus d'ól siar an buidéal pórtair. Shín sé an leathghloine chuig Bilín agus rinne ar an doras.

'Nóiméad amháin,' arsa an múinteoir scoile. 'Deoch do na buachaillí! Fan go n-inseoidh mise duit faoin bpoblacht seo.'

Bhí an breac ar an duán ag Bilín. Dúirt sé le Máirtín go bhfeicfeadh sé sa bPota Gliomach é níos deireanaí agus tharraing a stól síos in aice an mhúinteora. Bhainfí fad as na nótaí cúig phunt, gan amhras. Thug Máirtín a aghaidh ar Óstlann an Bhóthair Iarainn agus ar a dheartháir oirmhinneach. Bhí neart ama aige, ach dá mhéad cleasanna dá raibh pioctha suas ó Bhilín aige ní raibh goile aige do chomhluadar leamh, dá mhéad óil dá mbídís sásta a cheannach. Chomh maith leis sin, theastaigh uaidh suaimhniú roimh an agallamh míthaitneamhach a chuirfeadh a dheartháir air. Bhí sé óg go maith i gceird na mbréag agus na caimiléireachta.

## 3

Ba í an tsólann mhór in Óstlann an Bhóthair Iarainn an áit phoiblí ba ghalánta i mBaile an Chaisil chun caife nó deoch níos láidre ná é a ól. Ba ann a chruinníodh lucht airgid nár mhiste leo a gcomhluadar agus a nósanna caidrimh a thaispeáint don saol. Foirgneamh cearnach ceithre stór a bhí san óstán, déanta go hiomlán d'aolchloch ghearrtha. Cáca bainse a mheabhródh sé do dhuine. Bhí a dhreach sleamhain seachtrach ag teacht lena raibh le fáil istigh. Bhí an lucht freastail ag gluaiseacht anonn is anall gan gleo ar tháipéisí tiubha, ag sioscadh go discréideach. Bhí an áit dealaithe ar fad ó ghleo agus ó ghairbhe an tsaoil taobh amuigh. Ar éigean a bhí feadaíl na traenach sa stáisiún a bhí díreach ar a chúl le cloisteáil taobh istigh. Bhí an troscán trom, ornáideach, na scátháin óraithe, na gréithe, idir mhiotal agus chré, greanta agus na custaiméirí ar a gcompord nó ag ligean orthu féin go raibh. Ba é seo cloch phréacháin an tsaoil shóisialta i mBaile an Chaisil.

Ní raibh aoinne sa halla fáiltithe nuair a tháinig Máirtín isteach na doirse fearsaideacha ach an príomhdhoirseoir, Aibhistín ó Siochrú. Duine de phearsana tábhachtacha an bhaile ab ea an Ciarraíoch glic plámásach seo. In aois a chúig bliana déag shiúil sé ina chosa bonn ó Chill Airne go Baile an Chaisil, turas a thóg trí lá air, gur thairg a sheirbhísí don té a bhí ina bhainisteoir ar an óstlann san am. Cuireadh ag obair sa gcistin é agus sna deich mbliain fhichead a caitheadh ó shin, bhí meall airgid agus fabhair cruinnithe aige. Bhí teach aíochta mór áirgiúil ag a bhean thiar ar an Trá Rua agus ba ann a théadh scoth na gcuairteoirí a sceitheadh thar maoil in Óstlann an Bhóthair Iarainn i rith an tséasúir. Ba é ba thúisce a chuimhnigh ar ghluaisteáin a ligean ar chíos lae, nuair a d'fhairsingigh peitreal tar éis an chogaidh. Ní raibh meacan dearg, slisín bagúin ná pionta bainne ag teacht isteach faoi fhrathacha na hóstlainne nach raibh cáin dá bhailiú ag Aibhistín air, go díreach nó go hindíreach. Bhí an ghráin fáiscthe ag muintir Bhaile an Chaisil air, de bhrí go mba strainséir é agus de bhrí gur éirigh leis dóigh a dhéanamh, le tréan treallúis, dá gcuid aislingí leisciúla sainte. Bhaisteadar 'gabhal folamh' air, mar nach raibh aon chlann aige, ach bhí sé beag beann ar a bhformad. In airgead amháin a bhí dúil aige.

Thug sé sracfhéachaint neamhphearsanta a ghairme ar Mháirtín. Geansaí gorm iascaire, seaicéad smolchaite, bróga scifleogacha gan snas, treabhsar snasta le aois … ag cuardach duine éigin. Bhain sé de na spéacláirí agus d'aithin sé Máirtín.

''Mhic uí Mhéalóid? An tsólann mhór … cúinne ar dheis taobh istigh den doras. Míle maith agat!' Chuir sé air na spéacláirí agus rinne dearmad de Mháirtín ar an toirt.

Bhí an tAthair Breandán ó Méalóid ina shuí sa gcúinne

agus beirt bhan scothaosta ina suí ag caint leis. Nuair a chonaic sé a dheartháir chuige, chuir sé leathlámh ar chúl a chinn, shín siar sa gcathaoir uillinne agus smeach a mhéara go ciúin ar bhanfhreastalaí a bhí ina seasamh go sollúnta i gceann eile na sólainne. Sméid sé ar Mháirtín agus dhírigh a lámh ar chathaoir folamh a bhí ar an taobh eile den bhord. Shuigh Máirtín gan labhairt agus bhreathnaigh ar an mbeirt bhan a bhí ag caint go hanamúil agus as béal a chéile faoi chóisir mhór a bhí dá eagrú san óstlann chun fóirithint ar dhá theaghlach bhochta ar imeall an bhaile nach raibh in ann a gcuid cíosa a íoc agus a raibh ordú díshealbhaithe amuigh ina n-aghaidh.

'Beidh Ardmhéara Bhaile Átha Cliath agus a bhean againn mar aoithe speisialta,' arsa Bean uí Mhainnín, bean chléireach an bhaile, a bhíodh ar chamchuairt síoraí carthanachta agus coirme.

'Tá an dá phobal . . . an dá phobal . . . Protastúin agus Caitlicigh Rómhánacha . . . ag obair i dteannta a chéile . . . ó tá sé iontach.'

Beainín aerach, cineál seafóideach ab ea bean an Mhinistir Maxwell agus níor thaitnigh ar chor ar bith leis an Athair Breandán gur chuir sí na Protastúin chun tosaigh agus gur thug sí Caitlicigh Rómhánacha ar lucht a chreidimh féin. Ach rinne sé gáire tuisceanach agus chuir a dheartháir in aithne. D'éiríodar go léir agus chroith lámha. Thug Bean Maxwell croitheadh thar a bheith cairdiúil do Mháirtín agus dúirt go raibh aithne súl aici air gan dabht agus go raibh súile áille gorma aige. Ní raibh spéis dá laghad aige i mBean uí Mhainnín, ach ba é seo an chéad uair riamh a casadh bean an mhinistir air. Bhí aithne ag cait an bhaile ar an Urramach Maxwell, duine bocht le Dia a théadh thart ag gáire agus ag caint leis féin faoi fhadhbanna fichille. Sular bhris an cogadh amach bhí gléas beag craolacháin aige agus d'imríodh sé cluichí fichille le daoine ar fud na cruinne chuile oíche. Ach nuair a thosaigh an cogadh bhain na gardaí an gléas craolacháin de, ar fhaitíos go gcraolfadh sé eolas a sháródh neodracht na hÉireann. Creideadh i mBaile an Chaisil gur chuir an t-uaigneas isteach chomh mór air is gur chaill sé a mheabhair ar fad. Ach ní mar gheall air seo a bhí suim ag Máirtín ina bhean, ach gur casadh péintéir tí air sa bPota Gliomach babhta a d'inis dó, le linn dóibh bheith ag fual go fadálach sa leithreas, go moch ar maidin, go bhfaca sé bean an mhinistir ina luí lomnocht ar leaba agus í dá suaitheadh féin le coinneal, le linn dó bheith ag cur péint ar chaidhséir an bhunsoip. Ba dheacair dó an bheainín ghiongach seo a shamhlú gan aon snáth éadaigh, ach ba dheacra ná sin arís . . . Scaoil sé greim a láimhe agus shuigh faoi. Chuir an deartháir strainc air féin, dúirt 'Slán agus beannacht agus Cáisc mhaith' don tríú huair agus thug aghaidh ar Mháirtín. Nuair a bhí sé ar tí labhairt chuimhnigh sé gur gheall sé dá mháthair nach dtroidfeadh sé leis, d'iompaigh sé ar an gcailín freastail a bhí ina seasamh go foighdeach lena thaobh agus dúirt,

'Caife agus . . . roinnt cácaí beaga . . . cácaí bácúis . . . do bheirt, le do thoil.'

Tá fhios agat go maith go n-ólfainn deoch ach ní thabharfaidh tú isteach, tú féin agus do bhiorán staonaire agus do chácaí beaga bácúis, ach shocraigh Máirtín freisin go gcoinneodh sé guaim air féin agus d'fhiafraigh sé chomh gealgháireach agus a d'fhéad sé,

'Mam, cén chaoi bhfuil Mam? Dá marú féin ag obair gan dabht.'

Ní hé dhuit, a leisceadóirín gan gus, an freagra a bhí ar an gceann sin, ach bhí geallúint tugtha.

'Buartha! Buartha! Ní chodlaíonn sí mórán. An obair a choinníonn ag imeacht í . . . nach é a choinníonn an chuid eile againn ag imeacht, go deimhin. Níl aon bhiseach in ann do Dhaid . . . tá sé sin soiléir go leor . . . ach cén t-achar . . . cén t-achar?'

Shín an sagart a dhá láimh amach i modh croise, chroith a ghuaillí agus ansin tharraing amach bosca toitíní agus dhearg ceann. Thug Máirtín faoi deara go raibh na deora ag briseadh faoi shúil a dhearthár agus thuairt a chroí gan choinne le bá dó. Ba é a n-athair a bhí ag fáil bháis, b'as an aon bhroinn a tháinig siad. Tháinig an tae agus thug sin deis dóibh beirt greim a fháil orthu féin. Ach ar ala na huaire sin shocraigh Máirtín nach raibh ach aon bhealach amháin as an ngábh áirithe seo. Bhí faitíos air dá dtosóidís ag argóint go gcaillfeadh sé smacht air féin agus bhí faitíos freisin air léim a chaith-eamh sa duibheagán. Ní raibh fhios aige céard a bhí roimhe agus bhí fhios aige go raibh cúrsa áirithe leagtha amach dó ag a mháthair agus ag a dheartháir. Nuair a bhí an tae doirte amach, d'fhiafraigh an sagart chomh réchúiseach agus a d'fhéad,

'Cén lá a bhfuil tú ag teacht abhaile, a Mháirtín?'

'An dtiocfaidh tú anuas ar an Domhnach . . . tar éis an chluiche . . . agus rachfaidh mé abhaile leat? Rachfaidh muid isteach ag Daid ar an mbealach agus . . .' Thosaigh sé ag suaitheadh a lámha agus rith sé leis don chéad uair riamh go raibh cosúlachtaí móra idir é agus a dheartháir . . . ach ar chreid sé é? Chuir an sagart púir deataigh trína pholláirí agus rinne staidéar. Tharraing sé anáil throm agus d'fhéach go díreach idir an dá shúil ar Mháirtín.

'Caithfidh mé a rá go gcuireann tú iontas orm . . . an-iontas. Ní chreidim go fiú go bhfuil tú dáiríre . . . go bhfeicfidh mé. Tá sé chomh maith dom a rá go dtáinig mé anseo le scéal áirithe a chur os do chomhair . . . don uair dheiridh freisin . . . ach fanfaidh sé go Domhnach. Cén cluiche é seo atá chomh tábhachtach sin?' Bhí searbhas ina ghlór mar bhí fhios aige nár imir Máirtín aon chluiche ó d'fhág sé saol éigeantach an choláiste deoise trí bliana ó shin.

'Corn na Poblachta idir na Piarsaigh agus an Bán Mór. An Canónach de Bhailís a chuir suas an corn. Beidh sé ina mharú siúráilte!'

Chuir an tAthair Breandán strainc uafásach air féin. Níor bhain sé le deoise an Chaisil agus dá bhrí sin bhí saoirse áirithe cáinte aige. Chroith sé a cheann agus ó bhí an t-ábhar neodrach labhair sé go cairdiúil.

'B'fhacthas dom féin i gcónaí, a Mhat, gur cheart don Eaglais Chaitliceach in Éirinn fanacht scun-scan amach ón gCumann Lúthchleas Gael agus ó gach uile chumann spóirt eile freisin. Is é mo thuairim go dtarraingíonn an Canónach dímheas ar an eaglais. Obair do thuataigh a bheith ag eagrú cluichí. Féach na nithe atá le déanamh ar an mbaile seo: deireadh a chur le ól tar éis uaireanta, caitheamh aimsire faoi stiúir a chur ar fáil do na cailíní aimsire sin a bhíonn ag siúl na sráide ag caint le saighdiúirí, obair an Léigiúin a neartú agus aspalacht láidir a bhunú i measc na dtuatach. Obair! Ní ceal oibre atá ann!'

Leáigh an cion a d'airigh Máirtín ina chroí dá dhearthair tamall gearr roimhe sin agus líon sé arís le gráin air. Éist leis! Ocht mbliana fichead d'aois agus ag caint mar seo. Cinnte siúráilte ní fhéadfadh aoinne i mBaile an Chaisil aon cheo ach iománaíocht a shamhlú leis an gCanónach de Bhailís ach oiread agus a shamhlóidís aon cheo ach fuisce agus mearbhall leis an Monsignór de Bláca. Ach ghoill sé air go mbeadh duine ar bith chomh sásta sin leis féin agus chomh cinnte sin i dtaobh chuile shórt agus a bhí a dheartháir.

D'éirigh sé ina sheasamh go tobann agus bhuail bos ar a bhaithis.

'Mo dhearmad! Caithfidh mé castáil le eagarthóir *Churadh an Chaisil* agus tá mé mall. Ní foláir dom rith.'

Ba léir an fhiosracht ag fáil an lámh in uachtar ar an amhras in aghaidh an tsagairt. Céard a bhí ar bun ag a dheartháir óg místaideach anois? Lean Máirtín air agus thosaigh ag siúl i dtreo an dorais.

'D'iarr sé orm píosa a scríobh... píosa gearr tuairisceoireachta... ar stair an phoblachtánachais in Éirinn... mar chúlra agus mar eolas, tá fhios agat.'

Bhí an sagart ag siúl le taobh a dhearthár. Chuir sé a lámh ar a ghuaillí agus leath straois tuisceana agus féin-mheasa ar a ghnúis. Chroith sé a cheann ó thaobh taobh.

'Bhuel, bhuel, bhuel! Nach í Mam a bheas sásta? Ach tá súil agam nach... bhuel is leat féin do thuairimí... ach tá fhios agat an ghráin atá againn go léir ar... ar... ó, an ghunnadóireacht... an... an... adhradh a dhéantar ar a leithéid... agus an dímheas a bhíonn go minic ar an dea-shaoránach a dhéanann a lá crua oibre, a thugann fostaíocht... an fear tíosach, a thugann dea-shampla agus a chuireann an tír chun cinn.' Bhuail sé bos ar shlinneán Mháirtín. 'Comhgháirdeachas. Tá áthas orm a chloisteáil go bhfuil tú ag filleadh ar an bpeann. Tá fhios agat go bhfuil do leabhra aistí i leabharlann Choláiste

Pheadair? Tá muis! Sin é mar roinntear na suáilcí . . . bua na bhfocal agatsa, bua na matamaitice agamsa. Maith an scéal do Mham go raibh! Má theipeann an cheird seo orm rachfaidh mé le gnó!'

Rinne sé gáire croíúil agus d'oscail doras an halla do Mháirtín. Ní theipfidh, a bhréantais, beidh léim an dá bhruach agat! D'fhéach sé ar chorp trom a dhearthár, an muineál otraithe, an aghaidh shlím ina raibh loinnir na sláinte agus bealaíocht a chodach le tabhairt faoi deara. Ba bheag nach raibh sé ar chomhairde leis féin, ach bhreathnaigh sé orlaí níos ísle mar gheall ar a thoirt. Ní foláir nó chaitheadh fear óg a chaith saol mar é a bheith faoi chathú uafásach coirp? Nó an gcuiridís rud éigin ina gcuid beatha leis an ngoineog a mhaolú? Sailpíotar sna fataí brúite a choinníodh na sinsir i gColáiste Pheadair ó dhul i mullach na gcailíní aimsire nó na sóisear, má b'fhíor do bhéaloideas an choláiste. Shnap Máirtín a intinn as an gconair sheachránach agus chuala a dheartháir a rá, in athuair ba léir,

'Ar an Domhnach, mar sin? Am agus áit ar bith a fheileann?'

'Taobh amuigh den Óstlann Ríoga . . . tuairim leathuair tar éis a ceathair . . . beidh mo mhála fágtha ansin agam.'

'Beidh mé *istigh* . . . sa seomra suí. Ní dóigh go mbeidh sé lán de dhruncaeirí faoin am sin den lá! Téigh slán. Táim ag dul isteach ag Daid ar an mbealach abhaile.'

Agus leis an iarraidh sin d'imigh sé trasna na cearnóige go dtí an áit a raibh a ghluaisteán. Bhreathnaigh Máirtín ina dhiaidh agus rinne amach go raibh sé dhá chloch róthrom dá aois agus dá airde, ainneoin nach raibh sé ag ól, agus thug an smaoineamh sin beagán pléisiúir dó. Ach bhí an duairceas tar éis é bhualadh arís agus ag fáil an ceann is fearr air. Chuir sé a lámh i bpóca an airgid agus thosaigh ag siúl i dtreo lár an bhaile.

4

Bhí dhá chineál ósta i mBaile an Chaisil; na cinn a choinníodh uaireanta dleathacha agus na cinn nach gcoinníodh. Bhí Ósta Mhaggie Pléamonn ar choirnéal sráide, trasna ó oifig *Churadh an Chaisil* agus is ann a d'óladh foireann an pháipéir agus na daoine iomadúla a mbíodh gnó acu leo. Bean ollmhór ab ea Maggie a raibh seacht gcinn de smigeanna uirthi agus colpaí a bhí ar chomhthiús le ceathrún. Ach bhí deiseacht agus go fiú dathúlacht ag baint léi i gcónaí, cé go raibh sí na trí scór, mar gheall ar dhá rud: a guth domhain ceolmhar agus a haghaidh chaoin, charthanach. Aintín léi a d'fhág an teach ósta aici, nuair nach raibh sí ach fiche bliain d'aois agus chomh dathúil is go mbíodh an siopa lán de shíor d'fhir de gach aois agus aicme, ag iarraidh í bhréagadh nó a phósadh, de réir a meoin. Bhí sí comhchneasta leo go léir ach níor mheall aoinne acu í.

I bhfómhar na bliana 1926 chonaic cailín i Lisín na gCaor, baile beag bídeach ceithre mhíle taobh thiar de Bhaile an Chaisil, an Mhaighdean Mhuire ina seasamh ar bhruach locháin as a dtarraingíodh muintir an bhaile uisce. Taobh istigh de bheagán laethanta, bhí na mílte ag cruinniú go laethúil, as gach ceard den tír, ar Lisín na gCaor, gur beag nár shatail siad an baile is a raibh ann síos sa talamh le tnúthán míorúiltí. Bhí an sagart pobail agus an tEaspag ó Maoláin ar thuras chun na Róimhe nuair a tharla na heachtraí seo agus nuair a d'fhilleadar cuireadh deireadh tobann leo. Sacadh an cailín, idir chorp is chleiteacha, isteach i gClochar na Toirbhirte, i dteannta na máithreacha neamhphósta agus coinníodh ann í gur shéan sí fírinne a físe. Ach sular tharla an méid seo bhí Tí Mhaggie lán le iriseoirí den uile chineál ó nuachtáin gháifeacha na Breataine, a bhí ag bleán acraí cló as scéal 'Mhaighdean na gCaor' nó 'Maighdean an Leasa' de réir mar roghnaigh na fo-eagarthóirí. Ní raibh creideamh ar bith ag a bhformhór agus chaithidís an lá Tí Mhaggie ag cruinniú béadáin áitiúil agus dá chur abhaile ar an telefón as oifig an *Churadh*.

Ina measc bhí firín beag feosaí, a raibh muineál fada air agus croiméilín tanaí dubh. Grianghrafadóir de chuid an Tiarna Beaverbrooke a bhí ann agus tar éis dhá lá bhí Maggie i ngrá don chéad uair. Bhí idir alltacht agus olc ar na fir go léir a raibh oiread sin ama agus airgid caite acu ag iarraidh í bhréagadh. Murach an cion a bhí ag gach aoinne uirthi, is cinnte go mbáfaí an séacla beag de Shasanach san abhainn. Ba chrás croí do na custaiméirí bheith ag fágáil an tí in am dúnta agus fios acu go raibh an Sasanach beag dea-chainteach ag fanacht ina ndiaidh. Ansin leath scéala, (mar ní cluasa amháin, ach súile, a bhí ag ballaí Bhaile an Chaisil) go bhfacthas an grianghrafadóir beag ag siúl go réidh, basach ó Thí Mhaggie go dtí an Óstlann Ríoga ar an sé a chlog ar maidin; scéal a dheimhnigh doirseoir béalscaoilte na hóstlainne. Ba dheacair é chreidiúint. Bhí Maggie dá thabhairt don Sasanach beag! Sceartán ar bholg bó, a dúirt an chuid de na fir a bhí in ann gáire Sheáin dóite a dhéanamh. B'éigean cur suas leis an scéal. Ach nuair d'fhill an t-easpag ba é an chéad mhaith a rinne sé, go fiú sular ghearr sé príosúnacht chlochair ar an gcailín a raibh sé de dhánaíocht inti an Mhaighdean Mhuire a fheiceáil in áit chomh mífheiliúnach agus le linn dá dhroim féin a bheith iompaithe, ná a ordú do phobal na dúiche cogadh a chur ar iriseoirí Sasanacha.

D'fhonn a ndílseacht don bhfíorchreideamh a chruthú in athuair, rug pobal iomlán Lisín na gCaor ar an ngrianghrafadóir beag agus ar iriseoir ón *Daily Mail*, a thug cuairt faoi choim ar an áit in aghaidh gach comhairle agus phléatáil siad an bheirt acu. Caitheadh claí i mullach an ghrianghrafadóra agus murach gur tharla an Sáirsint ó Loingsigh in áit na garaíochta ar a rothar, bhí siad len é bhá sa lochán. Chaith sé dhá mhí san ospidéal agus ansin tugadh ina chláiríneach go Londain é, áit a raibh a bhean agus a chlann ag feitheamh go mífhoighdeach lena theacht.

Naoi mí go pointeáilte tar éis na n-eachtraí seo rugadh iníon bheag feosaí dubh do Mhaggie ar ar bhaist sí Sail. B'shin deireadh le rómánsaíocht, mar bhí Sail beagán dímheabhrach, le cois a bheith ina scubaid gan dathúlacht dá laghad. Mar sin féin, choinnigh Maggie na custaiméirí sásta lena cineáltas, a féile agus a guth caoin ceolmhar. Agus ar an gcaoi rúndiamhrach a dtarlaíodh a leithéid i mBaile an Chaisil, fuair duine éigin amach go raibh buntáistí beaga áirithe le breith ar Shail, an té a n-éireodh leis í aimsiú chuige gan fhios dá máthair (rud a bhí deacair) sa bpasáiste fada, dorcha idir an siopa agus an clós ina raibh an leithreas. Seo é an chúis gur baisteadh Sail an Mheandair ar iníon Mhaggie agus cé nár thug Maggie aon leid riamh gur thuig sí na gábhanna ina raibh an cailín buíchraicneach, tanaí ag dul (ach oiread agus a labhair sí riamh ar a ginealach) d'éirigh sí as bheith ag coinneáil custaiméirí istigh tar éis uaireanta dleathacha agus coinníodh Sail sa teach ó thitim oíche go héirí gréine.

Maggie féin a bhí ina suí go stáidiúil ar chúl an chuntair nuair a tháinig Máirtín isteach. Ósta glan, néata a bhí ann, a mbíodh tine chroíúil i gcónaí i gceann an tí agus bruscar úr adhmaid scartha ar an urlár. Ní raibh istigh ach beirt, Micí mac Gabhna, eagarthóir an pháipéir, agus Murtaí ó Gríofa, an príomhthuairisceoir. Fear in aois a sheasca bliain nó mar sin ab ea an t-eagarthóir, a briseadh as a phost mar fho-eagarthóir san *Irish Press* i mBaile Átha Cliath, mar gur athraigh sé scéal tuairisceora i dtaobh cruinniú a bhí ag de Valera, ag a raibh sé féin i láthair. Thug an tuairisceoir le fios, de réir nóis, go raibh na mílte gan áireamh i láthair, ach léigh úinéirí an pháipéir ar maidin nach raibh ann ach beagán céadta fuarchúiseacha.

'Mise nó tusa, a bhuachaill mhaith,' a dúirt an t-eagarthóir leis an lá dar gcionn, 'agus ós baitsiléir tusa, bí dá ghearradh!'

Fear an-éirimiúil a bhí ann, ach le deireanas bhí sé tite go hiomlán in umar an tsearbhais agus na baothchainte. Ach fós bhí uaisleacht áirithe ina aghaidh, ainneoin na bhféitheanna gorma a bhí chomh flúirseach ar a fuaid. Bhí sé ina shuí ar stól ard ag ól fuisce te agus ag leadhbairt de Valera. Teach mór Fine Gael a bhí ann, mar maraíodh uncail do Mhaggie i gCogadh na mBráthar agus uncail eile sa Spáinn in éindí leis an nGinearál ó Dufaigh. Bhí pictiúir den dá uncail, d'Art ó Gríofa, de Mhícheál ó Coileáin, de Chaoimhín ó hUiginn agus den Ghinearál ó Dufaigh ar crochadh sa siopa. Thagadh maithe an pháirtí isteach ar cuairt chuici uair ar bith a mbídís sa mbaile mór, mar bhí sí fial le cistí toghcháin.

Bhí Murtaí ó Gríofa, mar ba ghnách gach oíche Déardaoin, lán go muineál le piontaí. Bhí sé ina sheasamh in aghaidh an chuntair, a dhá chois spréite amach óna chéile agus a dhá láimh ag iompar meáchan a choirp, a bhí ag luascadh anonn is anall. Bhí sé ionann's ag cur thar maoil.

'Gabh amach sa gheárd, a stóirín,' a deir Maggie go caoin. 'Sáigh do mhéaracha síos i do scornach agus caith aníos an lot. Tabharfaidh mé braon gin duit ansin le do ghoile a shocrú.'

Rinne an Gríofach clochar dothuigthe ina scornach agus dhírigh dhá shúil uisciúla, shreangacha ar Mháirtín. Rinne sé gnúsacht eile ina raibh a lán focla draosta le sonrú agus lean air ag luascadh a choirp anonn is anall.

'Táimid ag déanamh maistreadh,' a deir Maggie. 'Fáilte romhat, a Mháirtín. Céard a bheas agat? Leathcheann?'

Dúirt Máirtín go mbeadh mar bhí sé gar d'am dúnta. Bhí sé ar tí a leithscéal a ghabháil le Micí mac Gabhna faoina bheith mall agus faoi nach raibh focal ar bith scríofa aige dó nuair a thug an Gríofach ruathar síos an pasáiste cúil, ag bualadh faoi na ballaí agus ag brúchtaíl go tréan.

'Cé mhéad míle uair craos óil déanta ag Murtaí?' a d'fhiafraigh an t-eagarthóir. 'Má tá saol eile ar bith ann ní deacair a shamhlú cén pionós a gearrfar air. Níl faic scríofa agat, a Mhéalóidigh? Nach maith an scéal gur thuig mé nach mbeadh agus gur scríobh mé féin é, mar a dúirt an Cheaircín Bheag Rua. "Tá'n t-iomlán dearg i mo cheann," a deir sé, a Mhaggie. "Níl ann ach é chur síos ar pháipéar." Bhuel, scríobh mé féin é agus líon mé leis an mbinb é nár ceadaíodh dom a chur i bpríomhalt na seachtaine. Seasfaidh mise an deoch sin, a Mhaggie!'

'Ná bí róchrua air anois,' a deir Maggie, 'Nach iomaí sin uair a chlis tú féin?'

Ba chlos sianaíl chráite ó chúl an tí, áit a raibh Murtaí ó Gríofa ag impí ar Dhia agus ar phearsana eile, idir bheannaithe agus mhallaithe, é thabhairt saor ón mbás. Níor thug an triúr sa siopa aird dá laghad ar an ngeonaíl ach théadh geit i strainséirí a bhíodh ag dul thar bráid le linn do Mhurtaí a bheith ag 'folmhú', mar a deireadh Maggie. Bhuail an clog an deich, tharraing sí na dallóga agus d'iarr ar Mháirtín an doras a dhúnadh. Ansin mhúch sí na soilse uilig ach solas beag a bhí os cionn scipéad an airgid. Chaith Máirtín agus an t-eagarthóir siar a gcuid deochanna. Ghlaoigh Máirtín i leataobh ar Mhaggie agus shín ceithre phunt chuici.

'Táimid glan anois, a Mhaggie, agus go raibh míle maith agat.'

Thóg sí an t-airgead agus dúirt,

'Scaoilfidh mé amach anois sibh agus cuirfidh mé glas ar an doras. Scaoilfidh mé an buachaill amach doras an tí nuair a bheas na snaidhmeanna atá ar a phutóga scaoilte.'

Ar an mbealach amach an doras d'airigh Máirtín lámh Mhaggie ag tomadh go tobann i bpóca a sheaicéid. Nuair a bhí slán fágtha acu léi shiúladar trasna cearnóg bheag an mhargaidh, a bhí ar aghaidh na hArdeaglaise amach. Chuir Máirtín a lámh i bpóca a sheaicéid agus d'airigh cumraíocht dhá nóta puint. Bhí an t-eagarthóir ag cur de i dtaobh úinéirí an pháipéir.

'Dúirt mé leis an mBord nach bhféadfaidís gach trá a fhreastal agus go mb'fhearr gan aon cheo a scríobh i dtaobh an scéil ná bheith ag dul anonn is anall leis. "Fáiltigh roimhe . . . fáilte teoranta. Caithfimid a rá go gcuireann sé deireadh leis an ngunna sa bpolaitíocht. Ach caithfimid a rá freisin go gcaithfidh Emmet fanacht lena fheartlaoi..."'

Sheas an t-eagarthóir ag cúinne na cearnóige agus lig uaill. 'Foc Emmet agus a fheartlaoi,' rud a thug ar thriúr cailíní aimsire a bhí ag filleadh ar an ospidéal tabhairt do na boinn agus iad ag scréachaíl,

'Ó, a Mhaighdean, a Mhaighdean, ar chuala sibh dá ghearradh amach é?'

'Cén fáth a bhfanaim ar an mbaile lofa seo? D'fhéadfainn imeacht... d'fhéadfainn imeacht fós féin... ach ní imeoidh mé. Éist liomsa, a Mháirtín! Déan do chomhairle féin agus ná lig don saol buarach a bhualadh ort.'

Seanphort é seo a bhí seanchloiste ag Máirtín agus ag chuile dhuine eile a castaí i mbealach Mhicí mac Gabhna i ndeireadh oíche. Chasadar suas an tSráid Láir agus ansin le fána i dtreo na nduganna.

'Agus sin é an cineál príomhailt a bheas againn ar an Satharn?'

'Ó, ní hea! Chuireamar béim ar aontas agus ansin dúirt an Cathaoirleach go gcaithfí labhairt faoi chomhoibriú an phobail. Tá baint ag a bhean leis an gcóisir seo atá le airgead a bhailiú do na daoine atá dá díshealbhú thuas ar an Sicín. "Miontsamhail den tír atá uainn amach anseo, ina mbeidh Caitlicigh, Protastúin, Preispitéirigh..." agus an bhuinneach sin uilig le saol na saol amen. Agus an bhfuil fhios agat fírinne an scéil? Tá trí phunt déag riaráistí ar an dá chlann atá i gceist, ceart? Tá tríocha duine ar choiste na cóisire, ceart? Sin áireamh simplí... abair seacht agus sé pingne an duine. Chuirfidís mada gan tóin ag cac... an t-iomlán dearg

acu. An dtiocfaidh tú liom chuig na Ridirí
. . . tabharfaidh mé isteach tú?'

'Go raibh maith agat, ach tá súil liom sa bPota Gliom-
ach. Feicfidh mé ar an Satharn tú . . . agus tá aiféal orm i
dtaobh an rud eile úd.'

Ach bhí an t-eagarthóir i log duaircis agus
féinchéasadh.

'Cén diún nó ainsprid a chas isteach sa mbaile seo mé?
Garraí gabhainn an anma agus na hintleachta! Ólfaidh
mé fuisce i dteannta prionsaí gnó agus trachtála na
cathrach seo agus éistfidh mé lena gcaint gan eitir. Ach ar
a laghad ar bith ní chaithfidh mé cur suas leis na
muicealaigh mná atá pósta orthu. Tá dianchosc ar
mhná!'

D'iompaigh sé chuig Máirtín. 'Má tá deoch amárach
uait, má theastaíonn uait bás do Shlánaitheora a
cheiliúradh i mo theannta . . . dhá bhuille fada agus buille
gearr ar chlog an dorais agus iarr mise . . . ach ná tabhair
do chara gránna, goiríneach leat. Téigh slán!'

Bhí Máirtín ar tí casadh isteach i Sráid na gColmóirí
nuair a bhuail ocras é agus smaoinigh sé ansin nach raibh
tada ite aige ó mheán lae, nuair a thug Bean mhic an
Adhastair dhá fhata, spúnóg píseanna agus abhac
d'fhaoitín dó. D'iompaigh sé ar ais agus chas isteach i
mbealach cúng caoch ina raibh ocht gcinn de
phlódthithe, pán, dhá shiopa éisc agus teach crúibíní a
bhíodh ar oscailt óna hocht a chlog go dtí an haon ar
maidin. Ar an teach seo a rinne sé.

Beirt dheirféar, Máire agus Mona, a raibh aois na Caillí
Béarra acu, a bhí i mbun teach na gcrúibíní. Bhí seomra
beag cúng chun tosaigh a raibh cuntar gréiseach trasna
trína lár. Ar chúl an chuntair bhí sorn ar a raibh trí phota

ag síorfhiuchadh: crúibíní muc i bpéire acu agus coiníní sa gceann eile. Bhíodh na cailleacha ina suí ar 'chaon taobh den sorn ag dáileadh beatha ar na custaiméirí. Áit fíorbhrocach a bhí ann. Bhíodh an t-urlár clúdaithe le bloghanna geire, gréis, mionchnámha agus ruainní craicinn mhuice. Ar éigean a théadh aoinne isteach ann gan a dhóthain a bheith ólta aige agus ba ghnách drochachrainn ann ó am go chéile mar bhí an áit cúng agus daoine brúite i mullach a chéile. Ba í Mona an duine ba scafánta de na cailleacha agus b'aici a bhí an t-arm cosanta ar iompar: ga mara a choinníodh sí sáite i ngráta an tsoirn i treo is go mbíodh sé caordhearg de shíor. Dá mbeadh achrann ag bagairt thar chuntar isteach nó dá gcuirtí caidéis ar chaighdeán bia nó ar chruinneas sóinseála, tharraingíodh Mona amach an ga mara agus thosaíodh á luascadh os cionn na gcustaiméirí. Bhí an-tionchar ag an nga mara ar fiú an chuid ba chaochta acu. An bhliain ar chríochnaigh an cogadh, tháinig an chéad long mhór isteach go Baile an Chaisil; long Spáinneach ag iarraidh last fataí síl. Tugadh poitín in áit fuisce do chuid den chriú i gceann d'óstaí an bhaile agus bhuail duine acu Máire sa gceann le stán salainn mar nach raibh sí dá bheathú sách scioptha. Sular bhuail Máire an talamh agus clais i gcúl a cinn, fuair an mairnéalach iarraidh den gha mara ó Mona a d'fhág ar leathchluais é. B'shin é an chéad uair agus an uair dheiridh go dtí seo a bhfuarthas boladh feoil daonna á róstadh i dteach na gcrúibíní.

Nuair a rinne Máirtín a bhealach chuig an gcuntar, bhí Mona ag argóint le fear ard cnámhach a raibh seanchóta dubh air agus róipín fáiscthe faoina bhásta.

'Tabharfaidh mise béile duit ceart go leor, ach caithfidh tú fanacht agus an áit seo a ghlanadh. Sin é an margadh! Tá muid ag dúnadh ar uair an mheán oíche anocht mar gheall ar an lá atá amárach ann.'

Rinne an fear ard gioblach eascaine faoina anáil agus shuigh síos ar bhinse cois balla le hais Gearmánach mór millteach a bhí ag iarraidh píosa de choinín a changailt as cúl a ghlaice. Fuair Máirtín trí chrúibín ar phláta airm, a goideadh as an mbeairic mhíleata agus a díoladh leis na cailleacha, agus shuigh ar bhinse trasna uathu. Bhí an fear gioblach sa gcóta dubh ag breathnú air go fiosrach. Bhí aghaidh chnámhach lasánta air agus súile beaga caidéiseacha a bhí ag síordhearcadh timpeall ó dhuine go duine. Sheachain Máirtín a shúile mar bhí eolas aige air. Nádúr a tugtaí air agus bhí sé ina chónaí i mbád pléisiúir a thréig oifigeach in aerfhórsa na Breataine sa dug an lá ar bhris an cogadh in aghaidh na Gearmáine amach. Ní ar an gcúis seo a tugadh Nádúr air ach mar gheall ar nós súdaireachta a bhí aige. Ba ghnách leis eolas a fháil faoi ghinealach strainséirí i dtithe ósta agus ansin chuireadh sé forán orthu agus deireadh, 'Duine dá leithéid seo de chlann óna leithéid seo eile de bhaile tusa. Tá an-nádúr agam le do mhuintirse, tá sin.' Ba ghnách le cuid mhaith é fhógairt i dtí an diabhail ach d'fhaigheadh sé deochanna agus síneadh láimhe ó dhaoine eile. Bhí fhios ag Máirtín go raibh sé ag brath ar chrúca a chur ann féin agus thug sé iomlán a aird ar na crúibíní gréiseacha.

Bhí an Gearmánach mór gléasta i bhfo-éadaí troma, buataisí mara agus caipín cniotálta. Bhí a éadan clúdaithe go hiomlán le ramallae ón gcoinín agus é ag sileadh anraith bhréan anuas ar a ucht. Captaen fomhuireáin a bhí ann a thug lán báid de theifigh ón nGearmáin chun na hAirgintíne, nó b'shin a cheapadar siúd. Ach tar éis a gcuid airgid a fháil chuir sé i dtír in Albain iad, mar dhea go raibh máchail ar an inneall, agus d'fhág ansin iad. Thug sé féin agus an firín beag a bhí ina theannta an bád go hÉirinn agus bhí sé anois ag iascach do Chomhlucht mhic Aindriú, a chuir siopa éisc i dteannta na siopaí eile go léir a bhí cheana acu nuair a chonaiceadar chucu bruth faoi thír seo an chogaidh.

Bhí an Gearmánach ag roiseadh cainte leis féin. Ní raibh mórán ar bith Béarla aige ach deireadh sé anois is arís, go míchruinn agus go dainséarach, 'K.O? K.O?' Deireadh daoine go dtosaíodh a choinsias ag cur isteach air mar gheall ar an dream a thréig sé, nuair a bhíodh ól trom déanta aige, ach ós rud é go raibh sé os cionn sé throigh ar airde agus seacht gcloch déag meáchan ní mórán caidéis a chuir aoinne air.

D'fhág Máirtín teach na gcrúibíní agus rinne ar na duganna. Bhí sé níos sásta leis féin ná mar bhí in am ar bith ó mhaidin. Bhí sé ar intinn aige fanacht ar an gcaoi sin anois . . . go maidin ar chuma ar bith.

Dé hAoine 15 Aibreán 1949

CHUIR Nádúr a mhallacht arís eile ar na cailleacha i dteach na gcrúibíní nár mheabhraigh dó go raibh uair an chloig d'Aoine an Chéasta caite. Thrasnaigh sé Sráid na gColmóirí agus rinne chomh maith is a bhí sé in ann ar an dug. Nár thé léine an bháis thar imleacán oraibh, a deir sé leis féin, ach nach mé féin is measa is a raibh de chaint ar an gCáisc agus ar an Republic nua seo i gcaitheamh an lae. Choinnigh sé air de rithí reatha gur oscail ceann na sráide ina raibh an Pota Gliomach agus na duganna ag a cheann. Nuair a bhí an tsráid fliuch, mar a bhí anocht, faoi sholas na soilse sráide, agus é ina lán mara, ní aithneofá bóthar thar uisce ar an gcéad amharc. B'shin ba chiontach le daoine nár thug ach an chéad amharc, má thugadar amharc ar bith, dul isteach de shiúl cos, ar rothair agus ar ghluaisteáin . . . nó iontu má b'fhíor, amhail is dá mba iad na gluaisteáin a bhí i gceannas ar na tiománaithe.

Bhí cuimhne ghléineach ag Nádúr ar an ngluaisteán deireanach a chuaigh le bruach, arae, ba bheag díreach nach ndeachaigh sé trí thaobh an bháid ina raibh sé ina chodladh . . . Dhúisigh an phlimp, an mhaidhm agus sianaíl dheiridh na ndaoine é. Foc síos sibh, ach nach gar a chuaigh mé dó i ngeall oraibh, an chéad smaoineamh a

61

chuaigh trína cheann agus é ag ardú suas ar deic. Bhí na soilse fós le feiceáil faoin uisce agus bolgáin ag teacht go huachtar. Ní raibh an deoraí ag corraí ach go raibh soilse dá lasadh de réir a chéile i bhfuinneoga uachtair na dtithe timpeall an dug. Mhúch soilse an ghluaisteáin agus ansin d'oscail doras tí agus tháinig sioscadh íseal cainte thar uisce anall. Ní raibh aon bhuille snámh ag Nádúr ach oiread leis an gcloch ach chuir sé dhá chor den téad cinn timpeall a riosta agus d'ísligh é féin amach thar ráille go raibh sé go guaillí in uisce. Thom sé a cheann faoin uisce, d'éirigh aníos de shiota agus thosaigh ag geonaíl agus ag bladhrach os ard a chinn. Ba é an chéad mhaith ab éigean do na sluaite tarrthála a dhéanamh nuair a shroicheadar an dug, Nádúr a tharraingt aníos ar cheann téide agus an t-uisce bréan a bhí slogtha chomh cúramach aige a bhrú amach as a ghoile. Má tháinig fuíoll cúrach a chuid óil aníos ina theannta níor çaintíodh air, má tugadh faoi deara ar chor ar bith é. Ach ba mhó go mór an chaint a bhí ar éacht tarrthála Nádúir ná ar an triúr a chuaigh le balla agus a tugadh go barr uisce ocht n-uaire an chloig ina dhiaidh sin. Ba chabhair dá chúis leisce an nuachtáin áitiúil, gan trácht ar mhaithe móra an bhaile, a bheith ag trácht ar an gcaoi ar theip trí huaire ar an gcrann tógála an gluaisteán is a raibh ann a thógáil agus an mhoill a tharla sular fritheadh an tomadóir (ní áirím an mhoill a tharla sular cuireadh síos é leis na cáblaí a chur i dtreo). Ba bheag a dúradh faoi ghuaiseanna na háite ná faoin stialladh agus an stróiceadh a thug na mairbh dá chéile le linn na meandair uafásacha sular phlúchadar ar ghrinn-eall an duga. Bhí sé fóinteach ar a lán cuntar laoch a aimsiú, má ba laoch cineál corr féin é, nárbh fhios cé dar díobh é agus nárbh eol do thriúr ar an mbaile a shloinne.

Cé nár foilsíodh a chuid scéalta sa nuachtán áitiúil, chuir na tuairisceoirí chuig na heagráin Éireannacha de na nuachtáin Dómhnaigh Shasanacha iad agus ba shólás áirithe do ghaolta na marbh a fháil amach gur chuala Nádúr, le linn dó bheith ag tomadh leis faoi uisce, glórtha so-aitheanta cinn ag aithris an Ghníomh Croíbhrú in éindí. Sólás teoranta go leor do dhuine ar bith a raibh aithne aige ar na mairbh (beirt Mhaidíneach as an nGort Breac agus col ceathrar leo a bhí sa mbaile ó Shasana) agus a thuigfeadh go maith gur rídhóigh gur ag bádóireacht milleáin agus mallachtaí ar a chéile a bhíodar gur imigh an dé astu. Ach má chuimhnigh duine ar bith ar a leithéid níor caintíodh ró-ard air ar feadh aga aimsire agus níor fiosraíodh ródhian i dtaobh an treo as a dtáinig siad nó cá bhfuaireadar an poitín, a raibh a bholadh go láidir fós orthu tar éis iad a bheith ar maos in uisce ar feadh ocht n-uaire an chloig.

Mheabhraigh Nádúr guagacht an tsaoil le linn dó bheith ag scrúdú aghaidh dhorcha, dhrogallach an Phota Gliomach. Calar breac oraibh, a deir sé leis féin, cé nach raibh sé róchinnte anois cén duine nó daoine a ba chiontach le é bheith amuigh nuair ba chóir dó bheith istigh. Le linn a thréimhse ghairid i mbéal an phobail ba ar éigean a bhlais sé pórtar ach amháin nuair ab éigean an tart a dhúisíodh fuisce te a mhúchadh.

Ní nach ionadh, tholg sé drochshlaghdán tar éis an fhliucháin, cé gur thug Cumann Uinseann de Pól agus bean an mhinistir Phrotastúnaigh cual éadaigh agus cóta mór dubh dó. Rinneadh bailiúchán freisin leis na trí nótaí puint agus an nóta deich scilling a bhí ina phóca nuair a chuaigh sé thar ráille, agus a leáigh, ní nach ionadh, a chúiteamh leis. Ní mórán a bailíodh timpeall na nduganna, ach fuair mná carthanacha meall maith ar fud an bhaile. Ba bheag díreach nár shéalaigh sé nuair a dúirt Bean uí Mhainnín, a bhí ina cathaoirleach ar an gcoiste fóirithinte, leis go rabhadar leis an airgead a chur in oifig an phoist sa chaoi is nach bhféadfadh sé níos mó ná dhá phunt sa tseachtain a tharraingt. Tháinig sé chuige féin sách sciopta le scéal áibhéileach a inseacht do Bhean uí Mhainnín: go raibh cúpla punt amuigh air agus go mba é seo a sheans lena choinsias a ghlanadh agus chomh maith céanna gur mhaith leis plásóigín reilige a cheannach agus cúpla punt a fhágáil faoi chúram Mhungail de Róiste, sa bPota Gliomach, le conra a chur air agus ruainne d'aibíd agus chomh maith céanna bheith cinnte go dtabharfaí chun an tséipéil é, go gcuirfí smeadar éigin urnaí lena anam agus (nuair a b'fhacthas dó nach raibh an sclíteach ag bogadh sách sciopta) go raibh na scamhóga cineál fabhtach anois de bharr na tarrthála agus go dtagadh fuil . . . i gcead an chomhluadair . . . as a thóin uaireanta nuair a scaoileadh sé cnaipe agus go raibh na dochtúirí badaráilte . . . Scar sí leis an airgead agus bhí an t-iomlán caite ag Nádúr taobh istigh de sheachtain.

Le linn dó bheith ar ais go hiomlán faoi thoirmeasc sna hóstaí go léir a lig isteach é le linn a thréimhse ghearr laochais (ach amháin an Pota Gliomach) tháinig na gardaí chuige maidin agus é díreach ag teacht aníos ar deic agus ordú acu dó dul díreach chuig Teach na Cúirte mar go raibh toirtín oifigiúil Rialtais le bronnadh air. Murach seanaithne a bheith aige ar an nGarda ó Siochrú ba inmhaite dó a cheapadh gur cleas a bhí anseo lena chluicheáil amach as an mbád agus soir go dtí an County Home, rud a bhí geallta míle agus céad uair dó ag an táilliúirín. Ach bhí muinín aige sa nGarda ó Siochrú agus gheall seisean dó, ar a fhocal onórach, gur ó lámh an Ghiúistís uí Dhonncha féin a chaithfeadh sé an toirtín oifigiúil seo a fháil. Chuir sé air an cóta mór dubh a fuair sé ó bhean an mhinistir agus ba bhreá an sásamh dó bheith ag siúl trí phríomhshráideanna Bhaile an Chaisil idir bheirt gharda agus é ag comhrá go soineanta leo agus an pobal ag ceapadh . . . ach ba ghairid a mhair a shásamh. Nach ag na custaiméirí sa bPota Gliomach a bhí lán a mboilg de shásamh air. É féin agus a thoirtín, dar lán an leabhair.

Bitch de mhidil agus píosa páipéir nach raibh sé in ann a léamh mar gur Gaeilge scríofa i mBéarla a bhí priontáilte air! Níor fágadh de shásamh aige a thóin a ghlanadh leis, a dúirt an táilliúirín, mar bhí na coirnéil chomh géar go dtarlódh go héasca go n-osclódh sé é féin ó shacán síl go gimide. Foc an táilliúir míolach, a deir sé leis féin, mar go raibh sé go cinnte ina shuí go teolaí istigh agus é féin taobh amuigh.

Ach níorbh é an dul isteach ba mheasa . . . ach gan luach dí a bheith aige. Mar ba é sin an dlí nua a chuir an Róisteach i bhfeidhm tar éis lá an toirtín, nuair a sháraigh mí-iompar Nádúir rialacha fíordhaonna an Phota Ghomach féin. Díbríodh é dhá uair an chloig roimh am dúnta agus ordú aige ó Mhungail de Róiste, óna bhean agus óna iníon Nancy, gan filleadh go deo arís. Seachtain chrua eadrascáin a thóg sé air cos a chur isteach arís thar tairseach. Murach gur éirigh leis cur ina luí ar an Róisteach, trína iníon Nancy, go raibh sé ar intinn aige dul chuig an County Home, chomh luath is a bheadh slán fágtha aige leis an dream a bhí chomh deas leis aimsir an bhá mhóir! Ní móide go n-oibreodh sin féin ach gur chuir sé ainm go speisialta ar an iriseoir Murtaí ó Gríofa, a scríobh na scéalta breátha ina thaobh a léigh na mílte agus na mílte i gcéin.

Thuig Nancy, mar a thuig Nádúr féin, nach bhfeilfeadh sé di féin ná don Phota Gliomach go mbeadh scéalta dá bhfoilsiú faoin bhfear a dúirt Gníomh Croíbhrú faoi uisce le daoine a bhí á mbá (an leagan den scéal a bhí sa timpeall trí bliana tar éis an bhirt) a bheith dá dhíbirt chuig Teach na mBocht de bharr toirmisc ósta. Chuir sí ar a shúile dá hathair nach gcreidfeadh aon duine an scéal a d'inseodh Nádúr, ach gur chuma sin dósan i ndeireadh na dála. Nuair a labhair sí lena máthair bhí sí níba ionraice agus thagair sí don spéis a bhí aici féin i Murtaí ó Gríofa. Thug seo a máthair ar a taobh láithreach, mar go raibh sí in imní i dtaobh cuid de na mic léinn ollscoile a bhí ag taobhachtáil an tí le gairid, go speisialta an buta beag goiríneach úd, Bilín ó Gráda. Nár chuala sí an táilliúirín féin a rá go ngreamódh cáil an chraicinn go deo do chailín ar bith a d'fheicfí i gcomhluadar duine ar bith de Ghrádaigh na Páirce.

Rinne Nádúr a bhealach aistreánach ar ais, cé gur ag Mungail a bhí an focal deiridh. Bhí cead ar ais ag Nádúr, ar chuntar go gcaithfeadh sé luach deoch amháin, ar a laghad ar bith, a bheith aige ar theacht isteach dó agus dá dtarlódh sáraíocht ar bith ina dhiaidh sin go gcaithfeadh sé bailiú leis. Trí bliana a sheas an margadh gan briseadh, ach anois bhí Nádúr amuigh agus gan ina phóca ach oiread agus a cheannódh an tríú cuid de ghloine pórtair, dá mbeadh a leithéid de mhiosúr ann.

Leath torann toll buille aonair na leathuaire ó chlog an teampaill ghallda ar fud an bhaile. Mo chuid buinní ort, a deir Nádúr os ard, ach níor chuala é ach aghaidh chaoch an tí. Ba ansin a chuala sé torann guthanna daonna ó

cheann de na stórtha móra a bhí ar an taobh eile den dug.
Rinneadh staic de. Tar éis meandair, chuala sé guth eile a
bhí thar a bheith lag, múchta agus ansin guth ag rá go
soiléir,

'Caith aníos é, a leibide, caith aníos é!'

Dar Íosa Príosta, arsa Nádúr leis féin, daoine! Thug sé
a chúl leis an bPota Gliomach agus rinne caol díreach ar
an torann ar nós mada fiaigh sa tóir ar chreach.

Ní raibh sé imithe i bhfad nuair a chuala sé an glór lag,
glór a d'aithin sé go maith, ag fógairt.

'Ó, a Pheaitín, a chomrádaí, tabhair aníos mé. Ná fág
anseo mé, a Pheaitín, a stór.'

Thosaigh Nádúr ag gáire go fíochmhar, theann an
róipín faoina lár agus thosaigh ag sodar timpeall go dtí an
áit a raibh na glórtha ag baint macalla as na tithe arda a
bhí ar thrí thaobh an duga. Ní raibh an táilliúirín
buinneach istigh sa bPota Gliomach tar éis an tsaoil! Ar
chúis éigin a d'aimseodh Nádúr gan mhoill bhí sé
sáinnithe thíos sa trálaer Gearmánach agus é ag cinnt air
theacht aníos.

Bhí an Táilliúir ó Briain ina chónaí leis féin i dteachín
dhá sheomra ar bhruach na' farraige tuairim ceathrú
míle soir ó na duganna. Ní raibh lúd ar bith i leathchois
aige agus ina cheann sin bhí a ghéaga go léir giortach.
Théadh sé thart ar mhaidí croise agus bhí sé tugtha suas
dó go mba aige a bhí an teanga ba bhrocaí i mBaile an
Chaisil agus nach raibh ach beirt eile ar an mbaile a bhí in
ann cocaireacht a choinneáil leis, Nádúr agus cócaire
airm darb ainm Maitias ó Máille. Ach ní ag sciolladh a bhí
an táilliúir anois ach ag impí go truacánta as íochtar an
duga go dtabharfaí aníos ar bruach é.

Thosaigh Nádúr ag scairtíl gáire nuair a tháinig sé ar

an mbruach os cionn an bháid. Bhí fear mór toirtiúil ina sheasamh ansin ag fógairt ar an táilliúir an rópa a thit as a lámh a chaitheamh ar ais aníos chuige. Bhí an táilliúir ag lapadaigh thart ar bhlár an bháid ag iarraidh ceann an rópa a aimsiú le ceann dá mhaidí croise. Ba bheag nach raibh sé ag caoineadh.

'Hóra, a Bhrianaigh bhig na míol! An ag brath ar dhul ag iascach atá tú? Nach beag a cheap mé go bhfeicfinn táilliúir sa mbruth faoi thír!'

'Scread mhaidne ortsa, a ragaí,' arsa an fear mór. 'Gabh i leith anseo go dtabharfaimid an cleabhar aníos as an mbád.'

'Fanadh sé ann go n-íosfaidh na bairnigh é,' a deir Nádúr. 'Ní mé a thug ann é.' Ansin bhreathnaigh sé go glic ar an bhfear mór. 'Má thugann tú isteach sa bPota Gliomach leat mé . . .'

'Nár fheice tú Dia ná Muire ina dhiaidh, a phlá portáin!' Níor fhéad an táilliúir guaim a choinneáil air féin nuair a chuala sé Nádúr ag breith buntáiste ar an ngábh ina raibh sé féin.

'. . . agus leathshabhran ón gceann míolach,' arsa Nádúr. 'Sin a bhfuil ann—de Ghaeilge ná de Bhéarla. Céard deir tú anois, a Bhrianaigh bhuinnigh an bhoid bhréige!'

'Éistigí, as ucht Dé dílis oraibh,' arsa an fear mór. 'Tá an áit dúisithe agaibh. Gheobhaidh tú do leathshabhran agus rachfaimid uilig sa bPota Gliomach ach caithfimid an diabhal seo a thabhairt aníos ar an mballa.'

hOsclaíodh fuinneog uachtarach tí ar an taobh thall den dug agus scairt guth feargach fir. 'Éirigh as an ngleo sin nó cuirfidh mé fios ar na gardaí! An bhfuil aird ar bith agaibh ar dhaoine gnaíúla atá ag iarraidh dhul a chodladh?'

'A Dhia bheag dhá réiteach, sin é an Maicíneach, an comhairleoir baile,' arsa an fear mór os íseal. Ach sula raibh am aige aon cheo eile a dhéanamh lig Nádúr uaill as.

'Gabh ar ais ar an leaba agus buail round ar do bhean. Fada cheana ó chuir tú aon chaidéis uirthi. Tá an lá amárach ina shaoire!'

'Cuirfidh mé sa gCounty Home tú, a chual lofa ceirteacha,' arsa an Comhairleoir ó Maicín agus é le báiní. 'Contúirt do shláinte an bhaile tú!'

'Muise d'fhéadfá a rá, a dhuine uasail. Nach bhfaighim a bholadh thíos anseo!' Chuaigh Nádúr go bruach na céibhe arís agus bhéic go gangaideach ar an táilliúir.

'Cá raibh a lámh ag bean an tincéara nuair a rug Micil an Chúinne oraibh?'

Thosaigh glórtha feargacha ag fógairt trasna an uisce éirí as an ngleo nó go mba dhóibh ba mheasa agus go mbeadh na gardaí ar an láthair nóiméad ar bith. Rug an fear mór i ngreim píobáin ar Nádúr, chroith é agus mhionnaigh go gcaithfeadh sé síos i mullach an táilliúra é dá n-osclódh sé a bhéal arís. San am céanna thug sé le fios don táilliúir go bhfágfadh sé thíos go maidin é dá gcloisfí smid eile ach a chuid paidreacha as a bhéal. Bhí an fear mór ar bior mar ba airsean a bhí milleán an scéil le bualadh. Peaitín ó Gríofa a bhí air agus ba é a bhí ina mháta ar an *Schlossberg*, an bád ar a raibh an táilliúir gaibhnithe. B'as oileán i ndeisceart na tíre é agus bhí sé fíordheacair a chuid cainte a thuiscint de bhrí go mba bhéas leis focla iomlán abairte a raideadh amach i dteannta a chéile. Ba mheasa arís é nuair a bhíodh ól déanta aige nó nuair a d'éiríodh an braon ann agus bhí sé sa dá chás anois. Bhí deartháir leis sa mbaile dá phósadh Máirt Chásca agus de bhrí nárbh fhéidir culaith shiopa a fháil a bheadh fairsing go leor dó bhí an táilliúir ag déanamh na hoibre dó.

Thug an táilliúir an chulaith chríochnaithe chun an bháid chuige ag an deich a chlog, ach nuair a chuir sé air é bhí muinchille amháin beagán rófhada agus bheartaigh an táilliúir an scéal a chur ina cheart ar an spota. Bhí an máta chomh sásta go raibh an chulaith réidh, (mar bhí an táilliúir ar tháirm uafásach óil an tseachtain roimhe sin) gur thug sé amach buidéal branda Spáinneach a cheann-aigh sé ó chaptaen trálaeir a gabhadh faoina bheith ag iascach taobh istigh de na teorainneacha. Nuair a bhí an fhuáil uilig déanta agus an buidéal folamh, tháinig an bheirt aníos ar bhlár agus ba bheag nár thit an t-anam astu nuair a chonaiceadar go raibh an bád ar thalamh agus í claonta isteach in aghaidh an bhalla. B'amhlaidh a rinne an fear a bhí ar dualgas dearmad na geataí a dhúnadh agus le barr ar an ngreann, bhí trá mhór ann. Dhreap an máta suas slabhra a bhí ag sileadh anuas le taobh an bhalla agus ceann téide ina bhéal, ach nuair a d'fhógair sé ar an táilliúir an téad a cheangal faoina bhásta, shnap sé chuige chomh santach sin é gur thug sé amach as lámh an mháta é.

Chuaigh an máta agus Nádúr ar a ngogaidí agus bhreathnaigh síos ar an táilliúir a bhí ina shuí faoi agus a ghéaga sínte amach i ngach treo ar nós frog a rachfadh roth cairr os a chionn. Tar éis meandair d'éirigh an máta agus dúirt,

'Tá sé níos sábháilte croch thógála a chur air agus é thabhairt aníos ar an tácla. Cuirfidh mé rópa eile faoina lár agus nuair a bheas sé crochta suas tarraingeoidh tusa isteach ar an mballa é.'

Tar éis don mháta é seo a rá trí huaire, dúirt Nádúr gur

thuig sé é agus go ndéanfadh sé rud air. Rug an máta ar an slabhra agus scinn síos sa mbád. Ainneoin a mhéid, bhí sé chomh héadrom ar a chois le damhsóir agus gan mórán achair bhí an bloc agus an tácla feistithe agus rópa éadrom caite suas chuig Nádúr aige. Bhí an táilliúir lena linn seo ag canrán agus ag geonaíl agus ag fiafraí den mháta céard a bhí ar bun aige. Níor labhair an máta focal, ach nuair a bhí an deis tógála réitithe rug sé ar an táilliúir, cheangail ar nós sicín é a bheadh le róstadh, sháigh crúca an tácla faoi na snaidhmeanna a bhí os cionn log a dhroma agus thosaigh dá thácláil suas san aer. Bhí an oiread sin uafáis ar an táilliúir nár tháinig smid as a bhéal nuair a rinne sé iarracht sian a ligean. Bhí sé crochta san aer, greim an fhir bháite aige ar an dá mhaide croise agus é ag luascadh agus ag casadh sa dorchadas. Thug gliogarnach tholl an bhloic agus an tácla na daoine a mheas go raibh suaimhneas faighte acu ar ais chuig na fuinneoga. Bhí an táilliúir crochta chomh hard is a bhí ann idir dhá chrann an trálaeir agus é fós balbh le scéin.

'Tarraing chugat é,' a scread an máta, 'Agus ligfidh mise leis de réir a chéile.'

'Céard tá tú a' rá?' a bhéic Nádúr. 'Ní féidir liom tú chloisteáil'

'Calar breac ort, a phrioslacháin. Tarraing chugat é, a deirim.'

Tharraing Nádúr chuige an táilliúir ach chomh luath agus a lig an máta leis an tácla scaoil Nádúr lena rópa féin agus scinn an táilliúir amach arís sa duibheagán agus é ag casadh thimpeall ar nós damhán alla ar cheann téide. Tháinig a ghuth chuige de bharr an dara geit seo agus thosaigh sé ag sianaíl go truamhéileach. Bhéic an máta suas agus cuthach feirge air.

'Tá do dhóthain déanta anois agat, a bhacach bréan. Cuir mallacht an chláirinigh air, a tháilliúir, a bhitch!'

Lig Nádúr uaill as láithreach. 'Fan anois, a chomrádaí, croch suas beagán é, a chomrádaí. Sin é anois é! Lag beagán! Sin é anois é! Lag beagán eile! Sin é anois é! Nach ag trickseáil a bhí muid, a chomrádaí.' Agus thug sé an táilliúir anuas ar a bhéal faoi i lochán puití ar bhruach an duga. Stop an táilliúir den sianaíl agus thosaigh air ag iarraidh snaidhmeanna na croiche tógála a scaoileadh.

Tháinig an máta aníos an slabhra go gasta agus chroch an táilliúir den talamh gur chuir na maidí croise faoina ghuaillí. Bhí an fear bocht clúdaithe le guta ón dug agus le tarra as an mbád agus é fós lag le scéin. Bhí Nádúr ina sheasamh cineál maolchluasach ag breathnú air. Bhí daoine ag réabadh agus ag béicíl ó thrí thaobh an duga. Tharraing an máta lasc dá dhorn san ucht ar Nádúr agus chuir ina shuí ar a thóin sa láib é.

'Ba bheag a bhéarfadh orm tú a chaitheamh sa dug, a ruifínigh mhínáireach! Éirigh as sin agus bailigh suas sa bPota Gliomach sula dtiocfaidh na gardaí. Téanam ort tusa freisin agus stop den chroitheadh. Tá tú ar thalamh tirim anois.'

Bhain an triúr acu as timpeall an dug ag déanamh ar an bPota Gliomach; an máta ag tabhairt abhóga móra, Nádúr ag sodar agus a cheann sáite amach roimhe agus an táilliúirín bídeach istigh eatarthu agus é ag luascadh roimhe go díoscánach ar a mhaidí croise.

## 2

Ar bhuille an dó stad Mungail de Róiste de bheith ag líonadh piontaí agus d'fhógair ar an siopa plódaithe.

'Tá sé in am an droichead a thógáil, lads! Amach le fear scafánta éigin!' Bhí an siopa agus an seomra beag a bhí taobh leis pacáilte le slua callánach fear agus bhí an t-aer ramhar le deatach bánghorm. Bhí sorn i lár an urláir ina raibh morc tine agus allas lena raibh ina thimpeall. Chomh luath is a labhair Mungail leag Bilín ó Gráda uaidh a dheoch agus chuaigh go haclaí amach an pasáiste a bhí idir an siopa agus an chistin.

Bhí Nancy de Róiste ina suí ar chathaoir os comhair na tine ag róstadh píosa aráin ar ghabhlóg. Chas sí a ceann go leisciúil nuair a chuala sí Bilín ag teacht agus rinne meangadh leis. Chuir sí bior a teanga amach idir a liopaí tiubha agus dhírigh siar sa gcathaoir. Sheas Bilín agus lígh a corp lena shúile beaga fuarchúiseacha: a béal mór bog, na cíocha troma a bhí ag crochadh gan chuing ina geansaí cniotáilte, a másaí cruinne . . . A Thiarna, nár bhreá go deo an léim í! Níor labhair ceachtar acu. Chuaigh Bilín amach an doras cúil agus síos go cúl na sráide mar a raibh dréimire leagtha in aghaidh an bhalla. Chuaigh sé suas an dréimire gur tharraing aníos dréimire eile a bhí in aghaidh an bhalla taobh amuigh. Leag sé an dá dhréimire le hais an bhalla taobh istigh agus ar ais leis go cistin. Ní raibh aon bhealach isteach sa bPota Gliomach anois agus duine ar bith ar theastaigh uaidh imeacht ba é Mungail de Róiste a ligfeadh amach é. Is i ngeall ar a dheacra a bhí sé teacht amach as a tugadh an

Pota Gliomach ar an áit sin agus freisin de bhrí gur in dhiaidh a gcúil a thagadh formhór na ndaoine isteach ann san oíche.

Bhí Nancy ina seasamh ag an mbord sa gcistin ag smearadh ime ar an arán rósta. Chuaigh Bilín suas taobh thiar di, chuir a lámh ar a cíocha agus bhrúigh a ghabhal in aghaidh a tóna. An módh díreach a chleacht Bilín agus, mar a deireadh sé féin, gheibheadh sé leiceadair go leor agus corrphíosa craicinn chomh maith. Sháigh Nancy siar a tóin go réidh, scaoil a ghreim ar a brollach agus dúirt,

'Bailigh síos sa siopa, a Bhilín. Breathnaigh sa bhfuinneog ach ná láimhsigh na torthaí!'

'Tabhair torthaí orthu freisin!'

'Dána! Dána! Seachain an gcloisfeadh Murtaí tú. Tá sé thar a bheith jealous, tá's agat.'

'Tá sé caochta amuigh ansin. Ach oiread leis an scéal eile ní mheasaim go n-éireoidh sé go Domhnach!' agus rinne streill gháirsiúil.

'Bhí mise ag faoistin inné,' arsa Nancy go deabhóideach. 'Bailigh leat anois.'

D'fhill Bilín ar an siopa mar a raibh Mungail agus a bhean ag éirí imníoch faoi é bheith chomh fada as láthair. Bhí an táilliúir dá thabhairt seo faoi deara agus dúirt le fear a bhí ina shuí ina aice,

'Ceapann sí féin go bhfuil an iníon aimsithe. Is gearr go dtabharfaidh sí ruathar siar.'

'Maith an mhaise di a bheith imníoch,' arsa an fear eile. 'Ní raibh fireannach de shliocht Ghráda na Páirce nach rachfadh suas ar phláta scoilte.'

Rinne Bilín ar ais ar a áit in aice an chuntair mar a raibh Máirtín ó Méalóid, an máta, Nádúr agus Murtaí ó Gríofa ag caint. Chuir sé cogar i gcluas Mháirtín.

'Tá uncail ghrá gheal do chroí sa seomra beag ag caitheamh Indiacha Dearga ar a dhícheall.'

Lig Máirtín, a bhí bogtha go maith, osna agus dúirt céard a ba mhaith leis a dhéanfadh Proinsias ó Riain leis féin. Uncail do Nuala a bhí i bProinsias agus ó bhí sé fiche bliain d'aois ní raibh sé riamh ar a chiall tar éis an dó a chlog sa ló, cés moite de théarmaí a chaith sé gaibhnithe ag a mhuintir i gCnoc Meilearaí agus i Ros Cré, ag iarraidh é thriomú go buan. Bhí fhios ag Máirtín gur d'fhonn é féin a chur ar a mhíshuaimhneas a dúirt Bilín é seo. Nós é a bhí aige le gairid agus níor thaitnigh sé ar chor ar bith le Máirtín.

'Tá mé tinn tuirseach den bhloody Poblacht seo atá ag teacht isteach Dé Luain,' arsa Mungail de Róiste. 'An bhfuil duine ar bith in ann a rá liom cén fáth go bhfuil sé dá thabhairt isteach? Cén difir sa diabhal a dhéanfaidh sé? Níos fearr fós ... cén buntáiste atá ann don fhear bocht?'

Ó ba é Nádúr ba bhoichte go follasach sa gcomhluadar thug sé a bhreithiúnas.

'Foc all,' a dúirt sé.

Chroch Bean de Róiste a malaí agus bhreathnaigh ar a fear. Ba annamh riamh a labhair sí focal.

'Coinnigh guaim ar do theanga, tusa,' arsa Mungail. 'Ach tuigim tú agus tagaim leat. Ach inis seo dom tusa, a fhir páipéir, cén fáth go bhfuil an fear is ciontaí leis an seafóid seo ar fad thall i Meiriceá in áit a bheith anseo ag baile? É siúd leis an gcanúint Fhrancach ... Mac Giolla Bhríde. Chonaic mé pictiúr sa bPress de, é féin agus céad go leith duine as Contae Liatroma atá ag dul ar imirce, ag dul ar bord soithigh i gCóbh.'

Bhí athrú míorúilteach tagtha ar Mhurtaí ó Gríofa ó casadh do Mháirtín níos luaithe san oíche é. Tar éis dó

tús an lae a chaitheamh ag ól pórtair leis an mheabhair a
bhaint as féin bhí sé anois ag ól gin len é féin a thabhairt
ar ais ar a chéill. Bhí sé tugtha suas dó bheith ar an iriseoir
ba lú prionsabal agus ba mhó cleasaíochta in Éirinn agus
ní raibh faoi ná thairis ach post a fháil ar cheann de
nuachtáin Domhnaigh na Breataine ag a mbíodh sé ag
cur scéalta táire faoi shaol na hEireann. Bhí scéal eile ag
faibriú ina intinn faoi láthair ach d'fhreagair sé an
Róisteach.

'Tá siad ag iarraidh deireadh a chur leis an ngunna sa
bpolaitíocht agus ag iarraidh freisin de Valera a chloí le
cleasanna.' Sin é atá uait a chloisteáil, a ghaimse
dhímheabhrach, a deir sé leis féin agus chas a intinn ar ais
ar an scéal a bheadh dá onnmhairiú amárach.

'Tá sé fánach acu,' arsa an máta, 'de Valera a chur i
dteannta le cleasanna! Óra, a mhac!'

'Casadh fear ag baile orm faoi Nollaig,' a deir Máirtín,
'Seanfhear atá ina chónaí ar an sliabh. Bhí sé istigh sa
siopa ag ceannach rudaí beaga agus dúirt sé, "Tusa a
bhfuil an smart coláiste ort, inis dom cén fáth a bhfuil
Eamon de Valera ag dul thart leis an raicleach de
bhaintreach seo le tamall. Nach sonta an mhaise dó é i
ndeireadh a shaoil agus an bhean mhaith atá ag baile
aige!" "Céard seo, a Mhicil?" a dúirt mé féin. "Nár
chuala mé ar an radio tí an Mháistir é," a deir sé, "Go
raibh an Taoiseach agus Bean uí Choisteala ag dinnéar
mór éigin i Londain."'

Rinne chuile dhuine gáire agus gháir an Róisteach níos
airde agus níos faide ná aoinne eile. B'as lár an chontae é
agus chuaigh sé le óstaíocht tar éis a fheirm a dhíol. Fear
téagartha a bhí ann. Chaitheadh sé caipín speic istigh
agus amuigh agus bhí nós aige, a ba chúis lena leasainm, a

bheith ag síorchangailt creathnach a choinníodh sé i mála faoin gcuntar. Bhíodh díthshuain ag cur air agus b'shin ceann de na cúiseanna go gcoinníodh sé an t-ósta faoi shiúl i gcaitheamh na hoíche. I rith an lae, dá mbeadh an aimsir in earraíocht, shuíodh sé ar chathaoir ar bhruach an dug ag déanamh míogarnaigh ach ní théadh sé ar aon leaba. Deireadh daoine eile, Bean mhic an Adhastair mar shampla, gurb é a choinsias fabhtaithe nach ligeadh dó codladh mar go gcaithfeadh sé (má bhí cineál Dia ar bith ann) gur thit mallachtaí na mban go léir a gcoinnítí a gcleithiúnaithe fireanna ag ól go maidin sa bPota Gliomach air.

Ach ní raibh cuma bhuartha ar Mhungail. Bhain sé sásamh as bheith ag saighdeadh na gcustaiméirí agus dhá dtabhairt go bruach an achrainn agus ar ais arís. Níos luaithe san oíche b'éigean dó an máta, an táilliúir, Nádúr agus fear faire gheataí an duga, Peaitín de Paor, a scaradh ina dhá dhream. Dhiúltaigh an táilliúir na deich scillinge, a gheall an máta a d'íocfadh sé le Nádúr, a thabhairt dó ar chor ar bith. Lena chois sin, theastaigh ón máta Peaitín a bhualadh faoi fhaillí a dhéanamh i ndúnadh na ngeataí. Bhí Peaitín chomh dallta agus gur thit sé chomh luath is a d'éirigh sé chun troda agus cuireadh ina shuí le hais an táilliúra é sa gcúinne a ba chúlráidí sa siopa.

Fuair Nádúr a sheans ar Mháirtín le linn an rúille-búille agus dúirt leis gur aithin sé go maith i siopa na gcrúibíní é ach nár mhaith leis bheith ag déanamh teanntáis. Labhair sé go caoin, ceanúil faoina athair agus thug Máirtín dhá leathchoróin dó. B'fhacthas dó anois gur dhuine breá spéisiúil Nádúr agus go deimhin gur dhaoine breátha spéisiúla a bhí sa gcomhluadar go léir.

Thuig sé, mar sin féin, go raibh baint díreach idir an t-ól a
bhí déanta aige le ceithre huaire a chloig agus a dhear-
cadh ar an saol.

Bhí Bilín ag inseacht scéil faoi mháthair an Easpaig ó
Maoláin, baintreach a raibh cónaí uirthi gar don áit arb as
a mhuintir féin. Bhain an scéal le bó a bhí faoi dháir, agus
úinéir an tairbh a raibh deifir chun an Aifrinn air. Bhí
máthair an easpaig ag déanamh amach nár dáireadh an
bhó ar an gcéad iarraidh mar nár chroch an tarbh a chosa
deiridh den talamh agus theastaigh léim eile in aisce
uaithi. Bhí an scéal cloiste ag Máirtín cheana ach bhí an
slua ag baint an-spórt as. Dúirt Mungail go mbeadh sé
thar a bheith spéisiúil a fháil amach cén cineál seanmóir a
thabharfadh an t-easpag uaidh ag Aifreann na Poblachta
ar an Luan. Bheadh Fianna Fáil agus páirtithe an Rialtais i
láthair ag an Aifreann, cé go raibh Fianna Fáil ag déanamh
neamhiontais de na himeachtaí eile go léir. Thug Máirtín
faoi deara Bilín ag grinneadh Mhurtaí ó Gríofa, de
leataobh, ag iarraidh a dhéanamh amach gan amhras cén
chaoi ar éirigh le fear chomh suarach i ndreach feoil úr
fhonnmhar mar Nancy a ionramháil. Bhí an-tuairim ag
Bilín dá scéimh féin, ainneoin na ngoiríní agus a easpa
airde. Bhí sé cinnte de féin agus bhí Máirtín in éad leis dá
bharr sin.

Bhí an bheirt ar choláiste cónaithe in éindí ach ós rud é
go raibh Bilín ceithre bliana chun tosaigh air, ní mór an
bhaint a bhí acu lena chéile. Ina theannta sin, bhí faltanas
clainne ann. Nuair a bhí an tAthair Breandán ina
reachtaire sa mbliain deiridh thug sé léasadh diabhalta
do Bhilín, a bhí sa gcéad bhliain agus rinne a athair
gearán le Uachtarán an Choláiste ina thaobh.

B'as an bPáirc, baile beag a bhí tuairim fiche míle ó áit

dhúchais Mháirtín, do mhuintir Ghráda. Bhí píosa maith talún agus seanteach fairsing, a thréig tiarna talún na háite, acu, mar aon le ceadúnas óil a cheannaigh an seanGhrádach in áit éigin faoin tír. Nuair a thosaigh an cogadh rinneadar teach aíochta den teach. Triúr mac a bhí ag an nGrádach lena bhean dlisteanach, beainín bheag dhiaganta nach gcorraíodh amach mórán. Bhí clann eile air, a deirtí, anonn is anall sa gcontae agus sna contaethe máguaird, mar bhíodh sé de nós aige imeacht ar ruaigeanna reatha ó am go chéile, ag ól, ag cearrbhachas agus ag plé le mná a raibh a gcuid fear bailithe go Sasana ar thóir slí mhaireachtála. Ach níorbh ionann agus aithreacha eile níor cheil sé an taobh sin dá shaol ar a chlann agus de réir mar mhéadaíodar thugadh sé leis iad ar a chuid turasanna.

Ach nuair a shroich saighdiúirí Mheiriceá an Tuaisceart thuirling Spiorad Naomh de chineál éigin ar an nGrádach. D'éirigh sé as an ól agus as an drabhlás agus thosaigh ag carnadh airgid go tiubh. Bhí beirt deartháir leis in aerfhórsa Mheiriceá agus ba ghairid gur in Óstlann Theach na Páirce a chaitheadh na scórtha oifigeach Meiriceánach gach ceann seachtaine. Cuireadh Peadar, an mac ba shine, timpeall na tíre ag ceannach fuisce, tae, siúcra agus earraí ciondáilte eile ar an margadh dubh. Nuair a bhí Bilín fós sa mbunscoil chuirtí ina theannta é d'fhonn féachaint chuige go bhfanfadh sé i mbun cineál éigin measarthachta. Bhí eolas curtha aige ar chuid de na cinnpheacaí marfacha sular fhoghlaim sé sa teagasc críostaí ar chor ar bith iad. Bhíodh an óstlann lán de shíor de chailíní aimsire a fostaíodh go speisialta, má b'fhíor, mar go rabhadar réasúnta dathúil agus bog faoina gcuid. Ba mhinic scannal ag bagairt ach bhí an seanGhrádach, a bhí éirithe as gach cineál rógaireacht ach rógaireacht airgid faoi seo, in ann iad a mhúchadh le slámanna airgid. Ní raibh Bilín i bhfad i gColáiste Pheadair nuair a baisteadh an Pocaide Bán air, mar gheall ar a ghruaig scáinte gheal agus na scéalta faoi chailíní aeracha a bhíodh sé de shíor ag inseacht.

Bhíodh máthair Mháirtín agus an tAthair Breandán ag síorbhagairt air fanacht glan ar Bhilín. D'fhéach na ceithre bliana aoise a bhí eatarthu chuige sin, ach ina theannta sin ba chosúla le fear i gculaith bhuachaill scoile Bilín agus ba bheag páirt a ghlac sé in imeachtaí an choláiste, taobh amuigh d'éigeantas seomraí ranga agus halla staidéir. Bhain sé a shaoirse amach in athuair san ollscoil agus go háirithe i saol drabhlásach, tolleadróm Bhaile an Chaisil. Idir dhá linn tharla eachtraí ag baile a chuir cor eile ina shaol. Bhí Peadar imithe go Meiriceá mar a raibh sé ina phíolóta le TWA ach bhí sé de mhí-ádh ar a dhearth; óg, Seosamh, luí go meisciúil agus go míchúramach le duine de na cailíní freastail. Thriail an seanGhrádach, nuair a hinsíodh an scéal dó, na sean-chleasanna a oibriú a d'oibrigh chomh maith sin cheana. Ach bhí muintir an chailín líonmhar agus olc agus chonaic siad a seans. Chaithfeadh an bheirt pósadh nó dhéanfaí bualadh, bascadh agus dlí. Chaith an seanGhrádach amach iad tar éis dóibh pósadh faoi choim agus chuaigh sé féin ar ais ar an ól. Go gairid tar éis dá bhean bás a fháil, go leithscéalach nach mór, chuaigh sé as a mheabhair ar fad.

Cuireadh in ospidéal i mBaile Átha Cliath é tar éis dó drochbhualadh a fháil i dteach striapachais i Sráid Pharnell agus as sin chuig teach príobháideach gealt, áit a raibh sé ó shin. D'fhill Seosamh agus a bhean ar an áit, ach d'fhill Peadar ó Mheiriceá agus d'fháisc sé féin agus Bilín eangach dlí timpeall na háite, mar ní raibh aon uacht déanta agus ní bheadh. Leibide gan éifeacht a bhí i Seosamh agus sraoill ab ea an bhean. Bhí an gnó ag dul le fána go tapa. Ach b'iad a bhí thíos leis an scéal. D'fhilleadh Peadar as Meiriceá go rialta agus théadh sé féin agus Bilín ar tháirmeacha trastíre drabhláis. Bhí siad ag bleán dhá dtrian de theacht isteach reatha na háite agus na dlíodóirí ag ullmhú chun an áit a dhíol agus a roinnt i dtrí coda cothroma. Ag déanamh ealaíne a bhí Bilín, má b'fhíor, ach ní raibh faighte fós aige ach scrúdú amháin agus sin ar an tríú hiarraidh. Ó thús na bliana ollscoile seo bhí sé féin agus Máirtín ina gcomrádaithe óil agus lóistín.

'Tabhair sonc dó!' a dúirt guth in aice Mháirtín agus gheit sé ar ais sa gcomhluadar. Bhí drithle gháire ar bhéal Bhilín.

'Tá sé i ngrá,' a deir sé, níos searbhasaí ná mar ba chóir dar le Máirtín, a raibh an t-ól anois ag dul ina cheann go tiubh.

'Ar chuala tú,' a deir Mungail de Róiste, 'go raibh Learaí de Lása casta abhaile ó Mheiriceá? Deir an táilliúir go bhfaca sé thuas ar an gcearnóg inniu é.'

'Ní raibh fhios,' a deir Máirtín, 'An bhfuil tú cinnte?'

'Chomh cinnte agus tá Dia sna flaithis,' arsa an táilliúir. 'Nár fhága mé seo mura bhfaca.'

Ba é Learaí de Lása dlúthchomrádaí athair Mháirtín le linn Chogadh na Saoirse agus an Chogadh Cathar.tha, cé gur mó a chuala Máirtín ó dhaoine eile ina thaobh ná óna athair. Chuaigh an Lásach go Meiriceá sular chríochnaigh an Cogadh Catharhtha ar chor ar bith, de bharr taom cantail a deirtí, agus níor fhill sé riamh. Bhain an scéal geit as Máirtín agus thug sé ábhar eile fós cainte don lucht éisteachta. Thosaigh an táilliúir agus fear na ngeataí ag tabhairt cuntais ar an luíochán mór i mBaile an Locháin, ina raibh athair Mháirtín agus Learaí páirteach. D'fhan Bilín ina thost. Póilín a bhí sa seanGhrádach sular phós sé isteach sa bPáirc. Ach bhíog Murtaí ó Gríofa agus labhair go diongbháilte le Nádúr.

'An fíor go raibh tusa san IRA agus gur throid tú i mBaile an Locháin an lá sin?'

Lig an táilliúir scairt dhamanta gháire as agus labhair leis an teach.

'É siúd san IRA? 'gCluin sibh? Ní thógfaí in arm na muc é, dá mbeadh a leithéid d'arm ann. IRA i bpoll mo thóna.'

'Túisce a ghlacfaí leis ná tusa, a bhéal bhrocach gan fascadh,' arsa an máta, a bhí ag éirí tuirseach den táilliúir ó críochnaíodh a chulaith bhainse. 'Labhair amach, a mhac, agus ná bac leo seo atá ag gáire.'

Bhreathnaigh Nádúr go glic ar Mhurtaí ó Gríofa agus ansin rug ar charbhat air agus labhair go dúshlánach.

'Níl mé ag oscailt mo bhéal gan 'á phunt. 'Á phunt. 'Á phunt nó drúcht ní labhróidh mé anois ná go deo.'

'Cén t-ainm atá ó cheart ort?' a deir Máirtín leis.

'Thomás mac Diarmada atá orm, a mhaicín, ach rinne sé seo saibhreas ormsa cheana agus diabhal pingin ná bonn ach corrphionta.'

'Anois, anois,' arsa Mungail de Róiste agus smaointe míthaitneamhacha ag filleadh air. 'Isteach sa gcistin libh agus déan pé caint atá le déanamh ansin. Anois!'

'Bhí fear darbh ainm Tomás mac Diarmada sa luíochán i mBaile an Locháin. Is minic a chuala mé m'athair a rá nach raibh fhios aige beo cá ndeachaigh sé.'

Chuir an chaint seo ó Mháirtín iontas ar a raibh istigh, ach bhí oiread ómóis d'ainm a athar nár labhair aoinne, go fiú Nádúr féin. Bilín amháin a d'fhéach i leith a leicinn air. Rug Murtaí leis a dheoch i leathláimh agus Nádúr sa leathláimh eile agus tharraing ina dhiaidh síos sa gcistin é.

Uaireanta a' chloig ina dhiaidh sin, nuair a bhí Bilín agus Máirtín ag déanamh a mbealaigh go mall, meisciúil, abhaile, dúirt Bilín,

'Beidh raic faoin mbréag sin a d'inis tú faoi Nádúr. Cén diún nó diabhal atá ar chor ar bith ort le gairid? Tá tú go breá agus ansin . . . plap . . . tá tú bailithe.'

'Gabh suas ort féin,' a deir Máirtín. 'An chéad uair eile a dtarraingíonn tú anuas grá 'gus cúrsaí mhuintir Riain chugamsa, breathnaigh amach duit féin.'

Sheasadar ag déanamh a gcuid fuail ar dhealbh de Phroinsiasach anaithnid éigin ón naoú céad déag a bhí gróigthe go hamaideach ag bun Bhóthar Stella Maris. Bhí Máirtín go háirithe corrach ar a chosa.

'Easpa do choda atá ort,' a deir Bilín go stuama. 'Ná tóg orm é rá leat, ach tá an mhaighdean bheag úd thuas ar an Móinteach Méith ag déanamh an diabhail ort. Ba chuma liom sa diabhal ach tá fhios agamsa cailín beag deas . . .'

'Níl aon suim agam in iasacht do chuid seanchraicinn feannta.' Agus d'imigh Máirtín de ruathair chama siúil i dtreo an lóistín.

'Is cuma liomsa,' a deir Bilín. 'Tá mo chuid socraithe déanta agam féin don lá amárach. Níl mórán slacht inti ach tá buidéal fuisce aici, seomra dá cuid féin agus í spréachta i ndiaidh chara na mban!' Chroith sé a bhall fearga ar an dealbh agus lean sé Máirtín. Rinneadar a mbealach go dtí barr an staighre go ciúin, ach thagair Bilín arís do gheanmnaíocht dheonach Mháirtín, tharraing seisean buille air sa dorchadas agus thiteadar i mullach a chéile ar an urlár.

Ansin smaoiníodar, ainneoin an ualach óil, nár thráth é le Bean mhic an Adhastair a tharraingt orthu agus chuadar sna leapacha gan a thuilleadh cainte a dhéanamh.

## 3

'In ainm Dé, a bhuachaillí, an ag iarraidh mallacht Dé a tharraingt anuas ar mo theach atá sibh? Éirígí amach! As ucht Dé oraibh, éirígí amach go beo! Tá sé tar éis a haon a chlog. Éirígí in onóir na páise, an tart bheannaithe agus an bháis ar an gcrois chéasta.'

Bhí Bean mhic an Adhastair ag gabháil ar dhoras an tseomra leapa le linn di bheith ag cur di in ard a cinn. Tar éis searmanais na maidine, turas na croise, cuairt ar an reilig agus dreas fada béadáin i dteach a deirféar, tháinig sí abhaile agus fuair an bheirt lóistéirí roimpi ag srann-adh ar nós dhá mhuc mhara. Ní bheadh sé le rá go deo ag mná tí Bhóthar Stella Maris gur chodail lóistéirí Bhean mhic an Adhastair trí uair na páise beannaithe! Leag sí an stán bradáin agus an stán pónairí ar bhord na cistine agus d'ordaigh do na gasúir dinnéar na beirte thuas a réiteach. Ansin chuir sí an staighre di de cheithre abhóg agus thosaigh. Bhí Bilín ina mheathdhúiseacht.

'An chéad stáisiún eile an sciúirseáil ag an bpiliúr,' a deir sé. 'Nach n-éistfeá linn! Tá go maith. Tá go maith. TÁ GO MAITH!' Bhí Máirtín dúisithe faoi seo ach bhí a theanga chomh calctha sin nach ndearna sé iarracht labhairt.

'Bilín, Bilín, Bilín . . . Ní fhágfaidh mé an spota seo go

n-éireoidh sibh. Céard faoi mo chlann óg? Cén cineál sampla é seo dóibh cothrom an lae ar thug Íosa a chuid fola beannaithe ar son ár bpeacaí?'

Fuil! A Mhuire nach stadfadh sí, a deir Máirtín leis féin. D'éirigh sé aníos ar a leathmhaing agus d'fhógair chomh maith agus a d'fhéad sé,

'Tá go maith, a Bhean mhic an Adhastair. Tá muid ag éirí.' Leis sin bhuail crampa tobann sa gcois é, chas sé de leataobh agus thit amach de phlimp ar an urlár.

'Dia dhá réiteach ar maidin agus tráthnóna, ach an bhfuil sibh fós ar meisce? Mo theach agus mo chlann bheag óg. Go bhfóire Dia ar bhaintreacha bochta an tsaoil. Éirígí a deirim!'

'Tá go maith, ach as ucht Dé agus éirigh tusa as an mbéiciúch.' Tháinig Bilín de léim amach as an leaba. Bhí Máirtín ag éirí go mall den urlár.

'Ó, a Bhean mhic an Adhastair, gabh isteach go bhfeicfidh-tú cnámh na Cásca. Ó, a Mhattie a chroí, cá bhfuair tú é?'

'Ná tarraing orainn í, a phleidhce! Beidh muid thíos faoi cheann dhá mheandar, a Bhean mhic an Adhastair. Bí trócaireach le cloigne tinne an tsaoil.'

Chuireadar orthu a gcuid éadaigh agus iad ag cneadaíl le tréan póite agus shroicheadar an seomra bia in éindí. Bhí Bean mhic an Adhastair ina suí ag ceann an bhoird, a leathlámh faoina giall agus streill Mháthair na nDólás uirthi, mar a deireadh na lóistéirí. Tháinig an dara hiníon isteach ón gcistin agus leag dhá phláta, ar a raibh spúnóg bradáin stánaithe agus dhá spúnóg pónairí stánaithe, os comhair na beirte. Dhoirt Bean mhic an Adhastair amach an tae. Sháigh sí bainne agus siúcra síos an bord ach bhí sí féin dá ól dubh gan milsiú mar phionós breise don tSeachtain Mhór. Níor labhair aoinne ar feadh tamaill. D'fhéach Máirtín ar an bpláta agus bhuail fonn neirbhíseach gáire é.

Cé leis ba chosúil an meaillín bándearg agus an slabar dearg pónaireach? Cé sa diabhal a dúirt, 'ar ith tú é sin nó an ag dul dá ithe atá tú?' Bhí a smaointe ar tí dhul ó smacht nuair a lig Bean mhic an Adhastair osna agus labhair. Bhí tost láithreach sa gcistin, áit a raibh na gasúir ag cruinniú ar chúl an dorais ag éisteacht.

'Máire, Eibhlín, Antaine agus Pól! Suas an staighre. Nigh agus gléas go beo. Táimid ag fágáil an tí ag ceathrú chun a dó díreach don uair bheannaithe sna Doiminiceánaigh. Deifir anois!'

Chualadar an straillín ag tarraingt na gcos go míshásta as an gcistin agus suas an staighre. Leag Bean mhic an Adhastair a dá uillinn ar an mbord, shnaidhm a lámha ina chéile faoina smig agus thosaigh uirthi.

'Tháinig sibh abhaile ar maidin?'

Bhreathnaigh an bheirt ar a chéile. Droch-chomhartha ceart ab ea an tús leanbaí seo ar an gcomhrá. Dhíríodar a súile le mífhonn ar na plátaí.

'An cuimhneach libh chuile shórt a tharla nuair a tháinig sibh isteach i mo theachsa aréir? An dtuigeann sibh . . . an dtuigeann sibh nach n-iompródh tincéirí nó . . . nó na communists féin iad féin ar an gcaoi seo? Ó, Dia dhá réiteach.' Agus thosaigh Bean mhic an Adhastair ag gol. Steall na deora as a súile móra boga agus anuas a pluca buí. Scanraigh Máirtín. Ní féidir go ndearna an Pocaide Bán, tar éis dó féin dhul a chodladh, iarracht a dhul suas uirthi ar a chuid óil . . . nó, níos measa fós, ar dhuine de na gasúir! Ach má bhí Bilín scanraithe ní raibh sin le tabhairt faoi deara ar a cheannaithe. Bhí sé ag breathnú díreach ar Bhean mhic an Adhastair, meangadh beag ar a bhéilín tanaí agus gan meangadh ar bith ina shúile.

Tar éis cúpla nóiméad caoineacháin thruamhéiligh d'éirigh Bean mhic an Adhastair agus thóg mála páipéir as tarraiceán. Rug sí ar thóin an pháipéir agus dhoirt a raibh istigh ann go torannach anuas ar an mbord os comhair na beirte. Phreab cloigeann cailce an Chroí Rónaofa agus thit isteach i ngabhal Bhilín. D'éirigh seisean de gheit agus é i ngreim ann féin. Thosaigh Máirtín ag gáire os ard a chinn le tréan faoisimh. Le linn a gcuid iomrascála maidine, de réir chosúlachta, leagadar an dealbh a thug aire do theach na baintrí ó bhord ard ceithre chos ar cheann an staighre agus rinne púdar de. Chuaigh Bean mhic an Adhastair le craobhacha.

'Táim ag tabhairt an fhógra dheiridh anois daoibh a ruifíní gan náire! Bígí bailithe as seo faoin sé a chlog tráthnóna Domhnaigh. Bean Chríostaí mé agus tabharfaidh mé an méid sin ama daoibh. Caithfidh bhur gcuntais a bheith glanta . . . go dtí an phingin dheireanach . . . nó coinneoidh mise a bhfuil agaibh, dá shuaraí é! Nuair a bheas bhur ndinnéar ite agaibh gabh suas an staighre agus pacáil na málaí. Ach níl rud ar bith ag fágáil an tí seo go n-íocfar mise. Tá fhios agamsa go maith cá mbíonn sibh go dtí an ceathair a chlog ar maidin, Aoine an Chéasta is a bhfuil ann, agus cén cineál cóip sráide a bhíonn in bhur dteannta.'

Cheap Máirtín gur cheart dóibh rud éigin a rá.

'Ceannóidh muid dealbh nua duit, a Bhean mhic an Adhastair . . .' Chuir sí a lámh san aer dá bhac.

'Níl uaim ach na fiacha atá agam oraibh. Ní fhéadfainn rud ar bith eile a thógáil . . . dealbh go speisialta . . . ní bheadh sé ádhúil.'

D'fhiafraigh Bilín go ciúin cé mhéad a chosain an

dealbh. Bhain seo an chaint in éindí de bhean an tí. Lig
sí scread beag caointe agus d'fháisc a cuid alt in aghaidh a
béal. Chuir Máirtín strainc air féin ag cur in iúl do Bhilín
go mba cheart dóibh éalú as an áit chomh héasca agus ab
fhéidir.

'An tAthair Alfonsus a thug dúinn é . . . Bronntanas
pósta a bhí ann an dtuigeann sibh!'

An bhitch, a deir Bilín leis féin, fuil atá uaithi ceart go
leor. Ní thabharfadh an bráthair ba bhoichte sna bráithre
bochta píosa cré chomh gáifeach ná chomh húisiúil dá
namhaid, ní áirim don lánúin a ghreamaigh sé sa
bpósadh. Sheas Máirtín agus dúirt chomh mánla agus a
d'fhéad sé,

'Ní fhéadfadh muid an teach a fhágáil ar an gcaoi seo
gan tú a chúiteamh. Tosóimid ag pacáil anois agus in am
dinnéir amárach socróimid an scéal. Beidh focal agam
leis an Athair Breandán faoin áit is fearr le dealbha a
cheannach.' Shuaimhnigh Bean mhic an Adhastair
beagán ach níor labhair sí.

'Tá tú ag tabhairt an tAthair Breandán i láthair thar a
bheith minic,' a dúirt Bilín le linn dóibh bheith ag pacáil.
'An é atá ag dul ag íoc an lóistín?'

'Caithfidh duine éigin é íoc. Níl agam anois ach tuairim
scór punt agus tá fiacha beaga eile le glanadh. Tá mé ag
castáil leis Dé Domhnaigh tar éis an chluiche . . . gheall
mé dó go rachfainn abhaile.'

'Abhaile! Ach má théann tú abhaile an ligfear ar ais
anseo tú? An bhfuil d'intinn socraithe ar deireadh?'

Chuir sé áthas ar Mháirtín imní a bhrath i nguth Bhilín
mar, cé go raibh caradas cineál guagach eatarthu uair-
eanta, bhí cion aige air mar gheall ar a neamhspleáchas
agus a fhuaraigeantacht, cé gur thuig sé gur fuaraigean-

tacht sheasc a bhí ann. Ba dheacair leis féin a intinn a shocrú ar cheist ar bith nó freagra díreach óna chroí agus óna intinn a thabhairt ar dhuine ar bith.

'Tá súil agam nár chuir mé fearg aréir ort. Ní ceart dom a bheith ag cur ladar i do chúrsaí príobháideacha...ach cuireann sí siúd...fágfaimid mar sin é...má théann tú abhaile beidh deireadh leis na times mhaithe a bhí ag an mbeirt againn.'

'Ná bac leis! Ná bac leis! Bhí braon mór ólta agamsa go háirithe, gan fhios dom féin cuid mhaith. Cogar i leith...cé hí an cailín seo a tharraing tú anuas...Éirigh as an ealaíon anois...tá cuimhne mhaith agat air, ní raibh tú chomh bogtha sin.'

Rinne Bilín meangadh. Ansin chuir sé aghaidh staidéartha air féin agus bhreathnaigh ar Mháirtín díreach idir an dá shúil.

'Tá go maith. D'iarr sí faoi dhó orm a rá leat dhul isteach ag ól in óstlann na gCeithre Máistrí...Stella Bhreathnach...agus féach seo, ní raibh mise in éindí léi riamh. Ní hé nár thriail mé go minic ach...bhuel...ceann é nár éirigh liom!' Rinne sé gáire beag tirim agus ansin bhagair sé a mhéar ar Mháirtín...'Ach beidh tú ceart cheapfainn. Chaith sí téarma fada in éindí le Wally Watson sular phós sé agus ní rachfadh seisean amach an dara hoíche mura mbeadh sé in ann an t-earc luachra a chur ag dreapadóireacht, mar a deir sé féin. Seo. Roinnfidh mé leath m'fhortúin leat in onóir na féile agus na poblachta.' Chaith sé slám frithghiniúnaigh anonn ar leaba Mháirtín mar a raibh an mála a bhí sé ag pacáil leagtha.

'Cheannaigh mé ó fhear na ngeataí aréir iad. Fuair sé last ó chriú an bháid as Learpholl arú inné. Croch leat iad anois agus déan an beart i gcuimhne ormsa. Tá mé féin ag dul chuig mo chailleacháin Cásca féin. Dúirt sí liom éalú isteach nuair a bheas muintir an tí imithe ag an séipéal. Tá seomra aici sna tithe beaga atá amuigh ar chúl an tí mhóir. Tooraloo anois! Feicfidh mé amárach tú!'

Nuair a bhí sé imithe chuir Máirtín na hearraí strainséartha go cúramach isteach i bpóca a bhí faoi bheilt a threabhsair agus lean de bheith ag pacáil. Luath nó mall chaithfeadh sé aghaidh a thabhairt ar Nuala agus an raic a tharlódh eatarthu go cinnte. Tháinig guth Bhean mhic an Adhastair chuige agus í ag fógairt ar na gasúir.

'Deifir anois, a ghasúir! Tá sé in dhiaidh an dó. Teastaíonn uainn suíochán maith compordach a fháil in aice leis na ráillí. Deifrígí!'

Lean sé den phacáil, go deifreach an iarraidh seo.

## 4

Chaith Máirtín an tráthnóna go titim oíche ag spaisteoireacht thart le cladach, taobh thiar den Trá Rua. Bhí sé ag iarraidh bheith ag smaoineamh roimhe ar chéard a d'abródh sé le Nuala anois agus lena dheartháir ar an Domhnach. Ní raibh aon tairbhe dó ann; siar a ghluais a smaointe dá mhíle buíochas. Ó chuala sé an ráfla go raibh Learaí de Lása casta abhaile as Meiriceá, tar éis seacht mbliana fichead, thuig a chroí is a intinn go raibh a athair dáiríre ar leaba an bháis. Bhí sé cineál creidte le tamall aige ach bhí dochtúirí fós ag caint ar obráid agus níor mhúch sé léas beag dóchais. Ar shlí b'shin ceann de na cúiseanna nár thug sé cuairt ar a athair le dhá mhí. Le súil go dtiocfadh an dea-scéal agus go mbeadh ócáid gháirdis ann a scaoilfeadh

na snaidhmeanna a bhí ar a intinn, agus ar a theanga dá
bharr sin, i gcomhluadar a athar. Ní raibh anseo ach
brionglóid pháistiúil, mar a thuig sé go soiléir anois, sin
agus cosaint ar a scáth agus a chuid uaignis féin.
Choinnigh sé an t-iomlán ó dhoras chomh maith agus a
d'fhéad sé. Fós níor airigh sé tada. Ba threise agus ba
dhaingne ná riamh na snaidhmeanna.

Rinne sé iarracht eile fós a intinn a dhíriú ar a chúrsaí
práinneacha féin, ach bhí sé chomh cleachta sin ar bheith
ag éalú uathu ar shlite éagsúla go raibh a intinn chomh
sleamhain le eascann. B'fhéidir gur fearr aghaidh a
thabhairt ar gach ceist faoi leith, ag féachaint cé mar
thitfeadh sé isteach nó amach. Ach chuimhnigh sé ansin
cén toradh a bhí ar a shiléig agus a laige intinne nuair a
casadh a dhearthráir inné air. Bhí rudaí áirithe thar a
bheith soiléir. Bhí deireadh leis an scoláireacht stáit agus
an neamhspleáchas a chuaigh leis. Bhí deireadh freisin
lena sheasamh acadúil sa gcoláiste agus bhí Baile an
Chaisil róbheag le go mbeadh an chuid eile dá shaol ceilte
ar na húdaráis ach oiread. Go fiú dá dtoileodh a
mháthair, le cead nó ar neamhchead don Athair
Breandán, é choinneáil téarma eile sa gcoláiste, ní raibh a
dhóthain léachtaí istigh aige le cead suite a fháil gan an
cineál fabhair a bhí ídithe anois aige. Ach ar theastaigh
uaidh dhul ar aghaidh? Ní raibh fhios aige, nó an
amhlaidh gur chuma leis?

Gheit sé i leith ón scéal agus dúirt leis féin go raibh sé
chomh maith déileáil leis an gcailín ar dtús. Dhírigh sé
raon a shiúil ar an gcnoc ard a bhí ar chúl Bhaile an
Chaisil, mar a raibh cónaí ar lucht gnó agus gairme an
bhaile i dtithe áirgiúla i measc na gcrann. Muileann plúir
a bhí ag athair Nuala ní Riain agus duine de mhuintir

Dhónaill, ar leo an garáiste ba mhó ar an mbaile, ab ea a
máthair. Ní raibh acu ach í agus ós rud é go ndeachaigh
an pósadh ar seachrán i bhfad siar, b'ise an nasc a thug brí
éigin don teaghlach agus a choinnigh faoi aon díon iad.
Ba iad a cúrsaí baile, a bhí cosúil go maith lena chúrsaí
féin, a shnaidhm an chéad snáth caradais eatarthu. As
sin amach fuaireadar iomlán sásaimh i gcomhluadar a
chéile, ag tabhairt sóláis dá chéile agus ag tnúth leis an am
go mbeidís ullmhaithe don saol a chaithfidís go cinnte i
dteannta a chéile. Nuair a bhíodh an aimsir go breá,
théidís amach faoin tír ar dhá rothar agus chaithidís
uaireanta fada an chloig ag caint faoin saol a bhí rompu;
saol a bheadh saor ar na dearmaid a rinne a dtuismitheoirí.

Deireadh Nuala i gcónaí gurbh é Máirtín a d'athraigh
agus gur dá bharr sin a d'athraigh an saol eatarthu. Ba
ghnách léi milleán a bhualadh go simplí ar nithe simplí;
gur thosaigh sé ag ól, gur thosaigh sé ag dul i gcomh-
luadar Bhilín ó Gráda agus daoine eile gan mhaith, gur
chaill sé spéis ina chuid staidéir agus go speisialta go raibh
sé féin agus ise ag peacú de bharr méadú suntasach a
spéise féin ina corp. Baineadh stad as Máirtín ag an
bpointe seo nuair a chuimhnigh sé ar an gcaoi ar bhéic sí
le scéin an oíche a rabhadar ar bhruach na collaíochta;
scéin de bharr gur fhreagair a corp go hiomlán don dúil a
mhúscail Máirtín ann. Stad sí agus thosaigh ag tabhairt
buíochais do Dhia a choinnigh slán í. Níor chuir sí
milleán faoi leith ar Mháirtín ach oiread, rud a
mhéadaigh a ghean uirthi, ach níos deireanaí, nuair a
chuaigh sí ag faoistin ag an diabhal d'Íosánach a raibh
oiread sin creideamh aici ina bhreithiúnas, thosaigh an
scéal sin ag athrú.

Ansin, nuair a cuireadh a dheirfiúr Máirín chun
bóthair ó bhaile mar gheall ar í bheith ag iompar linbh le

stiúrthóir bus agus nuair a chuaigh sé chuig Nuala ag
iarraidh sóláis ar a chuid uafáis agus ar a chuid uaignis,
mar ba í Máirín an chuid eile de féin, b'fhacthas dó gur
thapaigh sí an deis chun cuibhreach dá déantús féin agus
de dhéantús a máthar agus na heaglaise a bhualadh
anuas air. Bhí siad mar sin ó shin, ach b'fhaide ó chéile de
réir a chéile a chuairteanna ar a teach agus bhíodh sise ag
doras Bhean mhic an Adhastair chomh minic agus a
ligeadh an t-uabhar di an áit a thaobhachtáil. Ach
ainneoin gur i dteannta Bhilín a chaith Máirtín formhór
a chuid ama, ón samhradh roimhe sin go háirithe, níor
chuir sé aon tsuim i gcailín ar bith eile ach Nuala. Bhí
greim aici air nár thuig sé i gceart agus mura raibh sé sásta
go hiomlán, ní raibh sé chomh míshásta is go scarfadh sé
léi d'aonúim. Thairis sin (agus ós rud é gur mná fánacha
a tháinig idir a hathair agus a máthair), bhí Nuala
fíoramhrasach i dtaobh cailín ar bith a d'fheicfí ina aice,
go háirithe cailíní coitianta de chuid an bhaile mhóir. Ar
an mbealach sin amháin a thaispeáin sí na tréithe a ghin
saibhreas ina muintir ar an dá thaobh.

Bhí an teach mór dhá stór tamall isteach ón mbóthar,
cosán gairbhéil suas go doras, crainn agus ceapacha bláth
ina thimpeall. Teach teann gan toirtéis a bhí ann agus ba
mhinic a rith sé le Máirtín gur thrua go deo nár dhuine de
chineál é a d'fhéadfadh a mhargadh féin a dhéanamh leis
an diabhal ag baile agus i mBaile an Chaisil agus an
t-iomlán a bheith ar a thoil aige. Bhaineadh sé níos mó
pléisiúir as an aisling áirithe seo ná as ceann ar bith eile,
mar gur thuig sé nach rud é a tharlódh go deo agus ní
raibh aon chuid de shearbhas na fírinne ag baint leis.

D'oscail Nuala an doras sular bhuail sé an clog. Chuir sí
méar ar a beola agus dúirt i gcogar,

'Shhh! Tá drochthinneas cinn ar Mhamaí agus tá sí ina

luí síos!' Chuala Máirtín doras dá phlabadh in áit éigin sa bpasáiste dorcha agus thuig sé gur chuir a theacht deireadh le raic eile fós idir Dick ó Riain agus a bhean. Chuadar isteach sa seomra mór suí mar a raibh tine adhmaid ar lasadh. Shuigh Nuala ar chathaoir ard in aice na tine agus d'eitigh cuireadh láimhe ó Mháirtín suí ina aice féin ar an tolg. Caint a bheas ann, a dúirt sé leis féin, dianchosc ar chúirtéireacht.

Gach uile uair dá gcastaí Nuala ina chomhluadar thugadh sé suntas arís eile dá dathúlacht agus thuigeadh sé arís eile cén fáth nár bhac sé dáiríre le cailíní eile. Bhí sé tugtha suas di bheith ar an gcailín ba dhathúla san ollscoil agus b'fhéidir i mBaile an Chaisil ar fad. Bhí gruaig fhada dhubh go guaillí uirthi agus aghaidh fhada cineál lasánta ag teacht go maith leis. Ach ba é a corp an chuid ba shuntasaí di, go háirithe a cosa fada dea-chumtha a thosaigh, mheasfadh duine ón gcaoi a ghluais sí, in áit éigin níos gaire dá guaillí ná dá cromáin. Bhí Máirtín bródúil as an gcaoi a mbreathnaíodh daoine ina diaidh sa tsráid agus bródúil freisin, dá dtagadh ócáid lena admhachtáil, gurbh é féin amháin a dhúisigh an daol a bhí faoi shuan i measc na gcos úd. Gheit a intinn arís.

'Gabh mo leithscéal? Bhí mé ag smaoineamh ar rud éigin.'

'Dúirt mé nach raibh mórán ama againn. Ní theastaíonn uaim tú a choinneáil mar beidh mé ag teastáil ó Mhamaí ar ball. Is fearr dúinn a bheith díreach faoi seo ... an ndearna tú na rudaí a d'iarr mé ort a dhéanamh Dé Máirt?'

Dé Máirt! Rinne sé tréaniarracht ligean air a bheith ag machnamh, ach céard sa diabhal ... Bhí aige! Agus gan an dara smaoineamh dúirt sé,

'Táim ag dul chun faoistine tráthnóna amárach in eaglais Naomh Proinsias. Beidh cupán caife againn ina dhiaidh sin agus féadfaimid an chuid eile den scéal a phlé . . . nílim ag castáil le mo dheartháir go tráthnóna Domhnaigh. Táim ag dul abhaile . . . sin an rud is fearr . . . sin a shocraigh mé.'

Tháinig náire an domhain air nuair chonaic sé an t-áthas ina haghaidh. Rith sí anall chuige ag míogarnaigh agus phóg go héadrom é. Ach nuair a rinne sé iarracht í tharraingt anuas lena thaobh ar an tolg scinn sí uaidh agus dúirt,

'Ó, a Mhattie! Tá oiread áthais orm. Beidh chuile shórt ceart arís. Dúirt sé go mbeadh chuile shórt ceart ach a bheith ceart le Dia agus lena chéile. Tá toradh mo ghuí faighte agam!'

Bladar agus seafóid, a dúirt sé leis féin, féach cén cineál scraith-ghlogair a bhfuil tú go muineál anois ann le do chuid bréaga. Ach ar bhréaga a bhí iontu dáiríre? Bhí Nuala ag roiseadh léi.

'Bhí mé chomh buartha nuair a casadh Uncail Proinsias orm inniu . . . ó, dá bhfeicfeá an bhail a bhí air . . . agus dúirt sé liom go raibh an bheirt agaibh sa bPota Gliomach . . . thosaigh mé ar nóta a scríobh chugat ag cur deireadh leis an rud go léir . . . ansin thosaigh Daid agus Mam ag argóint faoi chéard a ba cheart domsa a dhéanamh an bhliain seo chugainn . . . agus fútsa, ar ndó . . . agus bhí mé chomh duairc.'

D'éirigh Máirtín uafásach míshuaimhneach ar an bpointe a luaigh sí go raibh sé féin mar chuid den chnámh spairne idir a tuismitheoirí. Bhí nós aici leideanna mar seo a scaoileadh chuige agus bhí amhras air go raibh cuspóir nár thaitnigh leis leo. Bhí an gábh curtha ó

dhoras aige arís. Dúirt Bilín leis le gairid gurb é an
manadh a ba cheart don bheirt acu a ghlacadh, 'Ná déan
inniu an rud is féidir a chur ar an méar fhada!'

'Tá an ceart agat, a Nuala,' a deir sé. 'Is fearr dom
bailiú agus oíche mhaith chodlata a dhéanamh.' Bhí sí
míshásta gur ghlac sé chomh fonnmhar sin lena leid ach
thionlaic sí go doras é gur chuir fainic an chiúnais arís air.
Bhí monabar glórtha in áit éigin i gcúl an tí. Ní féidir, a
deir Máirtín leis féin, go bhfuil Dick ag tabhairt an bhean
mhór dhubh úd atá i bhfeighil scipéad an airgid sa
muileann, atá sé a' bordáil faoi láthair, abhaile leis. Stad
sé den smaoineamh sin mar chuir Nuala a lámha ina
thimpeall go tobann gur phóg go mall, geanmnaí ar an
mbéal é. Ach nuair a d'airigh sé a cíocha beaga crua in
aghaidh a uchta, thosaigh sé ag criothnú go follasach
agus sula raibh am aige an scéal a chur níos faide bhí sí
imithe uaidh arís.

'Cén t-am sa gcafé? Shhh! Ná labhair go hard! An
hocht a chlog! Go breá. Beidh mé ansin ag fanacht leat!'

Cén chríoch a bheas ar an scéal ar chor ar bith, a dúirt
sé leis féin agus é ar a bhealach síos ar ais sa mbaile mór?
Ach ar chuma ar bith, chonaic sé í agus níor baineadh
tada as an lá amárach go fóill. Chuimhnigh sé ansin go
raibh cuireadh aige a dhul chuig Club na Ridirí, ach
nuair a bhí sé ar a bhealach ann d'athraigh sé a intinn
agus d'aon iarraidh, gan smaoineamh faoi dhó, chuaigh
sé isteach i mbosca telefóin gur chuir glaoch ar an
ospidéal contae mar a raibh a athair. Bhí sé tamall ag
fanacht le nascadh ach nuair a chuir sé na deich bpingne
isteach chuala sé guth na mná rialta a d'aithin sé, an tSiúr
Caoimhín as a áit dhúchais féin. Bean í a thaitnigh go
mór leis mar gheall ar a charthanaí a bhí sí, go speisialta le

daoine bochta agus thaitnigh sí freisin leis mar nach dtugadh sí de leasainm ar a dheartháir féin ach an Nuncio mar gheall ar a leitheadas le daoine nár mheas sé bheith tábhachtach.

'Bhuel, bhuel, a Mhat,' a deir sí go fáilteach. 'Agus nach tráthúil a ghlaoigh tú agus muide anseo ag caint ort. Tá fhios agat go bhfuil Daid ag dul faoi scian amárach? Tá sé. Tá máinlia ag teacht as Baile Átha Cliath go speisialta. Cuirfidh muide Mat Mór ar ais ar a chosa, fan tusa go bhfeicfidh tú.'

Deas uait é, a deir Máirtín leis féin, agus deas uait freisin gan ligean ort nach raibh mé ansin le hocht seachtainí mar ba cheart dom agus gan coinne ar bith tháinig tocht air faoin gcineáltas agus bhris deora faoina shúile. Ach bhí an tSiúr Caoimhín ag caint léi:

'Agus tá cara mór le t'athair anseo ó mhaidin. An scabhtaer ba mhó in Arm na Poblachta.' Lig sí sian bheag agus ansin dúirt, 'Learaí de Lása! Ná feiceadh na banaltraí tú! Tá an mí-ádh ort!' Tháinig guth mall Meiriceánach ar an líne ag caint leis an tSiúr Caoimhín.

'Cuimhneach liomsa do leas bhreá, a iníon Mhicil Jeaic, i bhfad sular chuir tú an gúna fada sin dá cheilt . . . Hello, a Mhat óg . . . Mise Learaí de Lása. Cén chaoi bhfuil tú? Éist liom! Beidh tiománaí agus carr in Ósta an Chúinne, O.K? O.K? Amárach ag an dó dhéag pointeáilte, O.K? O.K? Bí ann agus tabharfar anseo láithreach tú. Ó Cofaigh atá ar an tiománaí. Níl mórán le rá aige ach déanfaidh sé an gnó. Tá t'athair ceart go leor. Misneach ard. Tabhair aire! Táim ag tnúth le tú fheiceáil don chéad uair. Is aisteach a bheith ag caint le mac Mhat ó Méalóid ar an fón mar seo . . . Slán anois . . . Ó, casadh an tAthair Rónaofa ar ball orm . . .'

Leis sin dúirt an cléireach go raibh an t-am istigh agus briseadh an nasc. Bhí Máirtín sásta arís agus na deora triomaithe ar a ghrua. Thug an guth seo ó fhinnscéalta an tseansaoil misneach agus suaimhneas intinne dó. Shiúil sé abhaile agus d'éalaigh suas an staighre go ciúin go dtí an leaba.

Dé Sathairn 16 Aibreán 1949

THAGADH athrú suntasach ar Bhaile an Chaisil chuile Shatharn. Ghlacadh pobal na tíre ar gach taobh de seilbh ar na sráideanna agus ar na siopaí. B'iad a líonadh an chearnóg bheag os comhair na hArdeaglaise, ag díol fataí, glasraí, uibheacha agus éanlaithe clóis le muintir an bhaile. Ina dteannta bhíodh na mangairí fáin a mbíodh a ngréithe agus stáin leagtha amach go lonrach ar na cosáin. Áit thorannach, bhríomhar a bhíodh ann; daoine ag brú a mbealaigh trí bhuilceanna daoine, ag margántaíocht agus ag sáraíocht leis an lucht díolta, ag cású airde na bpraghsanna agus dobhogthacht na mangairí lena chéile. Ba é an margadh ba thúisce a thosaíodh agus is uaidh seo a scaipeadh an ragús díol agus ceannach ar fud an bhaile mhóir ar fad.

Ba ar an Satharn freisin a thagadh *Curadh an Chaisil* ar na sráideanna agus bhíodh buachaillí beaga géarghlóracha dá fhógairt sna sráideanna agus sna tithe ósta ó mhoch maidine. De réir mar bhíodh an lá dá chaitheamh líonadh an mogalra sráideanna beaga cúnga i lár an bhaile le daoine. Ba é seo an lá a dtagadh aos gnó Bhaile an Chaisil i dtír ar an dúiche ina dtimpeall. An chuid acu a thagadh chun earraí a dhíol ar an margadh thugaidís a seaneire earraí abhaile leo. Ó mheán lae amach

101

thagadh ceoltóirí fáin ag seinm ceoil agus ag bailiú airgid ar na coirnéil. Bhíodh lár an bhaile lán de cheol agus den iliomad cineál gleo. Níor ghnách le muintir na tuaithe mórán aird a thabhairt ar dhlithe tráchta. Thagadh mná móra cnámhacha amach de rúideadh as siopa, mála earraí i leathláimh agus straillín gasúr ar an leathláimh eile, go dtéadh sa tóir ar bhean aitheantais trí thrácht na sráide gan aird. Bhíodh adharca gluaisteán dá síorbhaint, cloig rothair dá mbualadh, coscáin ag geonaíl agus carraeirí ag eascaine agus ag béicíl.

Níor ghnách le pobal Bhaile an Chaisil féin mórán siopadóireachta a dhéanamh ar an Satharn ach i ngeall ar dhúnadh coitianta na hAoine b'eisceacht Satharn Cásca. D'fhág seo go mba bhrúite arís na sráideanna agus na siopaí. Ba phlódaithe freisin na hóstaí mar ba ghnách le daoine a staon ón ól agus ón tobac ar feadh an Charghais briseadh amach arís ar an Satharn, ar maidin, ar uair an mheán lae nó ar bhuille an sé, tráthnóna, de réir a nóis. Bhíodh na heaglaisí brúite freisin, ó thosaíodh faoistiní dá n-éisteacht. Ba nós le cuid mhaith de mhuintir na tíre faoistin na Cásca a dhéanamh le sagart strainséartha oird éigin, nach n-aithneodh a nguthanna cinn ná a nósanna dílse peacaigh—peacaí dílse na tuaithe, scríobh litreacha gan ainm, béadán, ithiomrá, cúlchaint agus na peacaí rúnda nach eol ach do bhaitsiléirí agus do sheanchailíní tíre. Mar sin bhíodh na heaglaisí freisin lán de mhná faoi last málaí, ag osnaíl le faoiseamh tar éis dóibh scaradh lena n-ualach peacaí agus ag cneadaíl trína mbreithiúnais aithrí. Bhíodh buachaillí beaga ina seasamh taobh amuigh, i bpóirsí agus in aghaidh ráillí sráide, ag giollaíocht bairillí, lataí, píosaí nuaghearrtha adhmaid, iarainn ruicneach agus uirlisí feirmeoireachta, le linn dá n-aithreacha bheith ag deasú a n-anamacha istigh.

Bhí trí pheaca, áfach, nach bhféadfadh duine ar bith ach an tEaspag ó Maoláin féin a mhaitheamh, déanamh poitín, mionn éithigh agus freastal ar sheirbhís eaglasta neamhChaitliceach. Níorbh eol d'aoinne beo cén uair dheiridh a cuireadh an tríú peaca acu i láthair an easpaig ach bhí sé ar an leabhar aige i gcónaí d'fhonn neart agus glaine an chreidimh sa deoise a chaomhnú.

Cé go mba de bhunadh na tíre formhór lucht gnó Bhaile an Chaisil agus nach raibh cuid acu ach aon ghlún amháin ó na bróga tairní, mar a deireadh muintir na tíre féin, d'fhéachadar ar an slua Satharn seo mar shlua aduain, eachtrannach. Ba mar sin freisin do ghnáthphobal an bhaile, go fiú muintir an Bhaile Ghaelaigh. Mheasadar go rabhadar féin níos míne agus níos galánta i ndreach agus in iompar ná an dream seo a bhí le cloisteáil san áit nach rabhadar le feiceáil. Ba ghnách le cuid de na fámairí coirnéil, a bhí flúirseach ar an mbaile, a theacht amach ar na coirnéil agus ar shlata na ndroichead ag faire na ndaoine ag dul thart, ag soncadh a chéile, ag caochadh súl agus ag aithris ar chanúint agus ar thligean cainte. Ach déantaí é seo go discréideach, gan amhras.

Le teacht an tráthnóna thagadh na saighdiúirí amach ar saoire ón mbeairic agus bhíodh siad féin agus na cailíní aimsire as Ospidéal an Chontae ag síorshiúl an bhaile ón gCearnóg Mhór go dtí droichead an Bhaile Ghaelaigh agus ar ais, ag sioscadh agus ag gáire agus ag réiteach faoi chomhair na hoíche agus na deireadh seachtaine. Lá áirithe ab ea an Satharn gan dabht.

Ach bhí daoine níos ádhúla ná a chéile. Ní mórán a chuireadh slua an tSathairn i bpóca Mhaggie Pléamonn agus dá mba orthu a bhí sí ag brath, rud nárbh ea ar ndó, ní go maith a dhéanfadh sí. Polaitíocht a ba chúis leis seo freisin. Bhain formhór mhuintir na tuaithe le páirtí oifigiúil de Valera agus bhain cuid eile acu leis an IRA, a mhór nó a bheag. Ina cheann sin, riamh ó aimsir na Maighdine Muire, is uirthi a hídíodh fíoch na mbailte i gceantar Lisín na gCaor. Ní thagadh chuici ach corrfheirmeoir láidir nó siopadóirí a raibh a gcustaiméirí seachtaine tagtha chun an bhaile mhóir ar feadh an lae. Ní raibh istigh aici ar a haon déag, nuair a tháinig Máirtín isteach le teachtaireacht do Bhilín, ach an Comhairleoir ó Maicín agus Mattie mac Aoidh, cléireach na cúirte agus rúnaí Chumann Iománaíochta na bPiarsach. Bhí codladh na sláinte déanta ag Máirtín agus bheannaigh sé go spleodrach don chomhluadar agus do Mhaggie, a bhí ar chúl an chuntair in éindí le Sail. Nuair a dhúisigh sé ar maidin thug sé faoi deara nár chodail Bilín ina leaba ar chor ar bith. Oíche mhaith go maidin ní folráir, a dúirt sé leis féin. Níor labhair Bean mhic an Adhastair leis ar chor ar bith nuair a chuir sí an ubh bhruite os a chomhair, ach lig osna throm. Ní thagadh deireadh oifigiúil lena carghas sise go mbíodh an tAifreann deireanach léite Domhnach Cásca. Theastaigh uaidh coinne a shocrú níos deireanaí an lá sin le Bilín agus ba í Maggie an bhean ab iontaofa le teachtaireacht a thabhairt. Ach sula raibh am aige labhairt, bhí Mattie mac Aoidh ar bord aige. Cluiche mór an Domhnaigh do Chorn na Poblachta a bhí ag déanamh tinnis do Mhattie agus ní mórán spéis a bhí ag an lucht éisteachta ina chuid cainte go dtí sin.

Bhí an Comhairleoir ó Maicín ina shuí ar stól ard ag léamh an phríomhailt sa *gCuradh*. Ba é a bhí ina cheannaire ar Pháirtí Fhine Gael i gcomhairle an bhaile agus ós rud é go raibh Fianna Fáil ag déanamh neamhshuim iomlán de shearmanais na Poblachta ar an Luan, ach amháin an tArdaifreann Sollúnta gan amhras, ba é an Comhairleoir a bhí leis an leacht cuimhneacháin a nochtadh thuas ag an gCearnóg ar uair an mheán lae. Ba é seo buaic a thábhacht sa bpolaitíocht go dtí seo agus bhí sé ag cothú nóis gan labhairt ró-éasca le gach uile mhac an pheata a thagadh ina bhealach. Mheabhraigh Máirtín, ar bhealach éigin, eachtraí míthaitneamhacha mhaidin Aoine dó freisin, mar sin ní dhearna sé ach an páipéar a ísliú agus gnúsacht a dhéanamh ina threo. Bhí Mattie mac Aoidh ag cur de agus na focla ag breith ar a chéile le driopás cainte.

'Tabhair medium dó, a Mhaggie,' a deir sé. 'Fan go bhfeicfidh tú! Ar léigh tú an páipéar? An bhfaca tú an fhoireann atá pioctha againn? An bhfuil fhios agat céard tá déanta ag an gCanónach? Ní chreidfidh tú . . . Tá fhios ag mo chroí nár chreid mé féin é nuair a dúirt sé . . .'

'Tabhair seans dó, in ainm Dé,' arsa Maggie agus í ag gáire go ceolmhar ina scornach. 'Fan agat féin, a Mhattie, a stóirín. B'fhéidir go n-ólfaidh sé pionta?'

'Caith aige a rogha rud. Pionta mar sin. Céard déarfá dá n-abrainn leat gur phioc an Canónach P.P. . . Pádraig Piaras . . . mac a dheirféar, don chluiche amárach . . . céard déarfá?'

'Nach shin é an rangairle báiníneach a bhí ar na minors anuraidh agus a fágadh istigh ag leath ama?' Níor thaitnigh Mattie leis mórán, mar nuair bhíodh an Canónach i láthair is ar éigean a d'osclaíodh sé a bhéal ar chor ar bith.

'Ná bac sin! Ná bac sin! Ach céard déarfá dá n-abrainn leat go bhfuil an buachaill pioctha ina lán tosach istigh ar an gCipín a' Búrca!'

B'shin é mámh na maidine gan dabht. Stop Maggie

den líonadh. Leag an Comhairleoir uaidh an páipéar. Thosaigh Máirtín ag croitheadh a chinn go mall. Rinne Sail streill gháire, thosaigh ag tochas a cíocha go gliondrach agus dúirt,

'Full forward. Maróidh an Cipín é.' Níor ghéill Sail mórán do pholaitíocht an tí. Chaoch Mattie a shúil, d'íoc as an bpionta agus thosaigh an míniú.

'Sin díreach a dúirt mé féin leis an gCanónach. "Dhá théarma i Maigh Nuad," a dúirt mé, "a Chanónaigh. Níl sé ach i dtús fáis. Tá a chnámha bog. As ucht Dé ort." Ach an bhfuil fhios agaibh, níl flies ar bith ar an gCanónach. Bhreathnaigh sé orm, "Ach cé tá ag dul ag breith air lena bhualadh, a Mhat," a deir sé, "Fear a bhuaigh an céad slat agus an dó is fiche i gcraobh an chúige? Is túisce a d'éireodh an Cipín a' Búrca de léim ar chlár na gealaí ná breith air! Imreoidh Pádraig Piaras idir lár páirce agus an daichead slat agus beidh aiféal ar an gCipín a' Búrca agus ar amhais an Bháin Mhóir gur thugadar faoi Chorn na Poblachta a bhuachan le tréan searbhais." Sin é a dúirt sé,' arsa Mac Aoidh, ar fhaitíos go gcuirfí aon chuid den chaint mhaslach síos ina aghaidh féin.

'Tá súil agam go dtabharfaidh sé aire dó féin, an créatúr,' arsa Maggie go cineálta. 'Thuas sa zoo a ba cheart an savage de Bhúrcach sin a bheith agus ní ag imirt cluichí in aghaidh daoine sibhialta.'

'Inis an méid seo dhom,' arsa Máirtín le Mac Aoidh. 'Cén fáth gur chuir an Bán Mór isteach ar chomórtas nach féidir leo a bhuachan agus ar chorn a bhfuil an ghráin acu air? Ar ndó níl seans dá laghad acu. Nach shin é an fáth go mbeidh tír is talamh thuas ansin amárach?'

'Dá mbeadh fhios sin againn bheadh muid ceart,' a deir Mattie go gruama. 'Níl seans dá laghad acu mar a deir tú agus tá fhios agat céard dúirt a dteachta . . . an Sionnachán Rua úd . . . faoi Chorn an Chanónaigh . . . Corn na Poblachta . . . Bhuel, ní gá é rá arís os comhair na mban,' a deir sé go deabhóideach.

Chuir an Comhairleoir uaidh an páipéar. B'fhacthas dó go raibh an chaint seo ar fad faoi chluiche an lae amárach ag baint de dhínit na searmanas agus dá dhínit féin go háirithe. Dhírigh sé a mhéar ar an bpáipéar.

'Tá an tír seo ina dhiabhal!' a deir sé. 'Ina dhiabhal a deirim libh. Tá an príomhalt sin léite agam agus fan go bhfeicfidh mise an t-eagarthóir! Fiú an páipéar sin againn féin a sheasann taobh thiar de pholasaithe an pháirtí, caitheann sé tosaí ar an ngrúscán seo faoi fheartlaoi Emmet. Caithfidh Emmet fanacht! Cén bhaint an diúin atá ag Emmet leis an scéal? An bhfuilimid le seans a thabhairt don phoblacht seo? An bhfuilimid chun deis a thabhairt don tsíocháin agus deireadh . . . deireadh go deo . . . a chur leis an ngunna? Sin a bhfuil muide a iarraidh. Agus i gcead don Chanónach, sílim nach cabhair ar bith an corn seo más é an toradh a bheas air dhul i ngleic leis na bastúin agus na coirpigh úd as na bailte úd thoir. An bhfuil sé cinnte go mbuailfear iad? Ní amadáin iad, faraoir!'

'Anois, anois,' arsa Mattie. 'Cé mheasfadh go mbeidís sa gcluiche ceannais? Bhí siad in aghaidh Chillín na Manach sa gcluiche leathcheannais agus chuaigh Cillín na Manach i mbreis ama in aghaidh na bPiarsach i gcluiche ceannais an chontae sula bhfuair Seán Óg ó Fathaigh cúilín na bua . . . ach cén chaoi nach dtáinig ach leath na foirne an lá sin agus go bhfuair an Bán Mór *walk-over*? Ní chreidim an scéal faoi shiúcra sna tancanna peitril ar chor ar bith.'

Ach bhí a dhóthain iománaíocht faighte ag an gComh-airleoir ó Maicín.

'Fágaimis an scéal mar sin. Níl mise ach a rá gurb é an leacht thuas ansin ar an gCearnóg an rud is tábhachtaí . . . taobh amuigh, ar ndó, de smaointe agus de chuspóirí an rialtais, an taoisigh agus go fiú an . . . an . . . t-iarghunnadóir a rinne aithrí, Mac Giolla Bhríde. Bíonn grásta san áit a mbíonn náire; rud nach féidir a rá faoin mbastard Spáinneach úd a rugadh ar bhord loinge!'

Chaith Máirtín siar fuílleach a phionta agus dúirt le Maggie gan dearmad a dhéanamh ar Bhilín agus pionta a thabhairt do Mhattie agus go n-íocfadh sé níos deireanaí í agus slán leis an gComhairleoir agus bhailigh amach an doras. Rinne an Comhairleoir gnúsacht mhíchéatach. Bhí cóir anois leis agus na cúrsaí scaoilte, mar a deireadh an máta faoi, agus níorbh fhéidir é stop.

'Agus cén fáth a mbíonn an ragaí sin ag tarraingt anseo, seachas bheith ag súdaireacht dí agus ag tabhairt lán a mhála amach leis agus ag aithris arís orainn sa bPota Gliomach agus thuas in Ósta an Chúinne?'

'Éist leis,' a deir Maggie, 'Leaidín deas meabhrach é, ach tá an saol imithe ina aghaidh.'

'Cloisim go bhfuil an t-athair go dona agus go bhfuil an phlá úd as Ifreann, Learaí de Lása, tagtha ó Mheiriceá lena chaoineadh. Scread mhaidne ar an mbeirt acu. Siad a chaith t'uncail, a Mhaggie! Dlí an ghunna, b'shin é a ndlí, ach chuireamar síos iad.'

'Níor chaith an leaidín sin duine ar bith,' a deir Maggie. 'Fág marbh an scéal anois.' Bhí tost ann agus bhí Mattie mac Aoidh ag iarraidh ligean air féin nach raibh sé i láthair ar chor ar bith nuair a labhair Sail a' Mheandair.

'Tá sé go deas, tá sé sin, agus cheapfainn gur bhreá an brú freisin é, ach tá sé ag imeacht steady leis an gceann spreangaideach sin as an Móinteach Méith.'

'Gabh síos sa gcistin, a leanna,' a deir a máthair go réidh, 'agus fliuch braon tae. Beidh braon againn ar fad anois.'

'Chuala mé,' arsa Mattie mac Aoidh, ag cur cor go cúramach sa gcomhrá. 'Go raibh daoine ag cur isteach ort in am marbh na hoíche, Aoine an Chéasta thar oícheanta an tsaoil!'

'Ar chuala tú é sin' a deir an Maicíneach go sásta. 'Bhuel, geallaim duit nach bhfuil a dheireadh cloiste agat! Cartfaidh mise an rud brocach, aicídeach sin, Nádúr, soir sa gCounty Home agus caithfidh an táilliúirín gáirsiúil an bothán sin ag an dug a thréigean agus dhul i dteach bardais ar an Sicín . . . taitníodh sé leis nó ná taitníodh. An chaint a chuala mise ón mbeirt sin! Ach agamsa atá an chumhacht!' Agus tharraing sé buille dá dhorn beag díocasach ar an gcuntar.

Bhí an ceart ag an gComhairleoir ó Maicín faoi aon rud amháin. Tuairim trí nóiméad tar éis dó tí Mhaggie a fhágáil, bhí Máirtín ina shuí in Ósta an Chúinne ag aithris air do Mhicil ó Droighneáin, an bainisteoir, agus do Mhaitias ó Máille, cócaire airm in éadach sibhialaigh. Bhí an t-ósta in íochtar tí mhóir ar an gcúinne inar chas an Chearnóg Mhór leis an tSráid Láir. Cheannaigh muintir Mhic Aindriú é nuair a chualadar go raibh comhlacht Mooney ag leagan súil air. Cé go mba leo formhór gnóluchtaí an bhaile agus go mba deireadh líne an bheirt dearthár, meánaosta, seasc a bhí i bhfeighil an ghnó anois, ba chineál cuspóir saoil acu comhlachtaí eile a choinneáil amach as an mbaile. Bhí cineál cogaíocht reatha ar siúl acu in aghaidh mhuintir Woolworth le tríocha bliain agus seantithe agus láithreáin gan áireamh ceannaithe acu d'fhonn an comhlacht eachtrannach a choinneáil ó dhoras. Ach cé nach raibh i Micil ach bainisteoir rinne sé a rogha rud san áit. Ba é an t-aon ósta ar domhan é, a deirtí, a raibh na scátháin uilig taobh istigh den chuntar ann agus iad iompaithe i dtreo na bhfuinneoga. Is iomaí geit a bhain Micil as daoine nach raibh eolas na háite acu trína rá, le linn dó bheith ag doirteadh buidéil agus a chúl leis na fuinneoga,

'Sin é an tOllamh ó Loideáin ag léamh páipéir thíos ag Tí mhic Aonghusa. Mór is fiú go bhfuil sé fós in ann léamh ar chuma ar bith!'

Mheasaidís, ní nach ionadh, nach é amháin go raibh súile i gcúl a chinn, ach go raibh sé in ann féachaint timpeall coirnéil freisin. Ósta beag dorcha a bhí ann, a raibh cuimse póirsí ar nós boscaí faoistine ar gach taobh de. Thugaidís seo deis do dhaoine gnó príobháideach a dhéanamh agus bhí mná in ann deoch chúlráideach a ól iontu nuair a thograíodar scíth a ghlacadh ón siopadóireacht. B'fhurasta sleamhnú isteach is amach an dá dhoras taoibhe agus dhul amú sa slua, istigh nó amuigh.

Ach le cois a bheith ina óstóir bhí gnó mór ilghnéitheach ar siúl ag Micil. I seomra mór ar chúl an tsiopa féin bhí bailiúchán dochreidte earraí a fuadaíodh as áiteanna éagsúla: pluideanna agus léinteacha airm, bróga tairní, branda Spáinneach, cannaí péint agus scuaba, róipíní tuí, sreang dheilgneach agus mionrudaí eile gan áireamh. Ach ní bhíodh aon phlé ag Micil le gnáthghadaithe. Luath go maith ina shaol mar mhangaire, tháinig cailín as an Sicín, a bhí fostaithe in ospidéal príobháideach, isteach chuige le uaireadóir óir.

Níor stríoc Micil óna dhualgas. Thug sé punt, a bhí marcáilte go cuí, don chailín, dúirt léi filleadh faoi cheann leathuaire nuair a bheadh an t-uaireadóir scrúdaithe aige agus go dtabharfadh sé fuílleach an airgid di. Ní raibh an cailín bocht mórán le cois leath slí trasna na cearnóige nuair a tháinig an Sáirsint ó Loingsigh ina diaidh ar a rothar gur thóg agus gur chúisigh í. Fuair Micil ardmholadh sa gcúirt agus d'fhan na gnáthghadaithe glan. Níor spéis leis ach earraí poiblí nach mbeifí ródhian sa tóir orthu agus nár ghá a choinneáil rófhada ar láimh. B'iontach an radharc é leithreas an ósta laethanta aonaigh agus margaidh; é loma lán d'fhir mhóra ón tír ag déanamh triail méide ar léinte, ar stocaí agus ar bhróga airm. Bhí Micil chomh gealgháireach, réchúiseach agus ullamh chun a chomhrá a dhéanamh de shíor, nach measfá go deo go raibh oiread sin ar a intinn. Uair amháin riamh, a deirtí, a baineadh feanncadh as, an lá a rug sé ar an mbean tincéara ag tabhairt pis ghlaice don Táilliúirín ó Briain i gceann de na bótháin bheaga, ar choróin a d'éiligh sí go hard agus go húdarásach, cé nár cuireadh an beart i gcrích. Bhí an táilliúir faoi their ó shin.

'Nár fheice sé Dia ná Muire ina dhiaidh, an broimseálaí beag gan eitir,' arsa an cócaire. 'Ach chuala mé go dtug Nádúr an diabhal féin le n-ithe dhó ar maidin inné nuair a bhí siad ag crochadh an táilliúirín aníos as an mbád. Tuilleadh géar an diabhail aige!'

'Inis dúinn! Inis dúinn!' arsa Micil go ríméadach agus é ag dearcadh sna scátháin agus ag glanadh an chuntair le ceirt. 'Chuala mé go raibh tú sa bPota Gliomach.'

D'inis Máirtín an scéal ach fuair sé amach, ar ndó, go raibh níos mó eolais ag an mbeirt ná mar bhí aige féin.

Leis sin ligeadh búir istigh i gceann de na botháin bheaga ar chúl an tsiopa.

'Gabh aníos ar an roth, a Steve! Táimid ag tarraingt isteach ar an ród!' Lig an triúr scairt gháire. An máta a bhí ann.

'Ní raibh an doras oscailte ach ar éigean agam nuair a thit an codaí isteach i mo mhullach, a chulaith nua air agus é ina chaora. Níl miú ná meabhair le baint as, ach chuir mé a chodladh ansin istigh é. Tá sé i dtromluí anois, an créatúr, agus cén bhrí...' Chuaigh Micil chuig scipéad an airgid agus tharraing amach tiachóg tiubh. '... dhá chéad agus trí scór punt! Ag dul ag bainis a dhearthár! Dá mba i dtithe eile nach gcuirfimid ainm orthu a bheadh sé...'

Chroitheadar uilig a gcinn agus ansin d'fhiafraigh an cócaire de Mháirtín arbh fhíor go raibh a athair ag dul faoi scian. Dúirt sé gur ag fanacht le marcaíocht chun an ospidéil a bhí sé agus chuir sé áthas air a bheith in ann an freagra sin a thabhairt ar dhuine faoi dheireadh.

'Fan libh anois! Fan libh,' a deir Micil, ag dearcadh go scioptha sna scátháin. 'Beidh spraoi anois againn. Tá Peigín a' tSionnacháin as an nGort Breac agus col ceathrar an Chipín a' Búrca agus an boimbiléad mór eile úd as Lisín na gCaor tar éis bualadh faoina chéile thíos ag an mbanc. Sea, a mhaisce, tá cúpla canister agam do na Sionnacháin.'

Ba ghairid go dtáinig an triúr isteach gur shuigh ar stól fada cois balla agus gur ordaigh dhá ghloine oráiste agus leathghloine port don bhean ar ar thug Micil an boimbiléad. Bhí sí féin agus col ceathrar an Chipín a' Búrca mórán ar chómhéid agus a gcraiceann dóite dúdhonn de bharr bheith ag obair sna goirt faoin ngrian. Bhí an bhean eile rua, tanaí, cnámhach agus nós aici a ceann a shíneadh amach roimpi nuair a labhraíodh sí, ar nós gandal oilbhéasach ag dul ar an ionsaí. Bhí an cócaire ina shuí go sásta ar stól ard ag luascadh na gcos agus ag déanamh mionchainte i dtaobh na haimsire. Ba ghnách leis féin agus le Micil imirt as lámha ar a chéile ar ócáidí mar seo.

'Bhuel, chuala mé iontas an tsaoil ar maidin inniu, más fíor é,' a deir Micil, tar éis tamaill, de ghuth ciúin síodúil. 'Chuala mé go bhfuil an leaidín de mhac atá ag deirfiúr an Chanónaigh á chur isteach ina lán tosach amárach ar an gCipín? Más fíor é! Ar ndó, bíonn daoine ag cumadh!'

'Tá sé fíor,' a deir an cócaire. 'Tá sé ag déanamh amach go gcaochfaidh sé le speed é, nó sin é a bhí sé a rá an oíche ar piocadh an fhoireann.'

Thosaigh an bheirt bhan mhóra ag gáire go réidh agus ag luascadh a gcorp ó thaobh taobh. 'Feicfimid cé bheas caochta i ndeireadh lae,' a deir duine acu. Chaith Micil amach baoite eile.

'Feictear dom féin . . . agus bhí daoine eile dhá rá sa siopa ó mhaidin . . . gur diabhlaí an cineál masla don Chipín gasúr scoile a chur isteach ag imirt air. Ar ndó, má bhuaileann sé an flíp is lú air, abrófar gur ag bualadh páistí atá sé i ndeireadh a shaoil agus beidh sé féin agus an Bán Mór náirithe.' Ansin dúirt sé i gcogar tapa le Máirtín, 'B'fhéidir go n-oibreodh sé sin anois iad.' Agus ar feadh meandair amháin bhí lasair i súil chol ceathrar an Chipín, ach dhearc sí féin agus an bhean mhór eile ar a chéile agus rinneadar gáire.

'Tá pléan ag na diabhail, all right,' arsa Micil i gcogar tapa eile.

'Náirithe agus deargnáirithe,' arsa an cócaire. 'Ní chumfar aon amhrán faoin gcineál sin oibre!'

Shín an bhean rua a ceann amach ar nós easóige ag

déanamh ar choinín, thanaigh an béal agus d'fháisc a lámha cnámhacha ar an ngloine oráiste. Ansin thosaigh sí ag labhairt go tapa, tomhaiste, gan féachaint díreach ar aoinne ach a súile dírithe ar spota éigin i bhfad uaithi. Bhí an cócaire agus Micil ag caochadh ar a chéile le pléisiúr. Bhí sí dúisithe acu.

'Ní hé an Bán Mór ná an Bán Beag ná Lisín na gCaor ná an Gort Breac ná Cnoc an Anacair atá náirithe, tá mise a rá libh, ach Éirinn, a bhuachaillí mhaithe, ach Éirinn atá mé a rá libh, agus an baile buinneach seo, a bhuachaillí, a bhí ina bhaile buinneach ó thús an tsaoil. Baile nár éirigh amach riamh ach a d'oscail a gheataí don namhaid chomh réidh céanna is a scar na mná a gcosa dóibh. Nach againn atá a fhios, a bhuachaillí, ar fhaitíos nach bhfuil fhios againn go binn é. Nuair a d'éirigh na bailte i mbliain a sé déag céard a rinne muintir an bhaile seo? Céard a rinneadar, a bhuachaillí? D'éiríodar amach agus thugadar faoi chúpla Gearmánach bocht a bhí ag déanamh cloig agus ag tabhairt aire dá ngnó dílis féin, go mb'éigean don RIC iad a thabhairt isteach sa mbeairic ar chóir shábhála. Ó, go deimhin, a bhuachaillí, tuigimse cé aige a bhfuil cúis náire, tuigim sin. Agus go binn.'

Le linn na cainte seo tháinig dreach stuama, ciúin ar cheannaithe na beirte eile, cé go raibh snaidhmeanna suilt ar an gcócaire agus ar Mhicil. Ach scanraigh sí Máirtín beagán. Mheabhraigh sí neart a mháthar féin dó agus an chaoi a gcríochnaíodh sí argóint ar bith a bhí ag dul ina haghaidh trína rá go daingean, 'Tá go maith, a Mhat! Tá do mháthair tuirseach anois agus rudaí go leor le déanamh. Tá go maith anois!' Bhí fhios aige freisin cérbh í an bhean rua. Bhí a beirt dearthráir i gCampa Géibhinn an Churraigh le linn an chogaidh agus go gairid tar éis iad a scaoileadh amach tholg duine acu, Peadar, drochthaom niúmóine agus cailleadh é. Chomh fada is a bhain le muintir na mbailte, dúnmharú a bhí ann agus gan aon amhras bhí sé in ísle brí ag teacht as an gcampa dó.

Bhí slua millteach ag a shochraide agus nuair a scaoil triúr fear strainséartha rois piléar os cionn na huaighe rinne na gardaí síochána ruathar smachtín trasna na reilige. Rinneadh seo ainneoin chomhairle an tSáirsint ó Loingsigh, a bhí imithe ar saoire tinnis ón nóiméad a chuala sé go raibh an bás ag an Sionnachánach. Ach b'iad na gardaí ba mheasa a tháinig as, mar bhí a gcuid camán folaithe sa reilig ag muintir na mbailte ón oíche roimhe sin agus rúisceadar na gardaí amach síos an bóthar. Ach sa gcoimheascar a tharla gortaíodh roinnt ban agus gasúr, ina measc an deirfiúr seo, Peigín, ar briseadh a cos.

Lean sí ag roiseadh cainte ar an luas agus ar an dtuin chéanna gan sos.

'Má mheall de Valera uair muid, a bhuachaillí, cé ruaig Blueshirts na dúiche seo dó? Ní náire dúinn é an uair úd ná inniu, nuair nár fágadh pána gloine ón gcoirnéal seo síos chomh fada leis an teampall gallda an oíche ar cheap Ó Duffy labhairt. Cé chaith an t-uisce fiuchta ar sheanMhaicín go mb'éigean do na nursanna a sheanléine a ghearradh amach as a chuid feola le siosúr? Agus cé atá meallta ag an siorcas dreancaidí seo Dé Luain, a buachaillí, agus leis na cupáin agus na damhsaí agus an leac mhór seo amuigh? Tá mise a rá libh, a bhuachaillí, nach mbeidh aon bhratach crochta soir sna bailte ach oiread agus a bheas siad crochta i mBéal Feirste, i nDoire, ná in áit ar bith eile thuas ansiúd nach bhfuil cead iad a chrochadh. Tabhair poblacht uirthi, a

bhuachaillí, agus má loic de Valera uirthi—agus loic—
céard tá le rá leis an Sprochaille ó Coisteala agus a ghiolla
feosaí briotach nach feasach sinn an Francach nó Éir-
eannach é?'

Bhí an cócaire istigh de léim. 'Gearr ó bhí sibh mór go
maith leis nuair a bhíodh sé dá gcosaint sna cúirteanna!'

'Faraoir gan muid chomh críonna roimh an mbeart
agus a gealltar dúinn a bheith ina dhiaidh, a bhuachaillí,
ach tá cead cainte ag daoine a fhanann ar an gcaoi amháin
agus nach féidir a chur de leataobh le príosúin, leis an
gcrochadóir Sasanach, leis an mbás . . .'

Bhí sí corraithe anois agus thosaigh na mná eile ag cur
suaimhnis inti. Ba mhaith le Micil féin an scéal a chur
chun suaimhnis, ach sula raibh sé d'uain ag aoinne tada a
dhéanamh, labhair fear beag buíchraicneach a raibh cóta
fada dubh air agus caipín speic anuas os cionn a shúile, a
bhí tar éis teacht isteach an doras tamall gearr roimhe sin
ach nár tugadh faoi deara é.

'Croí dhuit, a Pheige, a dheirfiúr an fhir fhiúntaigh!
Déan do shuaimhneas. Níl an cluiche caillte fós ná an
piléar deireanach caite.'

Bhreathnaigh an bhean rua díreach air agus ní raibh
deoir ina súile tréigthe gorma. 'Le cúnamh Dé, tá an ceart
agat, a Choilm uí Chofaigh, a chorp an duine uasail.
Nuair a bhí fir mhaithe furast a chomhaireamh ní raibh
tú as láthair. Croí dhuit!'

'Téanam uait,' a deir an fear beag le Máirtín. 'Níl
mórán triail againn. Tá t'athair dá oscailt faoi cheann dhá
uair a' chloig agus tá an bóthar dubh le trácht. Lá maith
agaibh!' Agus bhailigh sé amach an doras agus Máirtín ar
sodar ina dhiaidh.

'An é sin mac Mhattie ó Méalóid as Baile Uí Mheara?'

arsa an bhean rua le Micil. 'Breathnaíonn sé gur leaidín deas lách é, ach ní bheidh sé go deo mar bhí a athair ina lá féin, go dtuga Mac Dé slán ón ngábh seo é.'

'Leaid macánta,' a deir Micil, 'ach tá sé faoi bhos an tsaoil faoi láthair agus is géar a theastaíonn aire uaidh.'

'An créatúr,' arsa an bhean mhór as Lisín na gCaor. Tá éadainín gleoite air agus súile áilne. Nár mhaith leat é thabhairt abhaile leat agus bheith dá pheataireacht!'

Tháinig straois gháirsiúil ar éadan an chócaire ach d'imigh sé chomh sciopta céanna agus dúirt sé, in áit pé rud a tháinig aníos ina scornach a rá, 'Deoch eile, a Mhicil, agus tabhair ceann do na mná freisin agus beannacht Dé le hanamacha na marbh.'

Dúradar ar fad 'Amen' in éindí.


2


Níorbh fhada Máirtín agus Colm ó Cofaigh ar an mbóthar nuair a thug Máirtín faoi deara nach raibh mórán fonn cainte ar an tiománaí.

Ba léir ón gcaoi a raibh sé gléasta agus an gcaoi ar thiomáin sé an carr, go raibh sé ar ais i mblianta a óige i mbun feachtais mhíleata don Chaptaen de Lása agus nár theastaigh uaidh bheith ag caint le sibhialaigh! Thug seo uain do Mháirtín a smaointe a chruinniú agus é féin a réiteach le castáil lena athair. Pé rud a tharlódh níor theastaigh uaidh goilliúint air ar bhealach ar bith ná a thabhairt le fios dó gur thuig sé go rímhaith chomh dona agus a bhí an scéal. Ba chabhair chuige seo, mheas sé, an cineál cainte a dhéanfadh sé a chleachtadh roimh ré ina intinn, i dtreo is nach sleamhnódh baothchaint ar bith uaidh nuair a thiocfadh an t-am. Bhí sé na mílte i gcéin, mar sin, nuair a stop Ó Cofaigh an carr to tobann, díoscánach, ag príomhdhoras an ospidéil. Léim sé amach agus d'oscail an doras do Mháirtín. Cheap Máirtín ar feadh meandair go raibh sé ag brath ar chúirtéis a dhéanamh.

'Tá fios do bhealaigh agat, is dóigh,' a dúirt sé. 'Fanfaidh mise anseo go mbeidh sibh réidh chun bóthar a bhualadh arís.'

Chuaigh Máirtín suas go dtí an tríú hurlár mar a raibh na seomraí príobháideacha ina raibh a athair. Nuair a tháinig sé go bun an tsraith dheireanach céimeanna chonaic sé Learaí de Lása ina sheasamh ag a gceann. D'aithin sé láithreach é ó phictiúr a foilsíodh sa bpáipéar áitiúil cúpla bliain roimhe sin. Fear beag go leor a bhí ann, ach mar gheall ar leithead a ghuaillí bhreathnaigh sé níos lú fós. Bhí a chosa basach ar nós buachaill bó agus nuair a chorraíodh sé ní bheadh fhios ag duine an díreach ar aghaidh nó de leataobh, ar nós portáin, a bhí sé le gluaiseacht. Bhí hata leathan dá chaitheamh aige agus culaith ghorm Mheiriceánach a chuir le doinne a chraicinn ghrianloiscthe. Bhí a shúile gealghorm agus ní raibh mala ar bith le sonrú os a gcionn. Shín sé amach lámh mhór ar a raibh méara a bhí as an gcoitiantacht fada agus d'fháiltigh roimh Mháirtín. Bhí tuin Mheiriceánach buailte anuas ar a chanúint dhúchais, a bhí chomh láidir, shílfeá, agus a bhí an lá ar fhág sé Éirinn.

'Caithfimid bheith scioptha,' a dúirt sé. 'Tháinig na banaltraí ar ball beag dá réiteach don sceanairt. Tá an misneach go maith, mar a bhí riamh. Coinnigh ag caint agus ná lig dó iomarca stró a chur air féin. Beidh muid féin ag caint ar ball agus ní fhanfaimid rófhada sa seomra an iarraidh seo.'

Le linn na cainte seo bhí Learaí dá thionlacan go daingean i ngreim uilline i dtreo an tseomra ina raibh a athair. Bhí an doras oscailte agus beirt bhanaltra ag guairdeall timpeall na leapa. D'iompaigh a athair a cheann go mall i dtreo an dorais agus thug Máirtín faoi deara an scéin sna súile móra liatha a bhí slogtha siar ina cheann. Rinne sé meangadh agus dúirt,

'Buachaill, a Mháirtín! Tháinig tú go tráthúil. Tá mé ag rá leo ó tháinig mé isteach anseo gurb é an scian an buachaill a chuirfidh mise ar mo chosa!'

Chuimhnigh Máirtín ar chomhairle Learaí agus thosaigh sé ag roiseadh leis faoi staidéar agus scrúduithe agus cúrsaí ollscoile go dtí gur airigh sé lámh Learaí arís ar a uillinn. Labhair Learaí.

'Dá gcasfaí orm i lár an Bhronx é, a Mhat, d'aithneoinn asat é tar éis leathnóiméad cainte. Ní féidir leat an sruth cainte sin a shéanadh!'

Rinne an t-athair gáire agus ansin rinne sé casacht bheag agus chuaigh creathán arrainge suas trí thaobh a ghéill. Thug Máirtín faoi deara go raibh an dath buí a bhí ag teacht air le sé mhí anuas níos dorcha, go raibh a ghruaig chatach dhubh téaltaithe siar go scáinte óna bhaithis agus go mba é a cheann an chuid a ba théagraí dá chorp, nár léir ach ar éigean faoi na héadaí leapa. Thug sé na rudaí seo faoi deara go fuaraigeanta, amhail is dá mba ar strainséir a bhí sé ag breathnú. D'fháisc crobh crua Learaí ar a uillinn arís agus threoraigh chun na leapa é. Labhair Learaí arís.

'Táimid ag cur isteach ar na mná óga seo atá ag iarraidh a gcuid oibre a dhéanamh. Seo leat, a sheanghadaí, ádh mór ort, agus nár fada uainn an lá go mbeidh an triúr againn ag ól trí ghloine in aghaidh cuntair éigin.' Chuir sé a chrobh mór grianloiscthe anuas ar an lámh leice a bhí ina luí marbh ar an gcuilt.

Nuair a tháinig Máirtín i ngaobhar na leapa fuair sé an boladh trom milis a bhí ar anáil a athar. Ina ghoile a bhí an fréamh mhailíseach. Rug sé i ngreim láimhe go réidh air agus dúirt

'Ní bheidh muide i bhfad uait, a Dhaid. Go n-éirí sé leat!'

Dhírigh na súile scéiniúla glasa arís air agus chonaic Máirtín an bás iontu ar feadh meandair sular dhúirt an t-athair,

'Go raibh maith agat! Sé an scian an buachaill anois! Go raibh maith agat! Tháinig tú nuair a theastaigh tú! Dia leat! Dia leat, a Learaí! Breathnaigh in dhiaidh an leaid seo. Croí uilig é,' D'fháisc sé lámh Mháirtín agus d'iompaigh a cheann de leataobh. I bhfaiteadh súl bhí Máirtín sleamhnaithe amach an doras agus síos an siúltán i dtreo cheann an staighre. Níor airigh sé faic. Go deimhin bhí sé deacair air a chreidiúint anois go raibh a athair feicthe ar chor ar bith aige agus gur labhair sé leis. Bhí Learaí dá stiúrú i gcónaí.

'Rachfaimid síos chuig an tSiúr Caoimhín anois. Tá seomra beag aici in íochtar agus féadfaidh tú scíth a ligean tamall. Baineadh geit asat, tá fhios agam gur baineadh, ach rinne tú thar cionn!'

'Tá mé ceart, dáiríre, a Learaí. Níl braic anois orm. Ach níl aon tseans ann. Seans dá laghad! A thiarna, tá sé fiachta ar fad anois!'

Thosaigh sé ag croitheadh beagán agus nuair a shroicheadar seomra an tSiúr Caoimhín bhí a ghlúine lag agus a chosa trom. Tháinig an tSiúr Caoimhín amach rompu. Bean mhór fháilteach tuaithe a bhí inti. Bhí gloine bhranda leagtha ar an mbord os a chomhair aici agus gan focal a rá shleamhnaigh sí amach an doras. Dúirt Learaí,

'Anois, a Mháirtín, tá an áit seo ciúin agus as bealach daoine. Scaoil le do racht anois. Ól é sin go deas réidh agus nuair a bheas tú ceart tar anuas chuig an Imperial agus beidh mé ansin sa mbeár. Anois, anois! Déan mar a deirim agus feicfidh tú gurb é do leas é.' Leag sé lámh go cineálta ar ghualainn Mháirtín agus d'imigh amach in dhiaidh an bhean rialta.

Fós níor airigh Máirtín tada ach laige coirp nár thuig sé. Ní raibh sé in ann a intinn a ionramháil ar chor ar bith. Bhí sé ina rith te reatha agus ó smacht. Bhí cuimhní fánacha den uile shórt ag rás trína intinn agus é ag cinnt air ceann ar bith acu a cheapadh. Ansin chuaigh ceann i bhfostú.

Chuimhnigh sé ar lá, nuair a bhí sé deich mbliain d'aois, nuair a thug a athair chuig cluiche ceannais an chúige sa bpeil é. Ní raibh spéis dá laghad ag a dheartháir i gluichí. Ba é an chéad uair é a raibh sé ina aonar ar feadh lae ina chomhluadar. Casadh seanchomrádaithe lena athair orthu ag an gcluiche agus ina dhiaidh chuadar uilig i dteannta a chéile chuig teach ósta. Cuireadh ina shuí ar stól ard é agus tugadh gloineacha oráiste dó. Bhí sé sna fir. D'éist sé leis an gcaint faoi chluichí peile sa seanreacht, faoi chogaíocht, faoi pholaitíocht agus faoi dhaoine ar léigh sé ina dtaobh i leabhair. D'imigh an t-am ar luas lasrach agus nuair a srac a athair é féin as an gcomhluadar chuimhnigh sé nach raibh aon cheo ite ó mhaidin acu agus ainneoin go raibh sé deireanach dúirt an t-athair,

'Lá dár saol é, a mhac! Ó chaitheamar an choinneal caithfimid an t-orlach!'

Chuadar isteach san óstlann ba mhó ar an mbaile agus cé go raibh gnáth-thráthanna bia caite bhí fabhar ag Máirtín ó Méalóid agus bhréag sé an fhoireann agus tugadh béile te don bheirt acu ina n-aonar sa seomra mór bia. Agus le linn an bhéile thosaigh Máirtín ag ceistiú a athar i dtaobh chogadh na saoirse agus i dtaobh eachtraí a ndearnadh cur síos orthu san ósta tar éis an chluiche. Ar feadh dhá uair a' chloig san óstlann agus ar feadh uair go leith eile sa gcarr ar an mbealach abhaile, bhí a athair ag inseacht scéal i ndiaidh scéil dó. D'inis sé dó faoin gcaoi ar casadh Learaí de Lása air, faoi na gábhanna a ndeachadar tríothu i gcogadh na saoirse, faoi chogadh na gcarad agus faoi fhir a maraíodh, a leonadh, a chaill a sláinte, a chuaigh ar imirce . . . Ba chuimhin leis go grinn an diomú a bhí air nuair a shroicheadar baile.

D'éirigh an meall céanna i mbéal a chléibh agus a d'éirigh an oíche úd nuair a chuimhnigh sé ar a mháthair ina seasamh go ciúin i ndoras dorcha an tí, a lámha síos lena taobh agus gan aon chineál mothú le tabhairt faoi deara ar a haghaidh. Rug sí ar Mháirtín, d'fháisc go fíochmhar lena hucht é agus dúirt, 'Goirim agus coisricim mo leanbh bán! Suas leat a chodladh anois agus ná héirigh go meán lae. A chréatúirín, agus gan tú ach i dtús fáis!' Agus nuair a chuaigh sé suas an staighre agus an meall ag cruinniú i gcónaí i mbéal a chléibh tháinig a dheartháir roimhe ag ceann an staighre agus thug cúl a chuid alt trasna an ghéill dó agus dúirt,

'Nach bhféadfá é thabhairt abhaile, a cheoláinín, agus gan do mháthair a bheith ag imní ar feadh an tráthnóna?'

Agus níos deireanaí, nuair a bhí na deora fuatha agus

aithreachais fós ar a ghruanna, d'éirigh sé amach go ceann an staighre arís ag éisteacht leis na glórtha teanna, múchta thíos agus chuala sé a mháthair a rá

'Coinnigh do chrúba i bhfad ó mo chlann, a Mháirtín ó Méalóid. Is mé atá dá saothrú agus is mé a thógfaidh iad agus tuig é sin agus . . .'

Dúirt a athair rud éigin go réidh agus go fíoríseal agus dúirt an mháthair arís,

'Sin deireadh an scéil! Ní tharlóidh sé arís! Tá mé ag dul a chodladh anois!' Chuala sé ag dul suas chuig a seomra féin ar an taobh thall den teach í agus tar éis tamaill bhig chuala sé a athair ag dul amach agus ag tosaí an chairr go réidh agus ag imeacht leis. Chuaigh sé síos chuig seomra a dheirféar, Máirín, agus dhúisigh sé í agus sula raibh am aige aon cheo a mhíniú di thosaigh sé ag bladhrach arís agus ag bualadh a lámha ar an mballa agus a rá,

'Daid bocht! Daid bocht! Ní dhearna sé tada agus bhí an-spraoi againn. Is fuath liom í! Is gráin liom í!' Ach thuig Máirín céard a bhí air agus thug sí ar ais ag a leaba féin é agus shuigh lena ais ag inseacht scéalta barúla dó agus ag cur suaimhnis ann go dtí gur thit a chodladh air.

Agus leáigh an meall in athuair agus chuir sé a cheann síos ar an mbord agus chaoin sé chomh fíochmhar agus a chaoin an oíche úd, ach an uair seo ní raibh aon chomhluadar aige agus ní raibh aon chomhluadar uaidh.

## 3

'Níor thaitnigh mise le do mháthair ón gcéad amharc,'
arsa Learaí de Lása, le linn dóibh bheith ag ithe béile níos
deireanaí an tráthnóna sin, agus iad ar a mbealach ar ais
go Baile an Chaisil. B'fhacthas do Mháirtín go mba é an
rud ba nádúrtha ar domhan bheith ag plé a chúrsaí féin
agus cúrsaí na muintire chomh hoscailte le fear a casadh
air don chéad uair an mhaidin sin. Ón gcéad nóiméad,
d'fhéach Learaí chuige gur mar sin a bheadh. Bhí sé ag
ithe a choda go tapa lena ghabhlóg agus ag labhairt go
tapa idir phlaicéanna.

'Bhí mé féin agus t'athair ag eagrú Chumann na mBan
an oíche seo thuas sa seanhalla. Ní raibh ann ach an
gnáthshlua, créatúir bhochta, dáiríre go leor, agus sásta
bheith ag cuimilt le daoine ar theastaigh uathu bás a fháil
ar son na hÉireann. Fóintiúil go leor agus garúil freisin,
leis an gceart . . . ar chuile bhealach ach an bealach a raibh
spéis agamsa ann! Tar éis tamaill shiúil an cailín ard,
strainséartha seo isteach agus shuigh sí léi féin. Ba gheall
díreach é le rud a d'fheicfeá i bpictiúr. Chaill t'athair
spéis sa gcruinniú agus níor bhain súil di an chuid eile
den oíche. Ní raibh locht dá laghad aicise ar a spéis ach
oiread. Tharla sé mar sin,' agus shnap Learaí a mhéara.
'Nuair a bhí an cruinniú thart shiúil an bheirt i dtreo a
chéile agus thosaigh ag caint faoina leithéid seo agus a
leithéid siúd. Ansin dúirt sise go gcaithfeadh sí imeacht
agus b'éigean do Mháirtín a fhiafraí di cé mba leis í agus
ansin thairg sé í thionlacan abhaile. Sin é an uair a chas
mise léi agus le diabhlaíocht chuir mé comhairle uirthi a

bheith cúramach. Dúirt mé rud éigin fánach faoi luas t'athar lena ghunna. Chroch sí suas a ceann agus chuir a dá shúil amach tríom agus gan féachaint ina threo dúirt sí, "Tá súil agam, a Mhic uí Mhéalóid, nach bhfuil an sramachán seo ar do dhlúthchairde! Glacaim le do thairiscint, go raibh maith agat!" Sin mar a thosaigh sé. Dhá mhí dar gcionn phósadar . . . mise a sheas leis agus sílim gurb é sin an uair dheiridh a fuair sé breith a bhéil féin!'

'Ach is fíor na scéalta mar sin? Na scéalta ar fad faoin ngrá tobann agus an pósadh de phlimp?'

'Cinnte is fíor, ach cén fáth an t-iontas? Nach dtarlaíonn a leithéid chuile lá agus gan cogadh ná suaitheadh pobail ná aon cheo ar siúl?'

Bhí tost ar feadh tamaill sular fhreagair Máirtín.

'Inseoidh mé duit cén fáth an t-iontas. Mar nach raibh cumraíocht, fuíoll ná scáil an ghrá san áit nuair a tháinig mise; ná ceann fada roimhe faoi mar ba léir dom.'

'Faic ar bith beo?'

'Faic na fríde ach an rud ba ghaire dá mhalairt. Ach níl sin fíor . . . ní rud cinnte a bhí ann. Easpa a bhí ann . . . easpa an-mhór ar fad.'

'Fág mar sin é anois. Tá an oíche fada chun cainte. Tá an béile seo uainn beirt go géar. Níl duine ar bith chomh crua is a cheapann sé, más mé féin is sine agus is calctha i mínóis an tsaoil. Ith leat, mar sin!'

Ba nuaíocht do Mháirtín béile breá óstlainne den tsórt a bhí os a chomhair, go speisialta tar éis dhá théarma de chócaireacht stánaithe Bhean mhic an Adhastair. Bhí a ghoile géaraithe ag na deochanna a chaith sé tar éis dó a racht a chur de. Bhí sé tugtha faoi deara aige freisin gur chleacht Learaí babhtaí fada tosta idir a chuid ráigeanna cainte. D'ith sé leis go réidh agus lig dá smaointe gluaiseacht lena linn sin.

Mheabhraigh sé a raibh ar eolas aige i dtaobh mhuintir a mháthar. Uaithise ba mhó a tháinig an t-eolas. Bhí riail an-daingean aici faoi bheith ag plé cúrsaí dílse na muintire le strainséirí agus ba strainséir duine ar bith nár chónaigh faoi fhrathacha an tí. Chaintíodh sí go minic ar a hathair, Muiris ó Braonáin, a thóg í tar éis dá bhean séalú i luí seolta, bliain go leith díreach tar éis a bpósta. An grá domhain a bhí aige ar a bhean, thíolaic sé dá iníon é. Bhí gnó láidir seanbhunaithe aige i mBaile Uí Mheara agus feirm mhór talún agus ar feadh an chuid eile dá shaol d'oibrigh sé chun leas an ghnó agus leas corpartha agus spioradálta a iníne, a bhí ag dul i mbreáthacht le haois. Deireadh sí nár milleadh í, mar go raibh a hathair dian go leor agus thar a bheith diaganta. I ngnáthchiall an fhocail níor milleadh, ach is amhlaidh a fuair sí údarás agus cumhacht i bhfad sular cuireadh isteach sa scoil chónaithe ab fhearr sa gcúige í. Ba ghnách léi féin agus lena hathair cúrsaí gnó a phlé mar pháirtithe ar an aon chéim. Bhí éirim ghnó den scoth aici agus deireadh an t-athair go rachfadh sé righte léi páirtí a diongbhála a fháil nuair a bheadh sé féin imithe. Le bród agus le iarracht den ghreann a deireadh sé é seo, ní foláir. Le searbhas agus le diomú a deireadh an mháthair é, an uair fhánach a gcaintíodh sí ar na-cúrsaí ar chor ar bith.

Ach ar feadh tamaill ba chosúil nach mbeadh gá le fear a diongbhála ar chor ar bith. Bhí sí diaganta ó thús, de réir tola agus oiliúna, ach mhéadaigh sin sa scoil chónaithe. Chuaigh rialtacht agus tráthúlacht an tsaoil ansin i bhfeidhm go mór uirthi. Le linn saoire na Nollag sa mbliain deiridh dúirt sí lena hathair go raibh sí lena saol a thoirbhirt do Dhia. Ní raibh a hintinn déanta suas aici go hiomlán agus d'iarr sé uirthi bheith ag guí agus go ndéanfadh seisean amhlaidh. Nuair a tháinig an samhradh bhí sí cinnte agus chuaigh sí isteach san ord a bhí dá teagasc, mar nóibhíseach. Ghlac an t-athair go ciúin leis an gcinneadh murar ghlac sé go fonnmhar leis. Bhí an cogadh mór ag druidim chun deiridh agus cuma fíorchorrach ag teacht ar shaol na tíre. Ní raibh aon dearcadh polaitiúil aige agus rinne sé rogha den tsuaimhneas. Bliain tar éis di dhul san ord dhíol sé an talamh agus an bhliain dar gcionn bheartaigh sé an gnó a dhíol agus a dhul chun cónaí in óstlann bheag in aice leis an gclochar, áit a mbeadh sé i ngar dá iníon. Sula raibh uain aige an beart seo a chur i gcrích, shiúil a iníon isteach an doras chuige tráthnóna agus dúirt go réidh nach raibh gairm dáiríre aici agus tar éis di an cheist a chíoradh go mion lena hanamchara gur shocraigh sí filleadh ar an saol. Sin a raibh ann. Bhí an cinneadh déanta.

Lá arna mhárach ghlac sí seilbh ar an ngnó. Dúirt sí lena hathair a shuaimhneas a dhéanamh, rud a rinne sé, cé gur cailleadh go tobann é an bhliain a phós sí. D'fhéad Máirtín a shamhlú nach gcuirfeadh duine ar bith ceist ar a mháthair faoi na cúiseanna a bhí aici leis an ord a fhágáil ach oiread agus a ceistíodh í i dtaobh a cúiseanna le dhul isteach ann. Toil Dé a bhí ann. Toil Dé a bhí ann freisin gur tháinig Máirtín ó Méalóid an bealach agus é ag eagrú réabhlóide agus gur phósadar. Bhí na comharthaí sóirt fabhrach cinnte. B'as an taobh eile den tír é agus ba chosúil gur dhíbir a mhuintir é mar gheall ar a leagan amach náisiúnta. Ní bheadh aon straillín gaolta ag teacht idir í agus é. Bhí sé dathúil agus ba cheannaire é agus nuair a bheadh an cogadh thart d'oibreoidís mar fhoireann gan aon chur isteach ó dhuine ná ó dhaoine.

Níor oibrigh a toil féin, i gcruth toil Dé, an iarraidh seo

ach oiread agus a d'oibrigh sé sa saol rialta. Deireadh sí uaireanta, nuair ba ísle a searbhas, go mba é an cogadh agus ar lean den cogadh a ba chiontach; nár shocraigh a fear síos riamh, nach raibh fhios aige cén chaoi le déileáil le cúraimí an phósta, gan trácht ar shaol rialta, leamh an fhir ghnó nár spéis leis gnó. Ach nuair a labhraíodh sí mar seo thuig Máirtín gur ag iarraidh a bheith carthanach a bhí sí agus gur chreid sí go daingean gur easumhlaíocht agus siléig gan bhrí ba chiontach leis an mbriseadh a tharla eatarthu. Gur chinnte nach dtarlódh sé ar chor ar bith dá ngéillfeadh sé dá comhairle agus dá tairiscintí ciallmhara féin. Scéal cinnte nach dtiocfadh duine ar bith ar fhírinne an scéil go deo anois, má b'fhéidir a theacht air riamh. Bhí Learaí de Lása ag caint arís leis.

'Is furasta a bheith críonna in dhiaidh an bhirt, a Mháirtín, ach b'fhacthas dom féin i gcónaí gur easpa aithne agus eolais a ba chiontach le do mháthair agus t'athair—ní hamháin nuair a phósadar ach ceann blianta ina dhiaidh. Nuair a chuireadar aithne cheart ar a chéile fuaireadar amach rud uafásach go leor—nár chóir dóibh pósadh an chéad lá riamh. Bhí beirt chlainne ann an uair úd. Tháinig Máirtín amach go Meiriceá agud d'iarr sé mo chomhairle, rud nach ndearna sé riamh go dtí sin. Dúirt mé leis nach raibh aon chomhairle agam dó, go gcaithfeadh sé a intinn féin a dhéanamh suas agus ansin go mbeadh muid ag caint. Níor thaitnigh sin leis ar chor ar bith. D'imigh sé gan labhairt agus mheas mé go raibh deireadh leis an gcaradas. Tar éis cúpla lá ghlaoigh sé agus dúirt go raibh a intinn socraithe, go rachfadh sé ar ais mar gheall ar na gasúir, ach go gcaithfeadh sé bealach éigin a aimsiú chun a neamhspleáchas féin a chaomhnú.

Chuamar i bpáirt arís ansin, ag obair don chrannchur sórt mídhleathach lena raibh mé féin ag plé. D'fheabhsaigh cúrsaí ansin arís ar feadh píosa . . . ach, bhuel, tá fhios agat féin an chuid eile, nó an chuid is mó de ar aon nós.'

Sea, a deir Máirtín leis féin, mise leanbh an athmhuintearais nár tháinig i mbláth ná in éifeacht; an té nár cheart a bheith ann ar chor ar bith. Smaoineamh míthaitneamhach a bhí ann, nár rith leis roimhe sin. Bhí Learaí ag caint go tréan anois agus ag téamh an mheadair bhranda a leagadh os a gcomhair tar éis an bhéile a bheith ite.

'Bhí buntáiste amháin ag do mháthair chomh fada is a bhain le comhrac. Thuig sí an difir a bhí idir an ceann is fearr a fháil ar dhuine agus an lámh is fearr a fháil air. Níor thuig t'athair ach misneach corpartha agus an namhaid a chloí chomh tapa agus ab fhéidir. An oíche úd a dtáinig sí chuig an halla, bhí do mháthair ag breathnú ar an té a bhí i gceannas an lá ar theith na Tans i mBaile an Locháin agus mar ba dhual do bhean thréanintinneach, chumasach, chuir sí roimpi é bheith aici féin. Ar ndó, bhí dul amú mór uirthi. Dá mbeadh an chaolchúis agus an tuiscint ag t'athair a mheas sise, ní throidfeadh sé ar an gcaoi sin ar chor ar bith. Bhí a leagan amach siúd chomh mór sin as cor le gnáthchleachtas míleata gur scanraigh na Tans. Mheasadar go raibh plean diabhlaí éigin nár thuigeadar dá chur i bhfeidhm agus thugadar do na boinn. Dá dtiocfaidís ar aghaidh, troid go bás a bheadh ann agus bhí a chúig oiread fear acusan agus trealamh den scoth. Ach b'shin t'athair. B'shin díreach a bhealach.'

Bhí teas an bhranda ag leathadh go síodúil trí chorp

Mháirtín agus breis tuisceana ag leathadh trína intinn. Bhí idir anshó agus só ag roinnt leis an dtuiscint seo ach bhí réimse a eolais ag leathnú go mór.

'Ar chuimhnigh tú riamh ar an údar a bhí ag do mháthair leis an gclochar a fhágáil . . . an t-údar dáiríre?'

'Ní mórán a dúirt sí riamh linne ina thaobh, ach amháin gur le linn cúrsa spioradálta an-dian a fuair sí amach nach raibh gairm aici agus gur imigh sí. Sin rud a raibh meas agam uirthi dá bharr i gcónaí. Caithfidh sé nach raibh sé éasca an uair úd!'

'Ní raibh gan dabht. Ach ní mheasaim go raibh do mháthair iomlán ionraic léi féin ná libhse nuair a dúirt sí é sin. Dá mbeadh an t-ord sásta Máthairab a dhéanamh di agus cúrsaí riaracháin a chuir faoina ceannas, thabharfainn mionn leabhair nach n-imeodh sí ar chor ar bith. Ach bhí sí rócheannasach do mhóid umhlaíochta, go speisialta dá gcaithfeadh sí déanamh de réir orduithe amaideacha ó óinseacha a mbeadh dímheas aici orthu! Ní fheilfeadh di ach an áit ab uachtaraí. Nach luíonn sé le réasún?'

'Agus céard faoi m'athair? Níor dhuine ceannasach a bhí ann nuair a chuir mise aithne air . . . sa mhéid is gur chuir mé aithne ar bith air.'

'Fear é a d'fheil don ghluaiseacht a bhí againne, sa taobh seo tíre go háirithe. Ach ba de bharr an gean a bhí ag daoine air, agus mar gheall ar an dílseacht a d'airíodar dó, a bhí sé i gceannas. B'fhéidir gurb shin dearmad eile a rinne do mháthair. Nuair a tháinig an sos agus an conradh, theastaigh uaithi go rachfadh t'athair in Arm an tSaorstáit ar feadh tamaill, chun an onóir phoiblí a bhí tuillte aige a fháil agus ansin ar ais sa ngnó agus i saol an teaghlaigh. Bhí sé oibrithe amach go breá, ciallmhar . . .'

'Toil Dé arís,' arsa Máirtín go searbhasach agus d'fholmhaigh a ghloine.

Ghlaoigh Learaí dhá bhranda eile agus an bille. Bhí an oíche ag titim agus bhí cumraíocht Choilm uí Chofaigh le tabhairt faoi deara tríd an ngloine ag siúl síos, suas amuigh sa halla.

'Bhuel, pé ar bith faoi thoil Dé, níor mheáigh sí toil t'athair ar chor ar bith agus ní bhfuair sí seans, mar nach bhfaca sí arís é go raibh an cogadh cathartha thart. Bhí an cogadh céanna níos amaidí agus níos táire sa taobh seo tíre ná mar a bhí sé i mórán áiteanna agus bhí chuile dhuine bréanaithe de i bhfad sular chríochnaigh sé. Bhailigh mise liom go Meiriceá agus ceapaim gur beag iarracht a rinne t'athair éalú nuair a gabhadh é. Tá fhios agat féin an chuid eile.'

Sháigh Colm ó Cofaigh a cheann isteach sa seomra bia agus dhearc go himníoch ar Learaí. Bhí siad le dhul go Ciarraí agus bhí Colm giongach chun bóthair. Sméid Learaí air.

'Féach, caithfimid bheith ag druidim le Baile an Chaisil, ach cúpla rud tábhachtach sula n-imeoimid. Céard a bhí ó t'athair? Rud é nár éirigh le do mháthair a thuiscint riamh, agus tá sé tábhachtach go dtuigfeadh tusa anois é. I ndeireadh thiar thall níor theastaigh uaidh ach riar a cháis agus a shaoirse phearsanta féin; gan aoinne bheith dá bhrú ná dá tharraingt ná ag gabháil máistreacht air. Sin thar aon rud eile a chuir cuthach ar do mháthair. Bheadh sé sa siopa—an tráth a ndearna sé iarracht í shásamh chomh maith agus a d'fhéad sé—agus d'fheicfeadh sé dream tincéirí ag déanamh isteach ar ósta mhuintir Réamoinn ar an taobh eile den bhóthar. Bhuel, tá fhios agat féin cá gcríochnódh an lá sin agus cén chaoi ar chríochnaigh sé freisin. Tá an braon céanna sin ionat féin, feictear dom. Sin é an fáth ar fheil an post taistil dó, chomh maith le gach rud eile choinnigh sé as baile é ach amháin nuair a d'fheil sé dó bheith sa mbaile!'

'Ba mhinice as ná ann é ar deireadh, go speisialta ó d'imigh Máirín.'

'Sin rud eile atá tábhachtach. Bhí sé i Meiriceá ar ghnó nuair a fuair do mháthair amach go raibh Máirín ag súil leis an bpáiste . . . bhí tusa sa mbliain deiridh ar scoil sílim? Ní mórán a dúirt do mháthair sa litir ach amháin go ndearna sí a mb'éigean di a dhéanamh agus gur shábháil sí cliú na muintire. Chuaigh sé ar ais agus b'as Sasana a fuair mé an chéad litir eile uaidh. Bhí sé thar a bheith binbeach agus bainte agus dúirt sé go ndéanfadh sé príosúnacht saoil mura dtiocfadh sé ar Mháirín agus í thabhairt abhaile leis . . . tá fhios agat féin nach ndeach-aigh Máirín i bhfoisceacht scread asail don chlochar ina raibh sí seolta ag do mháthair. Seachtain ina dhiaidh sin tháinig litir eile. Bhí sí faighte, í féin agus an stiúrthóir bus agus iad chomh sásta agus a d'fhéadfaidís a bheith.'

Rinne Learaí gáire agus chuimil a lámha fada síos, suas a aghaidh. Bhí sé ag baint taitnimh as an scéal áirithe seo. Bhí sé ag baint spóirt freisin as an iontas a bhí ar Mháirtín.

'Fan leat nóiméad go gcloisfidh tú. Tháinig sé orthu in árasán beag i dtuaisceart London. Bhí an bheirt acu ag obair. Tá fhios agat an chaoi a bhfanann abairt i do cheann? "Ní fhanaim rófhada in éindí leo," a dúirt sé sa litir. "Bíonn siad ag cuimilt dá chéile agus ag breathnú ar a chéile agus fios maith agam nach bhfuil siad ag éisteacht liom ar chor ar bith!" Bhí sé chomh sásta leis féin. Tá fhios agat nár fhéadadar pósadh? Bhí bean aige siúd, ach tá sí i dteach na ngealt le fada agus gan aon bhiseach i ndán di ach oiread. Pé beagán airgid a bhí sábháilte ag t'athair thug sé dóibh le fonn é agus gheall go sollúnta nach n-osclódh sé a bhéal ina dtaobh le haoinne.'

'D'fhéadfadh sé é inseacht domsa. Bhí fhios aige go maith chomh ceanúil agus a bhíomar ar a chéile. Tá an-iontas agam ann!'

'Éist liom nóiméad. Bhí dhá rud ann. Níor theastaigh ó Mháirín go n-éireodh idir tusa agus do mháthair go dtí go mbeadh tú críochnaithe sa gcoláiste. Ina cheann sin, bhí faitíos uirthi go dtiocfadh do mháthair agus do dheartháir ina diaidh dá bhfaighidís amach cé mar bhí an scéal. Agus rud eile fós, cuimhnigh ar t'athair! Ar deireadh thiar bhí duine dá chlann ag brath air, tar éis ar tharla. Ach ní raibh sé i gceist riamh an scéal a choinneáil uaitse. Tá níos mó ná do eire de smaointe duairce ort cheana gan bheith ag cur leo gan riachtanas. Duitse a thug sé a seoladh dom arú inné . . . Téanam nó rachfaidh an Cofach as a mheabhair!'

Bhí an gluaisteán ina sheasamh ag an doras agus an t-inneall ar siúl. Chrap Learaí isteach i gcúinne amháin den suíochán cúil agus tharraing pluid olna ina thimpeall. Cheap Máirtín go raibh tréimhse tosta eile roimhe agus dhírigh sé a shúile ar chúl cinn an tiománaí agus thosaigh ag scagadh an eolais nua seo a tugadh dó anois beag. Ach dhírigh Learaí é féin agus labhair.

'Cripes, ach nach fuar atá sé? Tá fiche bliain caite agamsa ag seachaint earrach agus geimhreadh ach tá mé gafa anois dáiríre. Cogar, a Mháirtín, tá sé chomh maith an scéal a chríochnú anois sula sroichfimid Baile an Chaisil. Níl mé ag dul ag moladh aon cheo duit. Ní béas liom an capall a threorú chun an uisce, ní áirím bheith ag iarraidh iallach a chur air é ól. Tabharfaidh mé tuairisc treo agus comharthaí sóirt ach ina dhiaidh sin . . . faic! Caithfidh tú do chinneadh féin a dhéanamh. Cúpla deoch anois agus ansin oíche mhaith chodlata . . . ní móide gurbh aon dochar maolú ar an deoch tar éis na hoíche anocht ach oiread. Tá lá trom curtha isteach inniu agat. Tuigeann tú?'

'Tuigim go maith,' a deir Máirtín, cé go raibh sé beagán díomúch nár thairg Learaí réiteach éigin dó. 'Caithfidh mé mo chúrsa féin a leagan amach agus caithfidh mé sin a dhéanamh amárach. Ach tá mé sásta dáiríre faoi Mháirín agus faoi Dhaid, thar a bheith sásta.'

'Go maith. Anois cá gcuirfidh tú fút anocht? B'fhearr duit gan an diabhal de lóistín sin a thaobhachtáil ar chuma ar bith de réir mar a dúirt tú. Agus ós ag caint air é, seo airgead a thug t'athair dom faoi do chomhair.'

Tharraing sé clúdach tiubh as póca a bhrollaigh agus thug do Mháirtín é. Nach é a bhí ag teastáil freisin, a dúirt sé leis féin. Chuimhnigh sé ansin ar Bhilín agus ar an méid a dúirt sé faoi Stella Bhreathnach ar an Aoine. Bhí sé chomh maith dó an dá chúram a dhéanamh in éineacht, mar ní fhaca sé gá ar bith le caolchúis anocht thar oíche ar bith.

'Fanfaidh mé in Óstlann na gCeithre Máistrí. Tá sé gar do láthair agus tá cineál aithne agam ar dhuine de na cailíní atá ag obair ann.'

'Agus ní dochar ar bith é sin ach an oiread,' a deir Learaí agus shín sé siar ina chúinne dorcha agus thit a chodladh láithreach air. Fágadh Máirtín ina shuí ag féachaint ar chúl balbh an tiománaí agus ag cuimhneamh. Nach ait mar a thit rudaí amach thar mar a bhí beartaithe? Chuimhnigh sé go fánach ar Nuala agus ar an ngeallúint a thug sé di go rachfadh sé chuig faoistin. Bhí sé tar éis an sé anois! De réir mar thitfeadh sé isteach nó amach, mar a deireadh na seandaoine. Rachfadh sé go dtí an óstlann ar dtús ar aon chuma. Go cinnte ba é an óstlann a ba chúlráidí ar an mbaile é; chomh cúlráideach sin agus go raibh daoine ar an mbaile nach mbeadh in ann é aimsiú, go speisialta san oíche. Bhí sé suite leath slí síos lána cúng, in aice leis an Leas-Ardeaglais, nach raibh ann ach seanstórais ghráin idir thréigthe agus leaththréigthe. Ceathrar fear gnó a bhunaigh é ach sraith bainisteoirí baineanna a bhí i mbun a stiúrú, rud a d'fhág saor ó smacht úinéireachta ó thús é. De réir a chéile thosaigh cineál áirithe daoine ag tarraingt air agus ag cur fúthu ann agus b'iad seo ar deireadh a rialaigh nósmhaireacht agus rialacha iompair na háite. Lucht bannaí ceoil, taistealaithe tráchtála sna tríochadaí, oifigigh airm agus an chuid ab óige de lucht gnó an bhaile ba mhó a thaithigh an áit. Coinníodh lucht mioscaise agus achrainn as an áit agus bhí cosc freisin ar fhormhór na mac léinn ollscoile. Deartháir Bhilín a thug Bilín agus Máirtín ann an chéad uair, ach b'annamh ina dhiaidh sin a thaobhaigh Máirtín an áit, mar bhí cáil mhór ban air agus baile cúng ab ea Baile an Chaisil. Bhí aithne súl aige ar Stella Bhreathnach, an cailín beag giodamach a bhí ag obair sa mbeár agus a chuir an teachtaireacht chuige, má b'fhíor.

Dhúisigh Learaí nuair a mhoillligh an gluaisteán ar theacht isteach go Baile an Chaisil, díreach nuair a bhí néall ag titim ar Mháirtín de bharr luascadh an chairr, an bhia shaibhir agus an bhranda nár chleacht sé.

'Seo leat,' a deir Learaí. 'Agus ar fhaitíos na bhfaitíos, feicfidh mise in Óstlann na gCeithre Máistrí tú tuairim

leathuair tar éis an deich san oíche amárach . . . nó abair
an deich. Beidh do dheartháir feicthe agat an uair sin
agus cúrsaí eile socraithe. Fágfaimid an scéal mar sin, ach
aon rud amháin. Más neamhspleáchas atá uait, bí cinnte
nach é a scáil a fhaigheann tú ach a shubstaint.' Bhuail sé
buille ar a shlinneán agus lig scairt gháire. 'Bíodh sampla
na tíre seo féin agat, a mhac, agus an obair seo go léir atá
ar bun amárach. Nach ea díreach, a Choilm?'

'Buinneach gan bhrí,' a deir an Cofach thar a ghual-
ainn agus thug an gluaisteán chun stad ar an gCearnóg
Mhór. Bhí cuid mhaith daoine fós ar na sráideanna agus
gleo pléisiúrtha ag teacht as na tithe ósta ar dhá thaobh an
tSráid Láir agus iad ag siúl chuig an óstlann.

Nuair a bhíodar ar tí iompú síos an lána ina raibh an
óstlann rinne fear mór rua, a raibh cóta mór fada air agus
beart billeoga faoina ascaill, anonn orthu. D'aithin
Máirtín é, ach sula raibh uain aige a rá le Learaí go mba
dhuine de Shionnacháin an Ghoirt Bhreac a bhí chuige,
rinne Colm ó Cofaigh an gnó go sollúnta. Rug an fear rua
ar láimh ar Learaí agus chroith í.

'Do chéad fáilte abhaile, Learaí de Lása. Mór an onóir
dom do lámh a chroitheadh agus a liachtaí uair a
chualamar scéalta i do thaobh agus i dtaobh athair an
leaidín seo, an créatúr. Ach is dona an t-am a phioc tú le
theacht air ais, ach ná bac leis sin, ná bac leis sin. Níl chuile
dhuine meallta, níl sin. Tá daoine nach bhfuil sásta
fanacht ag caint ar chúla téarmaí. Déanfar rud éigin a
bhainfidh an náire den taobh tíre seo go háirithe. Rinne
tusa do chion féin i do lá. Tá cath eile le troid anois!'

Chásaigh Learaí bás a dhearthár leis. Ba léir gur chuir
caint fhíochmhar dháiríre an fhir rua isteach air.

'Mura mbeadh ann ach é siúd amháin, a dheartháir, ach

cuimhnigh ar na céadta agus na mílte a d'imir a n-an-
amacha. Go n-éirí d'aistir is d'imirce leat!' Shín sé ceann
de na billeoga ag chaon duine díobh agus d'imigh sé suas
an tsráid d'abhóga fada, dá scaipeadh ar na daoine.
Bhreathnaigh Máirtín ar an duilleog. I gcló dubh agus
ciumhais dhubh ina thimpeall, bhí alt gairid faoin teideal
DROCHRATH AR AN bPOBLACHT MAIDE.

'Céard tá i gceist aige a dhéanamh?' a deir Learaí le
Colm.

'Dream iad sin a dhéanfaidh rud ar bith a cheapann
siad is gá a dhéanamh. Ní bheadh tuairim dá laghad
agam ach déanfaidh sé rud éigin gan dabht, ó dúirt sé é.'

Chroith Learaí a ghuaillí agus d'iarr go giorraisc ar
Mháirtín an óstlann a thaispeáint dó. Bhí sé trína chéile
agus nuair a tháinig siad isteach san óstlann phlódaithe
bhrúigh sé a bhealach chuig an gcuntar, ag déanamh
neamhshuim iomlán de strainceanna na bhfear agus
comharthaíocht súl na mban. Bhí an áit ag cur thar maoil
le lucht bannaí ceoil, a lucht leanúna agus a gcuid ban, a
bhí ag ceiliúradh deireadh an charghais agus tús séasúr
eile rince. Chonaic Máirtín Stella Bhreathnach uaidh
agus í ag freastail ar a dícheall. Chonaic sise eisean freisin
agus d'éirigh ar a barraicíní chun lámh a chroitheadh leis
os cionn an tslua. D'iompaigh cuid díobh sin agus dhearc
go heascairdiúil agus go míchéatach ar Mháirtín. Bhíodh
slua i gcónaí sa tóir ar Stella.

Cinn mhóra a fuair Learaí dó féin agus do Mháirtín
agus buidéal leanna do Cholm. D'airigh Máirtín néallta
ag teacht air, ceann i ndiaidh an chinn eile agus theann sé
isteach i gcúinne gur shuigh faoi. Ina dhiaidh sin ní raibh
sé róchinnte céard a tharla. Bhí sé ag cloisteáil glórtha
arda agus ní raibh sé in ann brí a bhaint as a gcuid cainte.

B'fhacthas dó go raibh sé amuigh faoin aer agus go raibh a chosa ag imeacht ó smacht. Ansin bhí sé ag argóint le sagart a bhí ag liúraigh air agus nach raibh sásta fanacht go dtiocfadh a chaint chuige agus go míneodh sé é féin. Thosaigh sé ag titim ansin agus d'éirigh an talamh chuige gur bhuail buille ar a ghualainn.

Ansin d'airigh sé guthanna a d'aithin sé ina thimpeall agus fuair sé é féin i leaba agus chuala sé guth Stella Bhreathnach ina measc. Rinne sé iarracht labhairt ach dúirt sise leis bheith socair agus nár cheart dó dhul ag argóint le sagart ar a chuid óil agus bheith ag tiomsú achrainn i dteach an phobail agus is cuma cén iarracht a dhéanfadh sé ní raibh ag éirí leis aon fhocal a rá. Tháinig néall an-trom air agus b'fhacthas dó go raibh sé ag titim síos le fána géar agus isteach i nduibheagán. Tháinig deireadh ansin lena thromluí.

Dé Domhnaigh 17 Aibreán 1949

*Dé Domhnaigh*

AR a deich a chlog ar maidin tháinig Stella Bhreathnach isteach chuige agus cupán tae aici. Bhí sé ag dul righte leis a shúile a choinneáil oscailte, bhí a bhéal calctha agus suaitheadh diabhalta ina ghoile. Neamhchleachtadh ar an bhfuisce, gan dabht. Rinne sé iarracht deasú aníos ar a thaobh ach chuaigh arraing trína cheann agus thit sé ar ais ar a dhroim agus é ag cneadaíl. Rinne Stella gáire ach ní raibh aon fhonóid ann. Bhí trí bliana caite aici ag obair san óstlann agus bhí sí iomlán tuisceanach ar pheannaid na póite. Leag sí an tae ar bhord in aice na leapa, shuigh síos ar a cabhail agus leag bos thirim, fhionnuar ar bhaithis Mháirtín.

'A chréatúir bhoicht! Seo cúpla aspairín agus deoch tae. Féadfaidh tú codladh cúpla uair a' chloig eile ansin agus beidh tú ceart. Seo leat anois, ní thógfaidh sé nóiméad.'

Shleamhnaigh sí a lámh faoina cheann, chroch aníos é agus chuir an dá phillín ina bhéal. Ansin choinnigh sí an tae leis agus d'ól sé cúpla súmóg de. D'airigh sé na pillíní searbha ag dul síos go mall ina scornach agus ba bheag nár tháinig ceann suas air, ach choinnigh sí uirthi ag tathaint an tae air go raibh an cupán folamh. Lig sí a cheann anuas arís ar an bpiliúr agus shocraigh na héadaí leapa aníos faoina smig.

141

'Codail leat anois. Dúiseoidh mise arís roimh mheán lae tú agus beidh tú in am d'Aifreann na ndruncaeirí anseo amuigh.'

Chuimil sí a bhaithis arís agus d'éirigh chun imeacht. Bhí na dallóga tarraingthe agus aer an tseomra cineál bréan le boladh fuisce stálaithe. Fuair Máirtín puth de bhréantas a choirp féin aníos faoi na héadaí leapa agus arís tháinig ceann suas air ach smachtaigh sé é féin. Thug sí faoi deara é.

'Coinnigh thíos é, más féidir ar chor ar bith leat é, ach má thagann ort tá pota ansin cois na leapa. Ná habair faic! Cuid de sheirbhís an tí é seo . . . oibreacha corpartha na trócaire, 'má chuala tú caint riamh orthu.'

Shraoth goile Mháirtín agus d'airigh sé súiteán codlata dá bhualadh. D'iarr sé uirthi bheith cinnte go ndúiseodh sí é agus bhí sé ina chodladh arís sula raibh an doras druidte aici.

Nuair a dhúisigh sí arís é bhí sé bisithe go mór ach fós bhí meabhrán ina cheann agus a chorp brúite, amhail is dá mbeadh cluiche dian peile imeartha aige an lá roimhe sin. Ansin go tobann tháinig meathchuimhne chuige ar chomhrá na hoíche aréir agus bhuail uafás é. Ba é seo an chéad uair ar tháinig lánmhúchadh meabhrach air de bharr óil. Gheit sé aníos sa leaba agus scéin ina shúile.

'Céard seo a bhí tú a rá aréir liom? Céard sa diabhal a rinne mé ar chor ar bith? Inis dom go beo.'

Bhí sí ina seasamh sa meathdhorchadas agus a lámha leagtha ar a corróga. Chuaigh sí chuig an bhfuinneog, lig isteach beagán solais tríd na cuirtíní agus labhair go héadrom ach go húdarásach leis.

'Breathnaigh seo, a Mháirtín ó Méalóid! Ar an gcéad dul síos, ní fiú biorán ar tharla aréir. Níl aon dochar déanta. Luigh siar nóiméad agus inseoidh mé an scéal arís duit . . . luigh siar, a deirim leat. Níl aoinne maraithe, buailte, crochta, scólta, tógtha . . . faic na ngrást. Níor cheart dom bheith ag baint asat aréir, a chréatúir!'

Shuigh sí ar leaba eile a bhí cois balla ar an taobh thall den seomra. Chuir sí a dá uillinn ar a glúine agus thosaigh ag ríomh lena corrmhéar dheis ar mhéara a ciotóige.

'Sa gcéad áit, d'fhág Learaí de Lása . . . Ó, is cuimhneach leat an méid sin . . . anseo san oíche amárach ag a deich nó mar sin . . . ní raibh tú chomh dona sin má chuimhnigh tú ar an méid sin féin. Sa dara háit, is amhlaidh a d'éalaigh tú amach anseo gan fhios do chuile dhuine, síos leat chuig eaglais na bProinsiasach agus isteach ag faoistin. Pér bith ní a tharla ansin . . . níl muid thar a bheith cinnte . . . thosaigh tú féin agus an sagart ag sáraíocht agus d'ordaigh sé amach tú . . . tháinig tú ar ais anseo . . . sin a raibh ann . . . Dúirt tú linn gur ionsaigh slua tú agus gur buaileadh tú agus gur thug tú focal gnaíúil ar an gCairdinéal Mindzenty agus focal is gnaíúla fós ar an easpag . . . ach san am sin bhí tú imithe sna cearca fraoigh agus chuir muid suas a chodladh tú, mé féin agus Learaí. Tabhair mac ar Learaí! Deirimse leat go bhfuil géim sa gcailleach! Nuair a bhí tusa curtha ar an leaba nár aimsigh sé aige mé féin agus ar ín ar éigean a bhain mé an doras amach. Ach is lách an fear é agus deirimse leat gur bhreathnaigh sé i do dhiaidh.'

Ar éigean a bhí Máirtín ag éisteacht lena cuid cainte. Mar sin ní ag brionglóidí a bhí sé ar chor ar bith aréir! Bhí fuarallas leis ach ní raibh fhios aige ceart an scéin nó an t-ól gan chuibheas a ba chiontach leis. Anois bhí an scéal ina phraiseach ceart.

'Tá an scéal ina bhrachán, a Stella,' a dúirt sé. 'Céard sa diabhal a dhéanfaidh mé anois? Ruaigfear amach as an mbaile mé. Tá an ollscoil . . . Ó, a bhitch go deo.'

Thosaigh sé ag bualadh a chinn faoin bpiliúr amhail is dá mba ag iarraidh a chuid smaointe duairce a ruaigeadh chun siúil a bhí sé.

'Bhuel, is cinnte nach dtaitneoidh sé le Iníon Uasal ní Riain,' arsa Stella, ag éirí agus ag aithris ar Nuala ní Riain, ag siúl go stáidiúil, ag luascadh a gorúna agus ag baint fad as a srón. '"Céard seo a chloisim faoi bheith ag troid le sagart i dteach an phobail? Cén chaoi an bhféadfadh duine de na Rianaigh uaisle, gan trácht ar shliocht Dhónaill, meascadh le . . .?" Tá aiféal orm, a Mháirtín, ach leáfainn an bhideach sin ar ghráinne salainn.'

Rinne Máirtín dearmad dá imní agus dhearc don chéad uair dáiríre ar Stella ina seasamh i lár an tseomra agus a lámha mar ba ghnách leo ar a corróga. Bhí péire slipéirí catacha uirthi gan aon stocaí agus cóta éadrom tí a raibh na trí cnaipí uachtair agus na trí cnaipí íochtair de oscailte. Ba léir nach mórán a bhí dá chaitheamh aici faoi ach oiread. Níorbh fhada tagtha as an bhfolcadán í agus bhí boladh úr gallaoirigh uirthi. Thug sí faoi deara an t-athrú dreach agus thosaigh sí ag gáire.

'Bhfuil fuisce na hoíche aréir ag obair? An bhfuil?'

Tháinig náire ar Mháirtín agus beagán feirge mar go raibh sí in ann a intinn a léamh chomh cruinn agus chomh tapa. Ní raibh sé cinnte ach oiread ar thaitnigh an aithris ar Nuala leis.

''Nois, 'nois, éirigh as an smutaíl. Seo leat! Éirigh amach agus líonfaidh mise an folcadán atá ag ceann an staighre duit. Tá deis bearrtha freisin ann . . . an ceann atá againn do na fáinleoga fáin . . . beidh tú ar mhuin na muice ansin! B'fhéidir gur fearr duit gan dhul ag an Aifreann, ní ag iarraidh d'anam a dhamnú atá mé, ach b'fhéidir gur fearr a bheith caothúil inniu go háirithe. Agus an rud is tábhachtaí uilig, nuair a bheas sin déanta agat glaoigh ar an ospidéal . . . nó ar mhaith leat go ndéanfainnse duit é?'

Dúirt Máirtín go mb'fhearr dó féin glaoch mar nach mórán a d'inseoidís do strainséir. Chuir sé beagán alltacht air, tar éis ar tharla inné, nár smaoinigh sé go dtí an nóiméad sin ar sceanairt a athar. Nuair a d'imigh sí, d'éirigh sé amach ar chosa corracha agus rinne go díreach de réir a comhairle. Nuair a bhí sé gléasta tháinig sé anuas an staighre agus chuir glaoch ar an ospidéal. B'fhada go dtáinig an tSiúr Caoimhín ach nuair a tháinig agus nuair a chuala sé a guth bhí fhios aige go raibh an drochscéal aici.

'Chaith sé an oíche go suaimhneach, a Mháirtín, thar a bheith suaimhneach. Beidh sé cineál codlatach ceann cúpla lá agus b'fhearr gan theacht ar cuairt chuige . . . sin mura ndéanfá ach breathnú isteach scioptha.'

Ní raibh sí ag rá aon bhlas i dtaobh na sceanairte féin. Chaithfeadh sé an cheist a chur uirthi, díreach glan. Thost sí meandar agus chuala sé í ag tarraingt a hanála go mall.

'Bhuel, a Mháirtín, cuirfidh mé ar an mbealach seo é. Ní mórán ugach a fuair na dochtúirí . . . ar dtús, an dtuigeann tú. Ach d'éirigh leo cuid mhaith a dhéanamh mar sin féin. Tá a chroí láidir, a Mháirtín, thar a bheith láidir. D'fhéadfadh sé battle mór a thabhairt uaidh fós.'

Ghlac Máirtín buíochas léi agus leag uaidh an telefón. Bhí an scéal ar fad anois aige. D'osclaíodar agus dhúnadar agus anois ní raibh le déanamh ach fanacht agus a bheith ag súil le Dia nach méadódh an phian. Ar ndó, bhí sé feicthe cheana dó agus anois bhí fhios aige go cinnte. Ruaig an t-eolas cinnte seo cuid mhór dá imní i dtaobh a chúrsaí féin. B'fhíor do Learaí é. Níor mhór dó a intinn féin a dhéanamh suas agus gan aon rud a dhéanamh le spadhar. Tháinig Stella amach as an seomra bia agus chuir ceist air lena súile. Chroith sé a cheann.

'Mar cheap mé go díreach. D'oscail siad agus dhún siad agus níl siad ag rá mórán. Ach mar mheas mé inné, tá an t-imeacht air go cinnte.'

'Ba mhaith liom bheith in ann a rá leat go dtuigim duit, a Mháirtín, ach ní thuigim. Cailleadh m'athair agus mo mháthair i bhfoisceacht bliain dá chéile nuair a bhí mise sa gcliabhán. An aintín a thóg mise agus mo dheirfiúr, bhí an oiread gráin agam uirthi is go raibh mé ag baint pléisiúir as chuile shluasaid fóid a chuaigh síos ina mullach an lá ar cuireadh í. Tá fhios agam gur peaca dom é, ach níl neart agam air.'

'Níl ag cur aiféal orm féin ach nár chuir mé aithne cheart riamh ar m'athair agus nach gcuirfidh go deo anois, ach tá cion mo chroí agam air mar sin féin. Is dóigh go gcomhaireann sé sin freisin?'

'Sin é mo chreideamh féin, ar chuma ar bith. Cá bhfuil tú ag dul anois? An mbeidh áit uait anocht? Nó an rachfaidh tú abhaile?'

Bhreathnaigh Máirtín idir an dá shúil uirthi agus níor chorraigh a súile uaidh. 'Ara, fág m'ainm sa leabhar go fóilleach. Tá cúpla rud le socrú agam sula gcastar an tAthair Rónaofa orm. Beidh sin go maith!' Chuir sé strainc air féin agus rinne gáire searbhasach. 'Beidh mé ar ais, ar bhealach amháin nó ar bhealach eile. Beidh an bille le n-íoc ar chuma ar bith.'

'Muise, ní hé an bille is tábhachtaí ar chor ar bith. Ach oibrigh ort agus feicfimid ar ball tú . . . tá súil agam!'

Sheas Máirtín i mbéal an dorais agus d'fhéach síos, suas an lána. Bhí slua bailithe i mbéal dorais na Leas-Ardeaglaise ag ligean orthu féin go rabhadar ag éisteacht an Aifrinn. Bhí ceol codlatach an orgáin agus droch-cheoltóireacht na córach le cloisteáil go soiléir san óstlann. Chonaic sé uncail Nuala i measc an tslua. Bhí a bhaithis leagtha ar an mballa fuar agus anois agus arís chriothnaíodh a ghuaillí. Níor dheacair a dhéanamh amach cé ar a raibh sé féin agus an chuid eile den slua seicnithe ag smaoineamh—cá mbeadh fáil ar leigheas mídhleathach na póite? Chuaigh Máirtín síos an taobh eile den lána agus amach ar thaobh na nduganna den Chearnóg Mhór. Ní raibh mórán duine ar bith le feiceáil ar na sráideanna agus ní raibh oscailte ach corrshiopa páipéar. Nuair a tháinig sé i ngar d'Ósta an Chúinne, chuala sé glórtha ag cúiteamh go haibí, ach sula raibh sé d'uain aige an tsráid a thrasnú sháigh an cócaire a cheann timpeall an choirnéil agus lig a sheanscairt.

'Hóra, a dhiabhail álainn, seo chugainn Cumannach Bhaile Uí Mheara, cara an Chairdinéil bhoicht. Bhí muid ag caint ort go díreach. Bhí tú ad fhógairt ó na haltóirí ar feadh na maidine. Cuireadh i gcomparáid le Iúdás an Chasúir tú, a thiomáin na tairní trí lámha Mhac Dé!'

'Tá do chomparáid beagán as cor,' a deir Máirtín, ag iarraidh an scéal a chur de leataobh. Bhí an máta agus beirt fhear eile ina seasamh ar an taobh thall den choirnéal agus iad a léamh an *Sunday Empire News.* Bhí

an chéad leathanach aimsithe arís ag Murtaí ó Gríofa!
Lig an máta uaill as. 'Óra, a chailleach na pise, fan go
gcloisfidh Nádúr an scéal seo.' Shín sé an páipéar chuig
Máirtín.

Faoi cheannteideal mór gáifeach a dúirt POBLACHT
NA mBOCHT AGUS NA NOCHT agus faoina bhun
sin arís CODLAÍONN SEANÓGLACH AR AN UISCE
bhí scéal Mhurtaí.

Amárach i mBaile an Chaisil fógrófar Poblacht na
hÉireann (leagan 1949). Beidh bannaí ag ceol,
tabharfar óráidí, léifear aifrinn agus forógra na
Cásca. Cuirfear suas sraith nua dealbh le hais
chuimhneachán Chogadh na Saoirse . . . agus an
Chogadh Chathartha. Agus ar an Sicín, mar a
gcónaíonn bochtáin na cathrach, tá dhá theaghlach
ina suí faoi scéin ag fanacht le cnag an bháille, cnag
a chuirfidh na tuismitheoirí agus dáréag páiste ar
thaobh an bhóthair. MAR GHEALL AR TRÍ
PHUNT DÉAG RIARÁISTÍ CÍOSA!

'Tá an buachaill go maith, tá sin,' a deir an cócaire.
'Ach léigh leat!'

Agus nuair a chruinníonn mná carthanacha Bhaile
an Chaisil an t-airgead mar a ghealladar le gairid,
b'fhéidir go smaoineoidís ar sheanlaoch ó Chogadh
na Saoirse atá ag caitheamh deireadh a shaoil i
bpóirse brocach nach gcuirfeadh na mná carthan-
acha a gcuid gaidhríní ann. Tá Tomás mac Diar-
mada, a throid i seacht luíochán, ina chónaí i
seanbhád atá ar tí dhul go tóin poill. Beidh cuimhne
ag léitheoirí an pháipéir seo gur tugadh gradam ard
dó dhá bhliain ó shin nuair a rinne sé iarracht lán
gluaisteáin daoine a shaoradh ó ghrinneall na mara.

Nuair a labhair ár dtuairisceoir i mBaile an Chaisil inné leis dúirt sé. 'Má chaithim geimhreadh eile sa mbád sin caillfear mé. Caithfidh mé dul isteach i dTeach na mBocht!' Agus amárach comórfar an Phoblacht i mBaile an Chaisil. Ar chualadar riamh go mbíonn grásta san áit a mbíonn náire?

'Rachfaidh Nádúr as a chéill,' a deir Máirtín. 'Nach diabhlaí go deo an mac é an Gríofach?'

'Antichrist ceart ó bhroinn,' arsa an máta go croíúil. Bhí a chulaith nua lán le figíní agus bhí tóin a threabhsair clúdaithe le ócar dearg ó bharr bairillí pórtair.

'Cheap mé,' a deir Máirtín, 'go raibh tusa ag dul ó dheas ag bainis?'

Rinne na fir uilig gáire croíúil.

'Diabhal bainis ná bainis, a mhac,' arsa an cócaire, 'Ach tá uisce déanta aige de chúpla galún pórtair ó mhaidin inné.'

'Ní bheidh an bhainis ann go Máirt,' arsa an máta. 'Ach cogar mé seo leat. Chuaigh píosa den lá inné amú orm, ach chuala mé ag dul tharam aréir gur leag tusa anuas an dealbh de Naomh Antaine atá i bpóirse shéipéal na bProinsiasach agus gur chiceáil tú a chloigeann timpeall na sráide! Agus ar ndó nuair a chuaigh mé síos im amadán ar maidin bhí an diabhal ina sheasamh romham mar a bhí riamh.'

'Sin Baile an Chaisil,' a deir Máirtín agus d'imigh sé síos an tsráid de chruashiúl. Ní raibh sé as raon éisteachta nuair a chuala sé duine de na fir a rá os íseal,

'Ara ní hea, a deirim leat! Cic a thug sé ar dtús dó, ansin tharraing sé slabar isteach ar an bpus air agus dúirt sé "Agus foc Mindzenty freisin." Pér bith cén ghráin speisialta atá aige ar an gcréatúr bocht úd.'

Rinne Máirtín go tapa ar thí Mhic an Adhastair. Theastaigh uaidh leithscéal maith éigin a chumadh di le go dtabharfadh sí cead dó a chuid bagáiste a thabhairt leis gan a fhiacha a dhíol, go speisialta dá mbeadh scéal na hoíche aréir cloiste aici. D'airigh sé go raibh sé gaibhnithe i ngaiste dá dhéantús féin agus go tobann rinne sé suas a intinn go rachfadh sé abhaile in éindí leis an Athair Breandán tráthnóna agus go ndéanfadh sé margadh de chineál éigin lena mháthair faoin áit. D'fhágfadh sin teacht isteach rialta aige, carr b'fhéidir agus saoirse na deireadh seachtaine go háirithe. Ghlanfadh sé a chuid fiacha agus ansin shocródh sé cúrsaí Nuala. Ach ansin chuimhnigh sé ar Learaí de Lása. Bhí sé ina rith thart i gciorcail arís, ainneoin an méid a dúirt sé inné.

Bhí a lámh leagtha aige ar dhoras Mhic an Adhastair nuair a thug sé faoi deara nach raibh an eochair sa nglas mar ba ghnách. Chuir sé a lámh i mbosca na litreach agus thosaigh ag póirseáil thart ag iarraidh greim a fháil ar an slabhra práis ar a mbíodh an eochair feistithe. Níor thúisce a lámh istigh ná lig clann Bhean mhic an Adhastair sian chráite as béal a chéile istigh.

'A Mhamaí, a Mhamaí, tá sé anseo, tá sé anseo!' Agus ritheadar siar sa gcistin. Caithfidh sé go rabhadar ina suí ag bun an staighre ag fanacht go dtiocfadh sé. Chuala sé í féin ag teacht de shiota as an gcistin agus í ag caint léi féin go fíochmhar. Lig sí sian amach trí bhosca na litreach.

'An bhfuil mo chuid airgid agat, a dhailtín gan náire? Má tá, cuir trí bhosca na litreach é agus bailigh leat. Cuirfidh mé do chuid mangarae taobh amuigh den doras ar ball agus tig leat é a chrochadh leat. An gcloiseann tú mé?'

Ní hé amháin go raibh sí le cloisteáil ag Máirtín ach bhí scata ag cruinniú ar an taobh thall den bhóthar, ar a mbealach abhaile ón Aifreann, ag breathnú trasna go fiosrach ar an agallamh seo a bhí ar siúl trí bhosca na litreach. Labhair Máirtín chomh réidh agus a d'fhéad sé.

'Nóiméad amháin, as ucht Dé ort, a Bhean mhic an Adhastair. Níl mé ach ag iarraidh a rá leat go bhfuil aiféal orm faoin méid a thit amach sa séipéal aréir. Rachfaidh mé agus gabhfaidh mé leithscéal leis an sagart agus maidir leis an airgead . . .'

'Cén sórt rámhaillí atá ort? Cén séipéal . . .? Cén leithscéal . . .? Cén seafóid . . .?' Bhí sí níos oibrithe ná mar a chuala sé riamh í agus rith sé leis go raibh sí dall go hiomlán ar eachtraí an tséipéil. Ó b'annamh leis an gcat srathar a bheith air, a deir Máirtín leis féin, níor chuala sí focal. Ach bhí an tsianaíl trí bhosca na litreach tosaithe arís agus an slua ar an taobh thall den bhóthar ag dul i méid.

'Imigh leat mar sin agus ná tar ar ais go mbeidh mo chuid airgid agat. Imigh go beo nó cuirfidh mé fios ar na gardaí.' Bhí sí dáiríre freisin agus níor fhan Máirtín le tuairisc Bhilín a chur, ar fhaitíos go gcuirfí cor eile fós i scéal a bhí sách dona mar a bhí sé, ach bhailigh leis síos an bóthar sna feire glinte. D'oscail Bean mhic an Adhastair an doras nuair a chuala sí ag imeacht é, sháigh amach a ceann agus dúirt leis an slua ar an taobh eile den bhóthar,

'Go bhféacha Dia ar bhaintreacha bochta an tsaoil.'

Dhún sí an doras arís de phlimp agus d'fhág an slua ag breathnú ar a chéile le hiontas agus le caidéis.

Scuab Máirtín leis agus é ag eascaine faoina anáil, i dtreo an Mhóinteach Méith. Níor mhór dó Nuala a fheiceáil sula bhfeicfeadh aon duine eile í. Tháinig sraith smaointe buile ina cheann. Ar mhaith an rud a iarraidh uirthi é phósadh faoi cheann bliana, nuair a bheadh sé i mbun an ghnó ag baile agus ise cáilithe go hiomlán mar mhúinteoir meánscoile? Nach aige a bheadh an t-iomlán dearg ansin agus saol na bhfuíoll? Níorbh í seo an chéad uair dó ag machnamh ar an téad seo, ach thug an riachtanas cumraíocht níos réasúnta don scéal ná mar a b'fhacthas dó riamh go dtí sin. Ach nuair a d'oscail an mháthair an doras bhí fhios aige go raibh fadhb amháin dá chuid fadhbanna réitithe ar an bpointe. Bean ard gheitiúil sna luath daicheadaí a bhí inti, a raibh a dathúlacht dá tréigean go díreach, ach í fós ina bean óigeanta. Chomh luath is a chonaic sí é chuir sí a lámh ar a scornach agus lig scread bheag.

'Tusa,' a dúirt sí. 'Tusa! Gread leat as an spota seo agus ná fill. Tá Nuala imithe ag áit a seanmháthar agus is maith an rud duitse, a scabhtaeir, go bhfuil fear an tí seo in éindí léi. Tá fios chuile shórt againn anois. Fan amach ó Nuala nó beidh sé daor ort!' Ansin bhuail sí a cos faoin talamh le cuthach agus lig sian os ard a cinn. 'Imigh leat láithreach! Imigh ar ais ag do chuid . . . do chuid . . . do chuid mná coiteann.'

Céard seo anois? Rinneadh staic de Mháirtín le halltacht. Ní féidir gurbh é Ó Gráda a scaip scéal uafáis éigin ina thaobh. Ansin bhuail smaoineamh buile eile é. Bhí sí léi féin sa teach, bhí sé féin thar a bheith toilteanach. Céard a tharlódh dá rachfadh sé de léim ina mullach agus . . . Phléasc sé amach ag gáire agus phlab Bean uí Riain an doras trom amach le fórsa ina éadan.

Don dara huair taobh istigh de leathuair thug Máirtín cúl le doras gan fáilte agus rinne ar ais ar an mbaile mór.

Cén diabhal a bhí i gceist aici? Ní féidir gurbh é scéal an tséipéil a bhí i gceist nó ní bheadh sí ag caint ar mhná coiteann. Rinne sé gáire arís dá bhuíochas nuair a chuimhnigh sé ar na pleananna a bhí ina cheann, tamall gearr roimhe sin, dó féin agus do Nuala. Nárbh fhurasta cúrsaí a shocrú go timpisteach, mar sin féin, tar éis na siléige go léir! Bhraith sé go raibh baint éigin ag Bilín leis an scéal agus rinne sé díreach ar Thí Mhaggie féachaint an mbeadh aon scéal aicise dó.

Níor chleacht Maggie oscailt mhídhleathach Domhnaigh ach oiread le oscailt tar éis na n-uaireanta agus ba ag doras na cistine a chuaigh Máirtín. Nuair a chonaic Maggie cé bhí aici dúirt sí,

'Go sábhála Dia sinn, ach cén cineál oibre atá ar siúl agat féin agus ag Bilín ó Gráda ar chor ar bith? Tháinig a dheartháir, an píolóta, isteach anseo tuairim a seacht a' chlog aréir agus an teach lán agus é dallta go cluasa. Bhí málaí Bhilín ar fad ar iompar aige agus chaith sé ansin ar an urlár iad. Bhí sé ag gearradh amach an bhriathair mhóir gach uile re sholais agus ag tabhairt chuile ainm níos breátha ná a chéile ar Bhean mhic an Adhastair agus ar bhain léi siar go dtí Ádhamh agus Éabha. D'ól sé gloine fuisce agus bhailigh leis amach arís agus tá na málaí ansin istigh fós. Céard tá ar bun, a Mháirtín?'

Bhí an fhiosracht agus an diabhlaíocht ina n-orlaí trí chaint Mhaggie. Rinne an bheirt gáire in éindí. D'inis sé do Mhaggie faoinar bhain dó féin an oíche roimhe sin. Bhí scéal an tséipéil cloiste aici ó bhean eile tar éis an Aifrinn ar maidin.

'Ach ní shin é atá ann,' a dúirt sí. 'Níor tharla sé sin go dtína naoi agus bhí málaí Bhilín ruaigthe roimhe sin. Tá mé ag ceapadh go mb'éigean don phíolóta na fiacha a ghlanadh freisin, de réir mar a bhain mé brí as a chuid cainte.'

Leis sin chuaigh slua thar bráid ar rothair agus iad ag feadaíl agus ag caint go haerach. Chuimhnigh Máirtín ar an gcluiche. Chaithfeadh sé é sin a fheiceáil go háirithe.

'Breathnaigh, a Mhaggie! Glaofaidh mé ort tráthnóna ar an bhfón. Má thagann sé idir dhá linn, ná tabhair a mhálaí dó go n-inseoidh sé an scéal duit agus abair leis go bhfuil mise ag iarraidh é fheiceáil freisin.'

'Fan ar thaobh na reilige den pháirc, a Mháirtín,' a deir Maggie. 'Níl fhios agam an é do scéal féin nó scéal Mhurtaí sa bpáipéar is mó atá ag tarraingt caint ar an mbaile seo inniu. Tá tú níos fearr as ar an gcúlráid go bhfaighidh daoine ábhar eile cainte.'

Lean Máirtín na rothaithe agus slua mór coisithe i dtreo pháirc na himeartha.

## 2

Mar ba dhual d'fhoireann an bhaile mhóir, rith na Piarsaigh amach ar an bpáirc tar éis don mholtóir a fheadóg a shéideadh don tríú huair. Bhí a ngeansaithe uaithne nite agus iarnáilte don ócáid, a mbrístí geala ar an gcuma chéanna agus a gcuid stocaí ar chomhdhath. Bhí uimhreacha ar a ndroim agus mionsamhail nua d'aghaidh an Phiarsaigh ar bhráid gach imreora. Deireadh daoine gur mó de mhasla ná d'ómós a bhain leis an suaitheantas seo mar gur smeadaráladh níos mó fola ar gheansaithe na bPiarsach ná mar doirteadh i rith an Éirí Amach go léir. Ní deirtí é seo, ar ndó, nuair a bhíodh an Canónach sa timpeall. Shiúil an Canónach go stáidiúil amach ar an bpáirc in dhiaidh na foirne agus liosta na n-imreoirí ina láimh. I nGaeilge a bhí sé scríofa agus ba de dhéantús na hÉireann an páipéar. Shiúil Mattie mac Aoidh cúpla coiscéim ina dhiaidh agus baisc camáin faoina ascaill, é ag breathnú go grinn agus go caidéiseach ina thimpeall amhail is dá mba é seo a chéad chuairt ar an bpáirc. Rinne an Canónach a mheangadh oifigiúil leis an moltóir, fear beag feosaí a shantaigh an t-aon phost údarásach a gealladh dó i rith a shaoil mhíshona. Chuir seisean straois chomh spleách sin ar a aghaidh go measfá go raibh sé i gceist aige bróga an Chanónaigh a phógadh, rud a dhéanfadh sé go cinnte dá n-ordófaí sin dó.

'An liosta, a Pheadair,' arsa an Canónach. 'Tá tú go maith, bail ó Dhia ort?'

'Táim, buíochas le Dia. Is maith atá mac do dheirféar ag láidriú, bail ó Dhia air. Ní fhaca mé stripeáilte amach anois ó Mheán Fómhair é.'

Bhreathnaigh an moltóir, an Canónach agus Mattie mac Aoidh ar an áit a raibh na Piarsaigh ag bualadh isteach is amach as cúl an bhaile mhóir. D'fhéachadar uilig ar an mbuachaill óg a raibh uimhir a ceathair déag ar a dhroim. Buachaill ard tanaí a bhí ann, a raibh a sprengaidí caola ar aon dath lena bhríste nach mór. Tháinig liathróid ina threo faoi luas ar an talamh agus thiomáin sé go healaíonta thar an trasnán é. Rinne an triúr meangadh agus d'fhéach ar a chéile.

'Coinneoidh tú do shúil air . . . Tuigeann tú,' arsa an Canónach go ciúin údarásach. 'Cluiche cairdiúil atá ann ar bhealach ach . . .' Bhreathnaigh an moltóir agus Mattie ar a chéile ar feadh meandair agus ansin bhreathnaíodar ar an mbuachaill. 'Cinnte, a Chanónaigh. Déanfaidh mise mo sheacht míle dícheall. Ach, a Chanónaigh, níl agam ach dhá shúil . . .' Leag an Canónach lámh ar a ghualainn agus rinne meangadh oifigiúil eile. 'Beidh mé ag brath ort,' a dúirt sé.

Rinne an moltóir casacht bheag umhal agus nuair a d'iompaigh an Canónach chun siúl ar ais chuig an taobhlíne, thug Mattie streill thruamhéileach amháin air agus lean an Canónach. Chuir an moltóir a fheadóg ina bhéal agus scaoil fead dhamanta géar i dtreo cheann thíos na páirce. Lean sé den chruafheadaíl ar feadh roinnt nóiméad agus é ag breathnú go fíochmhar ar a uaireadóir idir amanna. Thosaigh cuid de lucht leanúna na bPiarsach ag béicíl, 'Walk-over,' agus 'Déan do dhualgas,' leis an moltóir agus thosaigh lucht leanúna an Bháin Mhóir ag fógairt ar ais. Bhí cuid de na nathanna trom le stair, idir áitiúil agus náisiúnta, agus thosaigh na nuachtóirí ag soncáil a chéile. Bheadh sé ina mharú go cinnte, agus na páipéir laethúla ag iarraidh an scéil.

Leis sin ba léir scata fear i ngeansaithe tréigthe agus i mbrístí ar dhathanna éagsúla, ag déanamh a mbealaigh go réidh isteach geata na páirce. Fiche bliain roimhe sin, nuair a fréamhaíodh an faltanas buan a bhí idir iad agus na Piarsaigh, b'éigean d'fhoireann an Bháin Mhóir na cosa a thabhairt leo ar éascaíocht ón bpáirc le linn troda agus a gcuid éadaigh a fhágáil sa seomra gléasta. Is amhlaidh a chuaigh lucht leanúna na bPiarsach agus saighdiúirí na beairice i bpáirt an lá sin chun an Bán Mór a ruaigeadh, rud a rinneadar. Riamh ó shin, ba ghnách leis an mBán Mór, nuair a d'imrídís i mBaile an Chaisil, a gcuid éadaigh a bhaint díobh i dteach ar an taobh eile den bhóthar, ina raibh cónaí ar lánúin as an bparóiste. Ba chuid de stair an pharóiste anois é agus choinnigh sé na seanfhaltanais uilig beo. Ní raibh gá ar bith leis an nós ach na seanfhaltanais a choinneáil beo agus an fhoireann a chur amach ar an bpáirc agus an fonn ceart orthu. Shiúladar go mall agus go dúshlánach síos i dtreo an mholtóra, a bhí fós ag séideadh agus ag bagairt a mhéire ar a uaireadóir. Aird dá laghad níor thug an Bán Mór air agus ba ríchosúil ar a ngléasadh go mba bheag a n-aird ar an ócáid ach oiread. Caite ina mburla ó imríodh an cluiche deireanach sa bpuiteach a bhí a ngeansaithe agus bhí a gcuid brístí smeartha le práibeanna cac bó agus sú féir. Bhí caipíní speic dá gcaitheamh ag a bhformhór agus le linn a gcuid siúil tharraingaídís buillí fíochmhara ar thráithníní agus ar phráibeanna puití. Ní raibh uimhreacha ar a ndroim agus bhí a gcuid camán cumhdaithe le píosaí stáin agus le róipíní tuí. Rinneadar ar an moltóir beag feosaí agus faghairt ina súile ach gan iad ag deifriú ionga na orlach, ainneoin a chuid feadaíle.

Sheas na Piarsaigh go múinte ar chúl an mholtóra agus iad ag féachaint ar a sean-naimhde ag déanamh orthu. Ach ba ar an gCipín a' Búrca a bhí formhór gach súil dírithe. Ní raibh an Cipín ach tuairim cúig troigh seacht n-orlach, ach bhí sé chomh leathan sna guaillí agus chomh toirtiúil as a thóin síos go dtí na rúitíní go mba gheall le abhac é agus é ina sheasamh leis féin. Bhí a chorp clúdaithe le guairí tiubha dubha agus go fiú nuair a bhíodh sé glanbhearrtha, bhíodh loinnir ghorm ina aghaidh. Ba ghnás leis i gcónaí caipín speic a chaitheamh agus an speic iompaithe siar agus bhí bindealáin throma ar a dhá ghlúin agus stropa leathair ar a riosta chlé. Ach ba é béal an Chipín a' Búrca an pháirt dá chorp uafar a ba mhó a chuireadh scéin i ndaoine. De bharr na gcéadta buille, bhí a chuid fiacla ar fad caillte aige, ach nuair a bhíodh a dhéad bréige istigh bhíodh cosúlacht deas daonna ar a aghaidh chruinn ghrianloiscthe. Nuair a bhaineadh sé amach na fiacla thagadh athrú millteach crutha air agus nuair a tharraingíodh sé siar a chár, le linn dó bheith ag déanamh ar imreoir nó ag fanacht leis an liathróid a thagadh chuige san aer, bhíodh faitíos ar dhaoine breathnú air. Ina theannta sin uilig ní shamhlaíodh a chuid cainte daonna ach oiread, cheal na bhfiacla agus sin go háirithe nuair a thagadh fearg air, rud a tharlaíodh i gcónaí nach mór. Ocht mbliana déag roimhe sin, nuair a bhí a áit faighte go buan aige ar fhoireann sinsear an chontae, thug sé 'fuíoll bod báille' ar an gCanónach le linn babhta argóinte tar éis cluiche in aghaidh an airm, nár críochnaíodh mar gheall ar scliúchas a mhair uair an chloig.

Bhí sé de scéala go mba mhac mídhlisteanach le gíománach an Tiarna é an Canónach, ach scéal é nach ligeadh formhór an phobail in aice a n-intinne, ní áirím a mbéal. Lig an Cipín amach glan os comhair slua é agus b'shin é coir a chrochta. Uair fhánach as sin amach a piocadh ar fhoireann an chontae é agus rinne an Canónach a chroí dícheall é ruaigeadh as comórtais d'aon tsaghas. Uair amháin d'éirigh leis an Bán Mór ar fad a chur ar fionraí ar feadh sé mhí de bharr mísc theicniúil éigin, ach tháinig siad ar ais. B'imreoir fíorgharbh an Cipín ó thús, ach anois, in aois a thrí bliana is dá fhichead agus a chroí lán d'fhaltanas na mblianta, ba dhainséaraí é ná díorma míleata ón mbeairic. Nuair a chuala sé go raibh nia an Chanónaigh pioctha ar an bhfoireann, mheas sé ar dtús go raibh buachaillí an bhaile ag cumadh dó. Nuair a fuair sé amach go raibh sé tofa ina lán tosach rinne sé suas a intinn go raibh an Canónach agus a ghliceas céatach scartha ar deireadh óna chéile.

Chruinnigh an dá fhoireann timpeall an mholtóra agus thosaigh an dea-chaint. Labhair an Cipín leis an moltóir.

'An gcaithfear a bhuidéal a thabhairt do mhásaí siosúir ag half time nó an mbeidh sé all right é thabhairt dó san ospidéal tar éis an chluiche?' Dhearg Pádraig Piaras mac Carthaigh go bun na gcluas agus thug iarracht féachaint go fíochmhar ar an gCipín, ach chuir a bhfaca sé drioganna ina chnámh droma.

Lig an moltóir fead ghéar a raibh fad céatach ann agus dúirt,

'An chéad duine a tharraingeoidh buille dá chamán ar imreoir eile, cuirfear den pháirc láithreach gan rabhadh é. Tuig é sin go soiléir, a Chipín a' Búrca!'

'Baisteadh mise freisin, a chonúisín chaca,' arsa an Cipín agus straois ó chluais go cluais air. Ansin scaoil duine éigin broim le fórsa.

'Urchar ómóis don phoblacht,' arsa an Cipín agus chroith a chaipín san aer. 'Fear ar chuile fhear agus ná tar tusa taobh istigh den líne slat is fiche nó tabharfar ón áit seo ar ghuaillí daoine tú,' agus dhírigh sé a chamán ar nia an Chanónaigh.

Bhí a leabhar nótaí tarraingthe amach ag an moltóir nuair a rith sé leis nach raibh an cluiche tosaithe agus nach bhféadfadh sé a ainm a thógáil. Chuir seo tuilleadh cuthaigh air ach smachtaigh sé é féin agus d'fhógair go húdarásach 'Cúil siar! Cúil siar!' Rith mórsheisear fear ó gach foireann siar chun a n-ionad cosanta agus baineadh geit as a raibh i láthair nuair nár chorraigh an Cipín a' Búrca. D'fhan sé i lár na páirce agus a mheáchan leagtha ar a chamán ag féachaint ar an moltóir. Bhí tost ar an bpáirc agus ar na taobhlínte. Ba é an Cipín féin ba thúisce a labhair.

'Níor dúradh linn go raibh nóiméad tost le bheith ann don dream a thug a mbeo ar shon na poblachta seo agaibh! Tosaigh an cluiche agus éirigh as an leibideacht!'

D'airigh an moltóir meall trom ag cruinniú in íochtar a bhoilg agus tháinig meáchan mór ina ghéaga. Bhreathnaigh sé go leanbaí ina thimpeall,

'Nach bhfuil tú ag . . . dul ag imirt i do lán cúl?'

'Tá mé ag imirt i mo lán tosach, a mhac,' arsa an Cipín go míchéatach. 'Tá sorry orm ach tháinig an number de chúl mo gheansaí sa laundry!'

Rinne imreoirí an Bháin Mhóir gáire ainmheasartha ar chlos na cainte seo dóibh agus thosaíodar ag liúraigh go fiáin. D'fhreagair an lucht leanúna, a bhí cruinnithe ina mbuilc ag pointe amháin ar an taobhlíne, do na gártha. Thug an moltóir sracfhéachaint impíoch ar an gCanónach, a bhí ag breathnú ar lár na páirce agus a bhéal ar leathadh le hiontas. Dhún an moltóir a shúile, shéid an fheadóg agus chaith an liathróid isteach i measc an seisear déag fear.

Go dtí an lá atá inniu ann níl aoinne, go fiú iad sin a bhí ag imirt, in ann cuntas beacht a thabhairt ar ar tharla ag an bpointe sin. Níor oscail an moltóir a shúile go dtí an lá dar gcionn, mar tháinig an chuid tosaigh den dá líne fear ina mhullach, leagadh ar an talamh é agus fuair sé speach bróige—de thimpiste nó d'aonturas—i gcúl a chinn. Chuaigh an chuid eile de na fir i ngreim i gcamáin a chéile, gur thosaigh ag bualadh agus ag iomrascáil agus ag sianaíl. Tháinig na cúil, na cúil bháire agus an slua ón taobhlíne isteach go lár na páirce, ach bhí an Canónach rómhall chun a nia a shábháil ón íde a bhí beartaithe dó. Fuair beirt d'fhoireann an Bháin Mhóir greim air agus bháigh an Cipín a' Búrca sáil a chamáin ina bholgeasnacha. Shín sé siar agus níor fhan deoir ann.

Ach lena linn seo ar fad a bheith ar siúl ar an bpáirc, thosaigh cuid den lucht féachana, a tháinig d'aonúim chun an t-aicsean a fheiceáil, ag gárthaíl iad féin. Ba ansin a tugadh faoi deara go raibh lucht leanúna an Bháin Mhóir ag déanamh ar an ngeata agus Corn na Poblachta, a bhí suite ar bhord beag in aice an taobhlíne, ar iompar acu. Lena linn sin tugadh ordú do na himreoirí agus thosaigh siad sin ag cúlú go tapa in dhiaidh a lucht leanúna. Rinneadh staic den Chanónach, a leathshúil ar a nia agus an leathshúil eile ar an gcorn. Ansin facthas leoraí ag tarraingt suas taobh amuigh den gheata. Chuaigh idir lucht leanúna agus fhoireann suas ar a chúl agus taobh istigh de chúpla meandar bhí Corn na Poblachta ag déanamh ar an mBán Mór agus na bailte máguaird, áit a raibh searmanais mhaslacha ullmhaithe faoina chomhair.

## 3

Bhí an tAthair Breandán ina shuí go míchompordach, mífhoighdeach sa halla mór poiblí a thóg áit sólainne san Óstlann Ríoga ar an gCearnóg Mhór. Bhí aiféal mór anois air gur thogh sé an áit seo thar áiteacha an domhain do chruinniú a bheadh thar a bheith míthaitneamhach. Ba chosúla an áit le seomra feithimh i stáisiún iarnróid ná le sólann óstlainne. De bhrí go raibh stáisiún na mbus in aice leis an óstlann, ba ann ba mhó a chastaí taistealaithe ar a chéile agus ar a gcairde agus bhíodh an áit lán leis an ilchineál bagáiste, beartanna agus daoine ag teacht is ag imeacht. Bhí cuntar óil ag ceann amháin de ach bhí sé sin dúnta inniu. Rinne an tAthair Breandán iarracht bheith istigh i sólann eile thuas staighre, ach fuair sé amach go raibh seilbh glactha ag Fianna Fáil air. Faoi chathaoirleacht an Teachta mhic Pheadair, bhí siad ag leagan amach scéim ghníomhartha don lá dar gcionn. Bhí freastalaí ag tabhairt fuisce go leor isteach chucu go mídhleathach agus bhí rudaí tábhachtacha, ar nós an t-ord ina suífidís ag an Ardaifreann agus an ina mbuíon daingean nó ina dteachtaí aonraice a mháirsealfaidís abhaile ón eaglais, dá bplé. B'éigean don Athair Breandán tearmann a lorg sa gcúinne ba chúlráidí den sólann mór, a bhí anois ag líonadh le daoine a bhí ag cur síos in ard a gcinn ar na heachtraí a tharla sa gcluiche. Thug sé a dhóthain leis ónar chuala sé ag dul thairis go mb'eol dó go raibh an Canónach náirithe agus an corn fuadaithe. Chuir sin áthas air. B'fhéidir anois go ngníomhódh an t-easpag! Dá mba ina dheoise féin a tharlódh sé, is cinnte nach mbeadh faitíos air féin labhairt amach. Dhearc sé ar a uaireadóir go mífhoighdeach agus rinne suas a intinn go meallfadh sé a dhearthair trasna na cearnóige chuig Óstlann an Bhóthair Iarainn, áit a bhféadfadh sé an leadhbairt a bhí ag dul dó a thabhairt dó ar an gcúlráid.

Ach nuair a tháinig Máirtín isteach bhí sé fós ag gáire agus chuile shórt dá fheabhas agus dá dhonacht imithe glan as a cheann ach an radharc a bhí feicthe aige anois díreach. Shuigh sé síos agus thosaigh ag caint go hanamúil.

'Pardún faoina bheith mall, ach fuair mé marcaíocht ar chúl rothar gluaiste Mhurtaí ó Gríofa amach go dtí an Bán Mór go bhfeicfeadh muid an t-aicsean. Tá gasúir an bhaile ag lascadh an choirn síos suas an tsráid agus na fir ag meascadh suimint lena mbeidh fágtha de a chur i mbuanáit chuimhneacháin sa gclaí in aice halla an pharóiste, áit ar gnách le daoine a gcuid fuail a dhéanamh san oíche. Tabhair dream orthu! Chuala tú an scéal faoi Dhaid, ar ndó?'

Ba ansin a thug Máirtín faoi deara go raibh a dhearthár ar fiuchadh le racht feirge éigin nár thuig sé a údar. Níor thuig sé go speisialta é de bharr go raibh a choinsias glan faoi chuairt a thabhairt ar an ospidéal agus faoi ghlaoch ar maidin. Tharraing an sagart anáil dhomhain agus d'fháisc a dhá ghiall ar a chéile gur éirigh fonsa dhearg feola suas os cionn a choiléir. Labhair sé go tomhaiste, mar a bheadh drochaisteoir ag cur in iúl go raibh sé ar tí smacht a chailliúint air féin.

'Ar mhiste leat an áit uafásach seo a fhágáil agus teacht go dtí Óstlann an Bhóthair Iarainn? Tá nithe thar a bheith . . . thar a bheith . . . tábhachtach le cur trí chéile, creid mise go bhfuil. Ní féidir labhairt le haon phríobháid san áit seo.'

Tá tú agam, a phéist, a deir Máirtín leis féin, agus ní scaoilfidh mé mo ghreim an babhta seo! Ach fós níor thuig sé cén fáth an fhíochmhaireacht. Bhreathnaigh sé díreach ar a dhearthár agus dúirt,

'Ní fheicim céard tá contráilte leis an áit seo? Rud ar bith atá le rá agamsa is féidir é rá anseo chomh maith le áit ar bith eile.'

Cé gur dhúirt sé é seo chomh réchúiseach agus a d'fhéad sé, is amhlaidh a chuaigh cuthach a dhearthár i méid go follasach. Rug sé greim teann ar chaipíní a ghlúine, sháigh a cheann amach os cionn an bhoird bhig a bhí eatarthu agus labhair trína fhiacla.

'Breathnaigh tusa anois! Tá fios chuile shórt agamsa: chuile shórt, an dtuigeann tú? Bhíos thiar ag Bean mhic an Adhastair agus thuas tí an sparánaí agus thíos leis an Athair Alfonsus sna Proinsiasaigh. Sin mar a chaith mise

mo lá, a dhailtín agus tusa . . . tusa . . . tusa . . .!' D'ard-
aigh a ghuth dá bhuíochas agus thosaigh sé ag suaith-
eadh an aeir lena dhá láimh. Ansin lig sé amach puth
anála go tobann, ar nós aer ag éalú as bonn tollta. Stad
beirt bhan a bhí ag slupáil tae go torannach ag bord in
aice leo gur fhéach anall agus na cupáin crochta idir
bord is béal. Tá tú agam, a deir Máirtín leis féin arís
agus fáiscfidh mé tú go snapfaidh do chuid easnacha.
Ach sula raibh sé d'uain aige a bhéal a oscailt scaoil a
dhearthair a chárta cúil.

Chuir sé a lámh go tobann i bpóca a chasóige, tharr-
aing amach ina dhorn é a sháigh sé droim ar ais os
comhair Mháirtín, thug dearcadh an bhrathadóra tim-
peall an tseomra, d'oscail an dorn ar feadh an deichiú
cuid de mheandar, dhún arís é agus chuir a lámh ar ais
ina phóca. Chroch an gheit a cuireadh ann Máirtín
aníos den chathaoir agus d'imigh an chaint uaidh.
Thosaigh oiread sin rudaí dá léiriú dó in éindí gur
mheas sé go bpléascfadh a cheann. Mar fostaithe i gcroí
boise a dhearthár bhí ceann de na coscghiniúna a chaith
Bilín ó Gráda chomh flaithiúil chuige arú inné sa teach
lóistín.

'Ó, foc!' a deir sé os ard, gan fhios dó féin. Stad mná
an tae arís de bheith ag ól agus an uair seo stánadar ar
an mbeirt.

'Suigh síos, a ghaimse!' Bhí an tAthair Breandán ag
sioscarnach go pislíneach agus é chomh dearg le caor de
bharr feirge agus náire. Ansin dúirt sé. 'Fág amach as an
áit seo go beo!' Shuigh Máirtín le linn don dearthair
bheith ag éirí agus b'éigean dósan suí síos arís chomh
tobann céanna. Bhain an gheit, an neirbhís agus greann
follasach na hócáide scairt amaideach gháire as Máirtín.

'Táimid ag cleachtadh dráma,' a deir sé leis na mná a

bhí ag ól an tae. 'An dtiocfaidh sibh ag breathnú orainn i Halla an Bhaile?'

Shlogadar siúd a raibh fágtha den tae, chuimil a mbosa dá mbéal agus d'fhág an áit go deifreach. Thug an eachtra seo deis do Mháirtín a theacht chuige féin ón bpreab a baineadh as agus é féin a chruachan in éadan an ionsaí a bhí ina mhullach. Cheana féin bhí a dheartháir ag ceartú dó go teann, dúshlánach. An réiteach deiridh dar fia, a deir Máirtín leis féin, an gceapann sé gurb é Hitler é?

'Tá do mhálaí sa gcarr taobh amuigh. Tá do bhille lóistín íoctha. Gnó duit féin do chuid fiacha ósta agus pé fiacha de chineálacha eile atá ort. Dún do chlab anois agus ná hoscail arís é go mbeidh mise réidh. Tá leithscéal gafa leis na Proinsiasaigh agus scríobhfaidh tusa litir chucu a dheachtóidh mise. Rachfaimid abhaile anois agus go deo, deo, ní chloisfidh Mam focal faoi na rudaí seo ar fad. Tosóidh tú isteach sa ngnó amárach agus déanfar socrú ceart airgid ... ar bhun seachtainiúil, leat. Bí i do thost, a deirim! Tá rud nó dhó eile le rá. Fanóidh tú glan ar Bhilín ó Gráda agus fanóidh tú glan go háirithe ar Bhaile an Chaisil. Má theastaíonn uait Nuala ní Riain a fheiceáil ... má tá an cailín bocht ina hóinseach chomh mór is go mbacfaidh sí leat ... tig leat cuireadh chun an tí a thabhairt di. Ach tá práinn leis an scéal seo anois. Tá mé féin agus Mam chun Daid a thabhairt go Lourdes chomh luath is a bheas a chneá cneasaithe!'

Stán Máirtín chomh hiontach air is gur stad sé dá shruth cainte.

'Níl tú dáiríre?' Bhreathnaigh an sagart go míchéatach air.

'Ach ... ní bhaineann an scéal sin leatsa ar chor ar

bith. Ar bhealach amháin nó ar bhealach eile bhíomar len é a thabhairt ann. Tá mé dá insint duit anois i dtreo is go dtuigfidh tú gur ... gur gnó práinneach an ... an scéal suarach, brocach seo a ghlanadh as an mbealach go beo.'

Ach ní air féin a bhí Máirtín ag cuimhneamh anois ach ar a athair, faoi mar a bhí sé nuair a chonaic sé inné é. An ceann mór ar an gcolainn a bhí ag dreo ar luas, an phian a bhí sé ag iarraidh a cheilt, an sracadh uafásach deireanach a chaithfeadh sé a dhéanamh leis an mbás. D'airigh sé an fhuil ag trá anuas as a cheann. D'fhuaraigh a intinn agus don chéad uair ina shaol mhothaigh sé fearg agus fuath gan truailliú.

'A bhastaird! A dheargbhastaird!'

Scanraigh an bhinb nua seo agus an fhaghairt sna súile boga, gorma an sagart. Bhí sé scanraithe go háirithe mar go raibh fhios aige nach raibh aon deoch ólta ag Máirtín. Ach níorbh fhada go bhfuair a chuid feirge féin an bhua ar an bhfaitíos.

'Murach an áit a bhfuilimid bhrisfinn do phus. Breathnaigh amach duit féin, a deirim leat. Ní i gcomhluadar cóip sráide an bhaile seo ná a gcuid tincéirí ban atá tú anois. Tá tú ag labhairt le duine a d'ungaigh an Tiarna agus ná déan dearmad air.'

Bhí a raibh istigh ag breathnú anois orthu ach bhí dearmad déanta ag an mbeirt acu orthu. An chuid a d'aithin Máirtín bhíodar ag soncáil a chéile agus ag cur síos ar eachtraí na hoíche roimhe sin. Lá mór scéalta a bhí ann gan dabht. Lig Máirtín rois eile as.

'Lig do m'athair bás a fháil i gcineál éigin compoird. Ar son Dé ort agus ná lig don bhitseach sin gan chroí é thabhairt ansiúd ar mhaithe lena coinsias féin a ghlanadh. Ar bhac sibh fiú a fhiafraí de ar theastaigh uaidh dul ann? Bhuel, geallaimse duit nach rithfidh libh an iarraidh seo.'

'Tá tú thar a bheith buartha anois faoi, buíochas mór le Dia,' arsa a dheartháir le corp searbhais. 'Tusa nach ndeachaigh ina ghaobhar le dhá mhí go dtí inné.'

'An dteastaíonn an fhírinne uait? An dteastaíonn? Bhuel, cloisfidh tú ar aon bhealach é. Bhí faitíos orm dá gcasfaí an bheirt agaibhse istigh ann orm go gcaillfinn smacht orm féin agus go n-abróinn na rudaí a ba cheart dom a rá fadó libh ach atá mé ag dul a rá leatsa anois, a smugairle róin! Agus má labhrann tú arís ar mise a bhualadh cuirfidh mé an cac is íochtaraí i do phutóg amach trí do bhéal le mo bhróga!'

Chúb an sagart chuige. Tharraing sé a mhuineál anuas idir a ghuaillí agus dhearc go fíochmhar, faiteach timpeall na sólainne ar nós broc a bheadh sáinnithe i scailp. Bhí a raibh istigh ag léamh páipéir go cúramach, ag breathnú suas ar an síleáil nó anuas ar an talamh go sollúnta agus troigh faid bainte as a gcuid cluasa go léir. Rinne sé an iarracht deiridh ar réiteach.

'As ucht Dé ort agus ná náirigh ar fad muid. Cuimhnigh ar t'athair atá ar leaba a bháis. Tar uait as seo ar an gcúlráid in ainm Dé, tar uait!'

Níor léir go raibh Máirtín go fiú ag éisteacht leis. Bhí sé ag stánadh trína chláréadan.

'Freagair aon cheist amháin, aon cheist amháin! Cén fáth nár stop tú mo mháthair nuair a thug sí bóthar do Mháirín? Cá raibh do chuid Críostaíochta? Nó an amhlaidh a chuidigh tú léi mar gur mheas tú nár chabhair ar bith do do chliú agus do sheansanna ar pharóiste, do dheirfiúr a bheith crochta ag stiúrthóir bus? Labhair anois, a characháin mhóir bhlonaice nó brisfidh mise do straois-se!'

'Sé an t-áibhirseoir sin Learaí de Lása is ciontach leat. An seanphocaide lofa sin atá ina chónaí le bean dhubh i Nua Eabhrac, bean dhubh naoi mbliana déag d'aois! Cruinníonn cóip na sráide i do thimpeall mar chruinníonn cruimheanna ar chorp. Tá tú damnaithe.'

Go tobann d'athraigh dreach Mháirtín. Tháinig straois ghránna lán mioscaise ar a aghaidh agus mar bheadh sé ag griogadh mada dúirt sé,

'Hó! Hó! Tá an maide bradach ag cur ort, an bhfuil? An í an ceainnín naoi mbliana déag atá agat in aghaidh Learaí bhoicht agus gan agat féin agus an Athair Cilian eadraibh ach seanMheaig úd a bhfuil caonach liath uirthi. By dad, is cóir a dúirt Learaí é go raibh tú ag stripeáil na nursanna san ospidéal le do shúile!'

D'éirigh a dheartháir amach as an gcathaoir agus mheas Máirtín go raibh sé chun breith ar phíobán air. Scanraigh sin é mar bhí Breandán cuid mhaith níos troime ná é agus dá bhfaigheadh sé i gcúinne é d'fhéadfadh sé dochar a dhéanamh. Bhí sé ar tí sleamhnú dá chathaoir féin nuair a chuaigh an sagart de rith te reatha amach tríd an sólann agus trasna na cearnóige. Rith Máirtín ina dhiaidh, mar chuimhnigh sé go raibh roinnt leabhar nár theastaigh uaidh a chailliúint sna málaí a bhí sa ngluaisteán. Ach nuair a tháinig sé chomh fada leis an gcarr bhí an sagart ag caitheamh na málaí as an gcábús cúil agus saothar air. Sheas Máirtín ansin ag breathnú air. Nuair a bhí na trí málaí agus an cóta mór caite ar an mbóthar, bhuail sé claibín an chábúis anuas le fórsa, d'iompaigh ar a dheartháir agus chaith seile le fórsa idir a dhá shúil.

'Ná raibh an t-ádh ort,' a dúirt sé. 'A mhac mall-achtan!'

D'fhág Máirtín an tseile mar ar thit sí agus labhair sé· go ciúin, cé go raibh a ghuth ar crith le neart a mhothúcháin.

'Tá sé seo ag dul duit ón Domhnach deireanach i mí Iúil i 1938,' a dúirt sé agus leis sin tharraing sé chomh maith is a bhí sé in ann isteach i mbéal an ghoile ar a dheartháir. Chrap seisean, lig búir bheag as agus chuaigh i ndiaidh a mhullaigh ar an gcosán. Chroch Máirtín na málaí agus an cóta agus shiúil trasna na cearnóige, gan breathnú in dhiaidh a chúil oiread agus uair amháin.

Nuair a shroich sé Óstlann na gCeithre Máistrí bhí a mhisneach tráite agus bhí sé ag crith go follasach. Chuala sé glórtha meisciúla ag teacht ón seomra fada a bhí ar chúl an bheár, cé go raibh an beár féin dúnta chun tosaigh. Smaoinigh sé go ndéanfadh deoch leas dó ach ansin rinne sé suas a intinn gan aon deoch a ól an lá sin. Bhí sé ar tí an rún sin a athrú in athuair nuair a tháinig Stella amach as an bpasáiste fada a bhí idir an halla tosaigh agus an seomra bia. Bhí feisteas Domhnaigh uirthi agus cuma mheidhreach uirthi. Ansin thug sí faoi deara go raibh Máirtín trína chéile. Rinne seisean iarracht a dhéanamh amach nach raibh ann ach mionrud.

'D'éirigh idir mé féin agus mo dheartháir, an sagart, agus bhuail mé é! Scéal fada é agus ní bhodhróidh mé leis tú.'

Chuir sí strainc bheag mhíshásaimh uirthi féin.

Bhí an ghráin aici ar throid agus ar bhualadh. Bhí sé in aghaidh a nádúir féin agus ba ghnách léi teitheadh ar fheiceáil an chéad chomhartha troda—rud ab annamh san óstlann seo inar mhinice comhraic choirp de chineál eile.

'Sílim go n-ólfaidh mé deoch amháin le mé féin a shuaimhniú,' a dúirt sé.

'Ní ólfaidh tú aon deoch anois. Fág do mhálaí thuas i do sheomra. Tar anuas ansin agus tabharfaidh mé rud le hithe duit sa seomra bia. Agus ina dhiaidh sin, nuair a thabharfaidh tú mise amach ag siúlóid go dtí an Trá Rua, tabharfaidh mé cead duit dhá dheoch a ól. Ceart?'

Dúirt sé go raibh sin ceart cinnte agus chuaigh sé suas an staighre. Bhí cuimhne an bhuille a thug sé dá dhearthair ag trá agus thuig sé go mb'fhéidir gur ghá é chun an snáth imleacáin áirithe sin a ghearradh agus a neamhspleáchas a bhaint amach. Nuair a tháinig sé anuas an staighre arís bhí sé níos sásta ná mar a bhí sé le fada.

Dé Luain 18 Aibreán 1949

## Dé Luain

NÍOR chuimhin le Máirtín dúiseacht chomh compordach ó rugadh é. Bhí sé ina luí lomnocht ar a dhroim agus an ghrian ag scalladh isteach tríd na cuirtíní. Bhí Stella ina luí ar a béal fúithi agus a ceann anuas ar a ghéag chlé. Bhí sise freisin lomnocht agus ina codladh go sámh. Pléisiúr ar deireadh, a deir sé leis féin, tar éis ar tharla le ceithre lá. Lig sé é féin síos go réidh faoi na bráillíní, rinne searradh agus d'ísligh a ghéag chlé go réidh go dtí go raibh sé faoi log a muiníl. Rinne sise gnúsacht bheag agus d'iompaigh a ceann isteach chuige i dtreo gur airigh sé a hanáil ar a chraiceann. Chuir sé cineál iontais air a fháil amach chomh héasca agus a ghlac sé leis an gcor nua seo ina shaol. Ní raibh a choinsias ag goilliúint ar chor ar bith air, cé go raibh idir oiliúint agus thógáil ag cur in iúl dó gur cheart dó a bheith. Tharla chuile rud chomh réidh, in dhiaidh a chéile, nár fhéad sé a thabhairt chun cruinnis cén uair a shocraíodar dhul ar an leaba in éindí. Tharla sé sin chomh nádúrtha agus a tharla chuile rud eile, an tsiúlóid fhada amach go dtí an Trá Rua agus ar ais, an deoch ar baineadh fad as agus an chaint a lean ar aghaidh agus ar aghaidh go dtí go raibh sé in am dul a chodladh. Níor tharla ach an mhoill ba lú ag doras a

173

sheomra agus go ríghairid, gan aon fhocal a labhairt, bhí an leaba lán géaga a bhí ag snaidhmeadh agus ag scaoileadh, beola agus teangacha a bhí fáiscthe ina chéile agus bléintreacha a bhí ag brú agus ag brú ar a chéile gur tharla tadhall fiáin agus faoiseamh.

Thosaigh bíogadh macnasach ina bhléin in athuair le cuimhne a phléisiúir, a chuaigh i bhfeabhas agus i dtreis tar éis a chéad ruathar amscaí. Thuig Stella gur aici a bhí a thús agus mhéadaigh sin a pléisiúr sise go mór.

'Is agam a bhí do thús,' a dúirt sí. 'Agus ní ag an mbideach chonórach úd ar an gcnoc.'

Níor airigh sé dílseacht dá laghad do Nuala a thuilleadh agus bhain sé sásamh as éad na mban nár casadh ar a chéile riamh. Bhí sé in ann comparáid fuarchúiseach chorpartha a dhéanamh. Bhí Stella beag agus cruinn i gcomparáid le Nuala, cruinn in aghaidh, i ngéaga, i gcíocha agus go suntasach i dtóin agus i másaí crua feithleogacha. Le linn dó bheith ag ríomh a suáilcí corpartha di, uair éigin amach san oíche, d'inis sé scéal di faoin gcéad lá a bhfaca sé í, scéal a shamhlódh garg dá n-inseodh sé roimhe seo di é.

Tharla ina sheasamh agus a dhroim le Ósta an Chúinne é lá nuair a chuaigh an cailín beag teann seo thart an bealach agus treabhsar thar a bheith fáiscthe uirthi. Chuala sé guth trom, collaí a rá,

'Ó, a Mhac na Glóire, nach n-aithneofá ar chumraíocht a tóna siúd go bhfuil engine diabhalta inti!' Gáire croíúil a rinne sí agus ansin, tar éist tost nár mhíthaitneamhach, dúirt sí i nguth beag páistiúil,

'Níor mhaith leat an t-inneall a thosaí arís agus cur chun farraige?'

Agus d'inis sise dósan gur dá bhéal a thug sí suntas ar

dtús, an oíche a dtáinig sé isteach in éindí le dearth_áir_
Bhilín agus Bilín féin. Bhí sí ag iarraidh a shamhlú cé
mar d'aireodh a bhéal ar a beola féin, le linn di bheith ag
tarraingt pionta, nuair a thug sí faoi deara Bilín dá
grinneadh agus straois gháirsiúil air. As sin amach bhí sé
ar a tí.

'Níl aon bhlas agam ina choinne seachas gur cuma
liom é bealach amháin nó bealach eile . . . ach aon rud
amháin. Tá daoine a dhéanann scéal agus údar acu, rud
atá sách dona, ach déanann Bilín scéala ar chailíní nár
shiúil troigh den bhóthar riamh in éindí leis.' Ach thuig
sí cé mar a d'éirigh leis an oiread ban a ionramháil. 'Dá
mbeadh an fear ba mhíofaire in Éirinn chomh síoraí is
atá Bilín agus chomh beag beann ar mhaslaí, d'éireodh
chomh maith céanna leis.'

D'inis sí dó faoi Wally Watson, an ceoltóir Sasanach a
tháinig go hÉirinn chun éalú ón gcogadh agus ón arm
agus a céad leannán. Ó nádúr bhí luí aici le comhluadar
fear, go speisialta ó bhí sin crosta go géar uirthi ag a
haint. Ach bhí sí scanraithe roimpi féin; scanraithe go
rachfadh sí rófhada agus go mba é críoch an ghrá
bheith ag níochán éadaigh ar feadh bliana in Áras
Magdalen, ceann scríbe máithreacha neamhphósta na
dúiche. Ba é an Sasanach scanraithe, uaigneach a
thaispeáin di cé mar ab fhéidir an oidhe úd a sheachaint.
Bhí cineáltas uathu beirt agus thugadar cineáltas dá
chéile. Chuir sé isteach ar a coinsias cinnte, go speisialta
nuair a dhiúltaigh sagart aspalóid a thabhairt di nuair a
bhí sí ag seasamh lena deirfiúr. Ansin lean cailín Wally
anall é agus phósadar agus cé gur fhill sé ar chúpla ócáid
ag iarraidh an muintearas a athnuachan, dhiúltaigh sí,
choinnigh suas an caradas a bhí eatarthu ar aon nós

agus d'fhill ar chleachtais a creidimh. Ach anois bhí sí
fuarbhruite agus lean a bealach féin. Ní bheadh aon
bhaint aici le duine ar bith nach raibh cion aici air. Níor
theastaigh uaithi ach oiread aon bhuanchaidreamh a
dhéanamh, go fóill ar aon nós.

Bhí áthas ar Mháirtín gur chuir sí spéis ina chúrsaí
pearsanta féin. Chuir sí spéis faoi leith i scéal a dheirféar
agus d'fhiafraigh go lom de ar theastaigh uaidh í
fheiceáil. Nuair a dúirt sé go dtabharfadh sé a dhá shúil
air, dúirt sí cén fáth mar sin nach dtabharfadh sé cuairt
uirthi agus a chúrsaí a chur ina cead? Nár chuid den
mhuintir freisin í agus dá dteastódh uaithi a theacht ar
shochraid a hathar (rud ba rídhóigh) nuair a thiocfadh
an t-am, nach cinnte go mba éasca di teacht ina chomh-
luadar siúd ná ina haonar? Bhí an scéal chomh soiléir,
simplí go dtáinig iontas air nár chuimhnigh sé féin
roimhe sin air. Cá bhfios nach é sin a bhí óna athair
freisin nuair a chuir sé céad punt sa gclúdach litreach a
shín Learaí chuige sa ngluaisteán?

Le teacht an mhaidneachain thit codladh orthu in
éindí beagnach agus iad traochta. D'fhéach sé ar a
uaireadóir gan a cheann a chorraí ach ar éigean, ach ba
leor an cor beag sin féin chun í chur ag míogarnach.

'Tá sé an deich,' a dúirt sé de chogar nuair a bhíog sí
ina dúiseacht. 'An gcaithfidh tú éirí láithreach?' Chroith
sí a ceann go leisciúil agus chuimil an codladh as a súile
ar a ghualainn. Chuir sí a béal lena chluais agus chuir
cogar codlatach inti leis an nglóirín beag éidreorach a
chleacht sí ar ócáidí.

'An bhfuil aon cheann acu siúd fanta agat, a
Mháirtín?' Agus nuair a bhí sé ullamh chuici chuir
fíochmhaireacht agus saint a coirp iontas agus beagán

scáth air. Níor mhair sin i bhfad agus thugadar aghaidh ar a chéile gan cuimhneamh ar aon cheo ach ar a bpléisiúr. Ach nuair a bhí sé ina luí go spíonta codlatach lena taobh sea d'airigh sé rian deora ag triomú ar a leiceann. Nuair a thug sé iarracht ar labhairt, dúirt sí leis gan a bheith seafóideach agus nárbh aige a bhí an tuairim de féin agus dhul a chodladh dó féin. Thit néall folláin codlata air ansin agus nuair a d'oscail sé a shúile arís bhí sé leis féin sa leaba.

Bhí a bhricfeasta réidh aici nuair a tháinig sé anuas an staighre. Bhí an áit fúthu féin mar ní teach é a raibh cáil an mhochéirí air le linn na seachtaine, ní áirím lá saoire. Fós féin bhí a thabhairt suas ag cogarnaíl leis, dá chur in iúl gur chóir dó rud aisteach éigin a aireachtáil, ach níor airigh sé blas ach cion don chailín beag néata seo a bhí ag freastal chomh nádúrtha air agus a bhí an lá roimhe sin.

'Tá sé ceathrú chun a dódhéag. Beidh an tAifreann mór ag tosaí anseo thuas go gairid agus ina dhiaidh sin beidh an t-aicsean thuas ar an gCearnóg Mhór. Is fearr duit a dhul ann ó tharla chomh gar do láthair tú. Rachfainn suas in éindí leat ach tá nóta anseo ón mbainistreás go bhfuil sí ag tógáil an lae go tráthnóna. Caithfidh mise fanacht i mbun an chaisleáin ar fhaitíos go bhfuadófaí na seoda . . . agus má deireann tusa gur mé féin is luachmhaire faoi chaolacha an tí tabharfaidh mé cic sna fiacla duit!'

Nuair a bhí an bricfeasta ite aige bhí buillí an dó dhéag buailte ag an gclog Protastúnach agus d'éirigh sé chun imeacht. Nuair a shín sí suas chun bolta an dorais tosaigh a scaoileadh chuir sé a lámha timpeall a bhásta. Labhair sí thar a gualainn leis.

'Ná déan má sé do thoil é, maith an fear. Ceapaim go dtuigeann tú cén fáth. Feicfidh mé tráthnóna tú!' Thug sí fáscadh beag dá láimh ar a bhealach amach dó agus dhún an doras ina dhiaidh. Thug sé aghaidh suas an lána ar an Leas-Ardeaglais mar a raibh Ardaifreann sollúnta na Poblachta ar siúl.

## 2

Ní raibh an tEaspag ó Maoláin istigh leis féin ar chor ar bith. Bhí sé ina shuí go corrathónach ar a chathaoir mhór dhearg, ag breathnú anuas i leith a leicinn ar an bpobal le mífhonn nár bhac sé a cheilt. Bhí pobal Bhaile an Chaisil in ann a dhéanamh amach le measarthacht cruinnis cé mar a bhí intinn an easpaig, de réir méid an bhearna a bhíodh idir a smig agus a shrón. Bhí na pointí suntasacha seo ag déanamh ar a chéile ó rugadh é, ach ó thug aois agus lorg a chodach bealaíocht agus snas dóibh ba shuntasaí ná riamh iad. Nuair a bhíodh a smig agus a shrón ar tí bualadh faoina chéile bhí sé in am ag a naimhde dhul sna trínsí. Bhí naimhde an easpaig líonmhar, lucht scríofa drochleabhar (scríbhneoirí Éireannacha go speisialta) agus lucht a léite, nuachtáin Domhnaigh na Breataine, fir agus mná a théadh ag snámh ar aon trá, duine ar bith a cheap go raibh an suáilce aonraic féin ag roinnt leis an Sóisialachas, mná a chaith treabhsair, fada nó gearr, Protastúin Éireannacha a bhíodh róghlórach ag caint ar a gcearta, ionadaithe poiblí nár ghéill láithreach dá threoracha (níor ghnách leis an Easpag ó Maoláin comhairle a thabhairt) agus sagairt in oird rialta a mheas go bhféadfaidís dul de chéim leataoibhe thar údarás easpaig.

Nuair nár nochtaíodar achar iomarcach dá gcorp, nó nuair nár fháisceadar a gcuid éadaigh rótheann ar na baill ba pheacúla dá gcoirp, ní mórán aird a thug an tEaspag ó Maoláin ar mhná. Go deimhin, ní raibh sé cinnte ar chor ar bith an raibh anam, a bhí ar chomhchéim le anam fir, ag bean ar bith nár mháthair cheart dlisteanach í. Bhí sé go huile agus go hiomlán in aghaidh aon chineál údaráis a thabhairt dóibh.

Roinn an t-easpag a fhíoch go carthanach ar chléir chomh maith le tuataigh. Bhí faltanas faoi leith aige do shagart ar bith a mheas go mba intleachtóir é. Go leor dá chuid sagart óg a mba ghnách leo leabhair a léamh nó ailt a scríobh d'irisí léannta, d'éiríodar as agus chuaigh le heagrú drámaí diaganta, foirne peile, Cumann Uinseann de Pól, nó ól ar chúla téarmaí. Bhí na hoird rialta thar a bheith cúramach gan aon duine conspóideach a sheoladh choíche go Baile an Chaisil. Ní chuirtí ann ach seandaoine saonta nó fir óga leibideacha a d'eagraíodh cuallachtaí cráifeacha in onóir naoimh den uile chineál agus a scríobhadh corrphaimfléad do Chumann na Fírinne Caitlicí i dtaobh an diabhal a bheith le fáil i hallaí rince agus an tuáille fuar, fliuch mar dhíonadh in aghaidh ainmhianta i mbuachaillí scoile. Bhí an ollscoil freisin tugtha chun íoschéim sásúil measarthachta aige trí cheapachán an Mhonsignór de Bláca. Trí chóras breá spiadóireachta, bunaithe ar na cuallachtaí cráifeacha go speisialta, bhí leath an bhaile ag brathadóireacht ar an leath eile.

Ach níorbh ionann seo agus a rá go raibh gach ní ar deil ag an easpag. Ag an bpointe seo bhí sé ag fanacht go mífhoighdeach go sleamhnódh searmanas an Aifrinn chuig an bpointe a bhféadfadh sé a sheanmóir a thabhairt. Níor thaitnigh an t-athrú rialtais leis agus níor thaitnigh an Phoblacht nua seo leis ach oiread. Fuath a bheith ag plé le rudaí nua a ba chiontach cuid mhaith leis seo, mar bhí sé faighte amach aige cheana féin go raibh an rialtas nua seo chuile phioc chomh géilliúil le rialtas de Valera agus chuile sheans go mbeidís níos géilliúla fós. Maidir leis an bPoblacht, ba bheag díreach nár thiomsaigh sé achrann creidimh ar an mbaile. Rinne srón an easpaig agus a smig ar a chéile arís le cantal. Chuir fíochmhaireacht an Teachta mhic Pheadair iontas air. Bhreathnaigh an t-easpag síos ar an áit a raibh comhairleoirí Fhianna Fáil ina suí agus an Teachta mac Pheadair ina aoire orthu. Ba bheag díreach nár thit an t-easpag dá chathaoir nuair a dúradh leis go raibh an teachta agus na comhairleoirí ag brath ar bhaghcat a fháscadh ar an Ardaifreann! Chuir sé deireadh tobann leis sin, ach thaispeáin sé chomh haireach agus a chaithfeadh duine a bheith.

Chuaigh a shúil ghrinn ar foluain os cionn an tslua agus thuirling ar namhaid eile, Murtaí ó Gríofa, a bhí ina shuí ar bhinse a bhí ceaptha do na nuachtóirí agus a cheann leagtha ar chúl an bhinse os a chomhair. Bhí bean óg lena thaobh. Sea a mhaisce agus bhí an blús geal a bhí uirthi chomh híseal chun tosaigh gur léir don easpag, as an áit a raibh sé, an leath uachtair den chlais idir a cíocha. Hmm! ní dhéanfadh sé seo cúis. Trí bliana ó shin sea tháinig Murtaí ó Gríofa faoi chosa an easpaig ar dtús. Bhí tréadlitir foilsithe aige inar fhógair sé go mba pheaca marfach d'aoinne sa deoise bheith i láthair ag rince a rachfadh thar mheán oíche sa gcarghas. Cúpla Domhnach ina dhiaidh sin taispeáineadh scéal mioscaiseach dó i nuachtán Domhnaigh Sasanach ag cur síos ar na sluaite a bhí ag dul amach thar teorainn na

deoise i leoraithe ag rince agus sluaite eile ag dul ag
faoistin thar teorainn freisin. Bhí sé ar tí gobán daing-
ean a bhualadh ar Mhurtaí, nuair a fuair sé amach gurb
é a bhí ciontach, nuair a cuireadh scéal tábhachtach os a
chomhair. B'aintín le Murtaí Iníon ní Ghríofa, an
bhean chraiceáilte as an Móinteach Méith a gheall go
bhfágfadh sí airgead ina huacht chun trí fhuinneog
ghloine dhaite a chur ina Ardeaglais nua. Chuir sin cor
sa scéal, ach a luaithe a bheadh a huacht déanta agus ise
sa gcré . . . Mheabhraigh sin scéal an lae inné don easpag
agus tharraing sé a scríbhinn as a bhrollach gur bhreac
nóta beag ar a ciumhais.

Nuair a tháinig am an tseanmóra bhíog a raibh san
eaglais agus taobh amuigh di, as an suan ina rabhadar ó
thosaigh an tAifreann. Thosaigh an dream a bhí am-
uigh faoin ngrian agus a ndroim le balla, thosaíodar ag
brú isteach sa bpóirse. Ba é seo an chuid a ba shuimiúla
den searmanas go cinnte. Shleamhnaigh Máirtín isteach
ar chúl na ndaoine agus rinne ar dhealbh i gcúinne
íochtair na heaglaise, áit ar ghnách le Nádúr a bheith ar
a leathghlúin. Mar gheall ar shárbhréantas a choirp,
bhíodh slí i gcónaí ina ghaobhar don té a raibh goile
sách láidir aige.

Tharraing Murtaí ó Gríofa amach a leabhar nótaí
agus leag ar an ráille os a chomhair é. Bhí sé anois ina
lándúiseacht. Bhreathnaigh Nancy go bródúil air. Ba é
seo an chéad uair di bheith ina theannta ar ghnó oifigiúil
agus ba chosúil le bheith pósta é. Go deimhin, ní raibh
cuid de na smaointe a bhí ag dul trína ceann i rith an
Aifrinn feilteach do theach an phobail ar chor ar bith.

D'fhan an t-easpag tamall fada ag stánadh go
míchéatach ar an bpobal i gcaoi is nach mbeadh blas

iontais orthu dá bhfógródh sé an t-iomlán acu i mullach an diabhail maidin bhreá éigin. Nuair a bhí an chasacht dheireanach múchta agus an chos ghiongach dheireanach suaimhnithe, thosaigh sé ar nóta thar a bheith íseal, mar ba ghnách leis.

Bhí an bhliain seo ar na blianta a ba shuntasaí i stair na cathrach. Coicíos roimhe sin chuir a Naofacht an Pápa a bheannacht speisialta ar Bhaile an Chaisil, mar gheall ar a ndúthracht sa bhfeachtas ar son an Chairdinéil Mindzenty, a bhí ag fulaingt ar son an chreidimh. Chrom Máirtín a cheann agus stán ar an urlár. D'at croíthe na gcomhairleoirí baile de gach aicme, mar gur sháraigh an rún a mholadar féin le fíochmhaireacht agus le binb rún ar bith dar cuireadh i bhfeidhm ar chlár an domhain. Ba leis an t-easpag an chéad chúig. Thug sé leadhbairt ghearr, ghangaideach ansin do gach cineál Sóisialachais agus feallsúnachtaí earráideacha eile.

D'ardaigh sé a ghuth ansin agus dúirt go raibh sé bródúil freisin as an obair charthanach a bhí ar siúl ar an mbaile chun fóirithint a dhéanamh ar dhaoine bochta a bhí i dtrioblóid. Bhí sin go maith. Bhí sin go hanmhaith, ach níor mhór bunphrionsabail áirithe a leagan síos in athuair, mar bhí baol ann go ndéanfadh daoine carthanacha áirithe dearmad orthu de bharr easpa machnaimh. Bhiorraigh gach cluas san eaglais agus rug Murtaí ó Gríofa ar a leabhar nótaí. Bhí an chéad urchar le scaoileadh.

'Ba mhaith liom a mheabhrú daoibh, a phobail, gur dual carthanacht Chaitliceach do phobal Caitliceach agus ba mhaith liom a mheabhrú daoibh freisin gurb é Cumann Uinseann de Pól an cumann carthanach cuí chun dhul i mbun fóirithinte ar an mbaile seo. Ní shin le rá, ar ndó, nach féidir le aicmí eile creidimh dhul i mbun ha hoibre céanna ina gcumainn féin. Go deimhin, tá cáil agus cliú orthu as feabhas agus as líon na gcumann sin.'

Stad sé agus thosaigh chuile dhuine ag stánadh ar bhean Chléireach an Bhaile, a bhí chomh dearg le sméar agus í ag stánadh roimpi amach. Rinne daoine siodgháire. B'shin é an deasú ar an óinseach, í féin agus beainín sheafóideach an mhinistir. Rinne an t-easpag casacht agus lean ar aghaidh faoi stair chorrach an chreidimh in Éirinn ó aimsir na bpéindlithe anuas. Bhain sé leas as focla móra agus as nathanna Laidine. B'as an Róimh a tháinig sé go Baile an Chaisil agus bhí cáil an léinn thall air. Deirtí i mBaile an Chaisil gur chinn ar an bPápa féin mórán brí a bhaint as a thráchtas dochtúireachta ar thógáil na Maighdine Muire ar Neamh, mar gheall ar chomh domhain agus a bhí sé. Thosaigh an pobal ag méanfach agus iad ag feitheamh ar an gcéad ionsaí pearsanta eile.

'Cuid de nósmhaireacht na linne, a phobail Dé, a bheith ag déanamh beag is fiú de na hinstitiúid a cheannaigh daoine go daor, go fiú lena mbeo. Sé seo an cineál intinne a réitíonn an bealach don Chumannachas agus don ár agus don chos ar bolg a leanann de. Fuair sibh féin sampla den chineál seo intinne i gceann de pháipéir bhrocacha Shasana inné—scéal ina ndearnadh magadh faoi Sheachtain ghlórmhar na Cásca. Tuigeann sibh féin, a phobail, céard is ceart a dhéanamh i dtaobh a leithéidí sin de pháipéir. Ná ceannaigh iad agus ná ceannaigh do chuid páipéir sna siopaí a dhíolann iad.'

D'fhéach Nancy go himníoch ar Mhurtaí ach bhí seisean

ar deargbhuile leis an easpag mar nár luaigh sé ainm an pháipéir d'fhonn poiblíocht a thabhairt dó. Bhí fhios aige go maith nach n-éireodh aon nuachtóir i mBaile an Chaisil as a bheith ag díol nuachtáin Domhnaigh Shasana go n-éireodh na nuachtóirí uilig go léir as. Ach stad sé den smaoineamh sin mar bhí an t-easpag tagtha go dtí an tanaí—tanaí na polaitíochta.

'Lá áirithe é seo, a phobail, lá a mheabhraíonn dúinn chomh fada agus atá an tír seo tagtha chun cinn ó léití an tAifreann faoi cheilt i ngleannta beaga iargúlta na tíre. Tá mé ag ceapadh gur féidir leis na páirtithe polaitíochta go léir a bheith bródúil as an bpáirt a ghlacadar féin sa stair chomhaimseartha agus go háirithe sna hiarrachtaí a rinneadar go léir leis an bhforéigean, an bhrúidiúlacht agus an aincheart a ruaigeadh as saol na tíre seo.'

Bhí na comhairleoirí go léir chomh sásta sin gur bhuail amhras cuid acu go rabhadar go léir cluicheáilte arís eile ag an easpag agus go raibh sé ar tí imeacht ar bord fada chun farraige amach ó cheist ghabhlánach na Poblachta. Bhí an ceart ag an dream a mheas an méid sin. Tharraing an t-easpag chuige a scríbhinn agus leag air chomh maith agus a bhí sé in ann.

'Ní fada an t-achar ó tháinig deireadh le cogadh uafásach domhanda, cogadh a scrios tíortha agus teorainneacha tíortha, a bpobal agus i gcásanna go leor, a gcreideamh agus a gcultúr freisin. Fuair na milliúin bás, idir fhir, mhná agus pháistí. Agus a phobail Dé, tháinig an tír seo slán.' Lig cúpla seanbhean i dtóin na heaglaise osnaí brónacha. Mná as an mBaile Gaelach ab ea iad seo a chaill a gcleithiúnaithe in arm agus i gcabhlach Shasana. Dhearc an t-easpag anuas go feargach agus léim a ghraidhp sróine go tobann i dtreo a smig.

'Glacaimis buíochas le Dia go dtáinig muid slán, Molaimis gaois na gceannairí a threoraigh sinn.' Rinne an Teachta mac Pheadair streill go sásta agus chuir an Comhairleoir ó Maicín strainc air féin. 'Agus molaimis na ceannairí a chuir leas na tíre chun tosaigh ar leas a bpáirtí féin. Sin iad lucht an tírghrá go fíor.' Cúig eile don easpag! Ach bhí an pobal faoi mhearbhall. Céard sa diabhal ag a raibh sé ag tarraingt anois, ó ba léir go raibh an Phoblacht scoite aige gan bairneach a bhaint di. Bhí an slua brúite sa'bpóirse ag baint faid as a gcluasa agus iad ag stánadh suas i dtreo an easpaig. Nóiméad ar bith feasta chaithfeadh sé a rún a scaoileadh.

'Ach ní mór dúinn ceist a chur orainn féin, a phobail Dé. Gheall Dia tír bhreá shíochánta dúinn, míle moladh lena ainm, tír ina bhfuil an creideamh faoi mheas agus faoi urraim. Cén fáth mar sin go bhfuil a laghad sin dílseachta ag oiread sin den aos óg dá dtír dhúchais go dtréigeann siad í, ar mhaithe le leas saolta amháin agus go dtéann siad chun cónaí agus chun obair a dhéanamh i dtír strainseártha. Níos measa ná sin fós, a phobail Dé, téann cuid díobh isteach i bhfórsaí armtha na tíre sin agus cuireann cath ar naimhde na tíre sin amhail is dá mba iad naimhde a dtíre dúchais iad. Agus a phobail, ní leasc leis an tír sin dhul i gcomhghuallaíocht le naimhde an chreidimh ar thug ár sinsear go léir a mbeo ar a shon. Meabhraigh é sin inniu, a phobail Dé, agus ofráil bhur bpaidreacha ar a son i dtreo is go bhfeicfidh siad conair na fírinne agus go dtréigfidh siad bealach na hearráide. Agus guímis freisin go neartófar an tsíocháin inár measc de bharr imeachtaí an lae seo agus nach ndéanfar uirlis díobh chun seanfhaltanais a dhúiseacht. Agus mar bhuille scoir, a phobail Dé, ná lig i ndearmad an prionsa de chuid na eaglaise atá faoi ghlas ag lucht scriosta ár gcreidimh, fear ar ghealaigh bhur ndea-ghuí a shaol i gcuibhreacha an phríosúin. Mo bheannacht oraibh.'

Bhí diomú ar an bpobal faoi sheanmóir an easpaig, cés moite den dá sháiteán agus ní go maith a thuigeadar brí an dara ceann. Chuir Murtaí ó Gríofa an leabhar nótaí ar ais ina phóca. Ba bheag ab fhiú an scéal faoi Chumann Uinseann de Pól dósan ach oiread. Thug sé sonc do Nancy agus dúirt léi é leanacht amach an doras taoibhe díreach sula dtosódh an slua ag scaipeadh. Bhí sé cloiste aige go raibh Nádúr ina dhiaidh agus ba ghnách leis siúd freastal ar Aifreann a dódhéag. Agus i dtóin na heaglaise bhí Máirtín agus Nádúr ina suí ar chúl an deilbh agus Nádúr ag inseacht do Mháirtín céard a dhéanfadh sé le Murtaí nuair a bh éarfadh sé air. Nuair a bhí an tAifreann thart níor chruinnigh an slua mar ba ghnách sna sráideanna cúnga timpeall na Leas-Ardeaglaise. Rinne a bhformhór a mbealach suas chun na cearnóige, áit a raibh an Phoblacht le fógairt go hoifigiúil gan mórán achair.

## 3

Ar an droichead idir an Baile Gaelach agus an baile mór a bhí tús dá chur leis an mórshiúl comórtha go dtí an Chearnóg Mhór. Ní raibh i láthair ach slua beag a bhí ar a mbealach abhaile ón Aifreann, ach bhí siad sin ag baint sult as cuimhse as a raibh ar siúl. Dhá bhanna máirseála a bhí i mBaile an Chaisil, Banna Práis Naomh Proinsias Xavier ó Chuallacht na bPrionsiasach agus Banna Fideoga agus Drumaí an Lucht Oibre as an mBaile Gaelach. Ní raibh an banna práis i bhfad bunaithe agus ní raibh foghlamtha fós acu ach trí phort, *The Wearing of the Green*, *The Three Flowers* agus an ceol aitheantais a bhain leis an scannán *The Message of Fatima*. Ach bhí a ngléasanna ceoil agus a n-éide thar a bheith nua agus gáifeach. Ar an údar sin amháin a socraíodh iad a chur chun tosaigh sa bparáid, díreach ar chúl an díorma ón arm a raibh an brat náisiúnta ar iompar acu. Bhí banna ceoil an Lucht Oibre ar chúl na paráide de bhrí nach raibh fanta dá n-éide ach na caipíní speic a bhí thar a bheith gréisiúil agus gan mórán slacht. Ceoltóirí maithe a bhí iontu, ainneoin go rabhadar tugtha don ól agus nach raibh ar a gcumas máirseáil i línte díreacha dá mbeadh Éire gan roinnt le fáil acu dá bharr. Bhí siad anois ina seasamh i dtrí líne chama agus iad thar a bheith míshásta de bharr an masla a tugadh dóibh. Ba é an Comhairleoir ó Maicín a bhí i gceannas ar chúrsaí agus mheas sé go mb'fhearr dó dhul siar agus foighid a chur iontu agus dhá phunt eile a gheallúint dóibh ach a bheith socair. Ina áit sin thairg Liamín mac Donncha, a bhí ag seinm i líne thosaigh na bhfideog, a ghléas ceoil a shá suas i bpoll a thóna agus *Ruaigeadh na Pise le Fána* a sheinm dó, mar aon le cuid mhór cainteanna garbha eile, a ruaig go leor de na mná agus na páistí a bhí ar na cosáin. Bhí cuthach ar an gComhairleoir ó Maicín agus d'imigh sé leis ag sodar suas chuig ceann na paráide agus é ag cur de faoi theanga lofa Arm Shasana agus ag dearbhú go raibh an ceart ar fad ag an easpag ar maidin.

Bhí na Comhairleoirí ina seasamh go hamaideach ar chúla an bhanna práis. Bhí cuma níos scifleogaí ná riamh ar a mbratóga oifigiúla faoi sholas an lae. Ina ndiaidh sin arís tháinig na buíonta oifigiúla eile, ón ollscoil, ó Chumann na Croise Deirge, Ridirí Mhalta, na

Gasóga Caitliceacha, na Gasóga Farraige agus díorma beag seanóglach a chuaigh ar thaobh an tsaorstáit sa gcogadh cathartha. Nuair a bhí an Comhairleoir ó Maicín ar tí ordú gluaiseachta a thabhairt don bhanna ceoil, tháinig toscaire ó na seanóglaigh, ag gearán faoin áit gan onóir a tugadh dóibh féin sa bparáid, taobh thiar de scata buachaillí beaga i mbrístí gearra. Ba é fírinne an scéil nár theastaigh ón gComhairleoir ó Maicín ná óna bhuíon iomarca aird a thabhairt ar an seachtar seanghamall a bhí ag dul ag máirseáil dá míle buíochas. Rith an Comhairleoir ó Maicín siar chucu agus pislíní feirge leis, ach níor thúisce ina lán rith é ná thosaigh an banna fideoga ag seinm *Roll Out the Barrel* chomh maith in Éirinn agus a bhí ar a gcumas agus mhúch an gleo an íde béil a bhí an comhairleoir ag tabhairt dá lucht tacaíochta. Leis sin ghluais an mórshiúl chun cinn agus b'éigean don chomhairleoir rith ar ais arís le fógairt ar an mbanna práis seinm go beo.

Mar ba ghnách i mBaile an Chaisil, bhí trí coda suntasacha sa slua a bhí ag feitheamh ar an gCearnóg Mhór le teacht na paráide, an dream a tháinig le spéis, an dream a tháinig le caidéis agus an dream a tháinig le súil go dtarlódh rud éigin aisteach nó uafásach. B'iad an chéad dream ba lú agus b'iad an tríú dream ba mhó. I lár na cearnóige, bhí seastán speisialta adhmaid in aice leis an leacht, a bhí clúdaithe le bráillín gheal. Bhí méadaitheoirí gutha feistithe ar an seastán agus ar cheithre chúinne na cearnóige agus in aice an tseastáin bhí veain ina raibh fear á dtástáil, 'Aon, Dó, Trí' agus gasúir an bhaile ag fógairt 'Fathach mór buí' ina dhiaidh le neart diabhlaíochta. Nuair a dúradh leo nach mbeadh aon urchair dá scaoileadh d'imigh siad leo isteach ar an bplásóg féir a bhí ar chúl an tseastáin gur thosaigh ar chluiche torannach peile.

Timpeall an tseastáin a bhí an slua beag a tháinig le spéis bailithe. Bhí lucht na caidéise scaipthe timpeall i lár na cearnóige agus bhí an tríú dream thart leis an gciumhais agus a ndroim le balla nó leis na ráillí dubha a bhí os comhair an bhainc a bhí díreach os comhair an tseastáin amach. Agus leath bealach idir an seastán agus lár na cearnóige bhí an Sáirsint ó Loingsigh ina shuí ar a rothar, a leathchois leagtha ar an talamh, a bhéal ar leathadh agus é ag breathnú uaidh go hamaideach.

An strainséir a d'fheicfeadh é, ní chuirfeadh sé an dara dearcadh amú air. Fear mór, ramhar, rua a bhí ann agus bhí sé ar an mbeagán fear gan aon oideachas foirmiúil a tháinig amach as ionad traenála na ngardaí ina sháirsint. De réir scéala, dúisíodh i lár na hoíche é agus hiarradh air dhul ina sháirsint go Port mhic Aoidh, i gContae Chiarraí, áit a bhí tar éis scaradh le triúr sáirsint in imeacht dhá bhliain. Chuaigh an Loingseach ann agus d'éirigh chomh maith leis gur thug an ceann-fort breith a bhéil dó tar éis cúig bliana. D'iarr sé go gcuirfí go buan go Baile an Chaisil é, ach dhiúltaigh sé ardú céime d'aon tsórt. Bhí fiche bliain caite ar an mbaile anois aige agus má b'fhíor nach gcorraíodh cuileog ar an mbaile gan fhios don easpag, b'fhírinní fós an rud a dúirt an táilliúirín i dtaobh an tSáirsint ó Loingsigh. 'Ní éiríonn bod faoi bhráillín sa taobh tíre nach mbíonn a thuairisc aige sula sleabhcann sé arís.'

'Bagún' an leasainm a bhí ar an Sáirsint ó Loingsigh, mar ba sna bailte taobh thoir de Bhaile an Chaisil is mó a bhíodh sé ar dualgas, ag scrúdú ceadúnas gadhar agus tarbh agus ag déanamh eadráin san iliomad aighneas talún agus trá a choinníodh an pobal in árach a chéile. Ba nós le feirmeoirí na dúiche sin muca a mharú go rialta agus an fheoil a leasú. Bhíodh bagún ar crochadh i ngach clúid sa dúiche agus is de bharr an nós a bhí aige déantús an tí a mholadh a baisteadh Bagún ar an sáirsint. Níl lá dá dtéadh sé amach faoin tír, ar dualgas nó ar thóir eolais, nach bhfilleadh an Sáirsint ó Loingsigh agus mála teann feola, glasraí agus mionchreach de shaghsanna eile ar chúl an rothair ar a mbíodh sé de shíor ina shuí. D'fheil seisean do mhuintir na tuaithe agus d'fheil muintir na tuaithe dó.

Ní raibh an sáirsint i bhfad i mBaile an Chaisil nuair a tháinig ordú ó fhear poiblí ar an mbaile chuig stáisiún na ngardaí ruathar a thabhairt faoin Óstlann Ríoga, mar nach é amháin go raibh slua ag ól go mídhleathach ann, ach bhí comhcheilg in aghaidh rialtas dleathach na tíre ar siúl ann freisin. Thuig an Sáirsint ó Loingsigh go rímhaith gur cruinniú de Pháirtí Fhianna Fáil a bhí ar bun, ach thug sé beirt gharda leis agus rinne a dhualgas. Thairis sin ní dhearna sé, mar bhí tuairim aige go dtiocfadh an lá gan mhoill go mbeadh Fianna Fáil ina rialtas iad féin agus orduithe den tsórt céanna dá dtabhairt acu. Bhuail sé chlog na hóstlainne, tar éis dó tormán an tslua istigh a chloisteáil amach trí bhosca na litreach. Tharla tost tobann agus roinnt moille, cé nach raibh an mhoill róshuntasach. Ansin d'oscail cailín dathúil fionnbhán an doras, ghabh leithscéal faoin moill agus thug cuireadh dóibh teacht isteach. Bhí an beár dúnta agus an áit folamh, cés moite de dhream beag taistealaithe tráchtála a bhí ina suí ag ól agus ag imirt cártaí i gcúinne na sólainne. Bhí siad seo ag fanacht san óstlann, ach thug sí cuireadh don triúr an teach a

chuardach dá mba mhian leo. Rinne siad sin ach lorg
duine ní bhfuaireadar. Níor chodail an Sáirsint ó Loing-
sigh néall an mhaidin sin, tar éis dó teacht dá dhualgas.
Chuir gliceas an chailín fionnbhán seo iontas agus aiteas
air. Rinne sé cosán dearg chuig an mbeár san Óstlann
Ríoga agus taobh istigh de bhliain bhí sé pósta léi. Bhí sé
ráite fúthu go mairfidís san áit a gcaillfí bairneach.

Bhí scata bailithe timpeall Nádúir cois ráillí an bhainc
agus iad ag baint as faoi alt Mhurtaí uí Ghríofa sa
bpáipéar an lá roimhe sin agus ag tairscint áiteanna
éagsúla cónaí dó. Bhí an táilliúirín ann, Micil an Chúinne
(a choinnigh an t-ósta dúnta i dtreo is nach gcaillfeadh sé
spraoi ar bith a tharlódh, cé go ndúirt sé le custaiméirí
áirithe gur le hómós don Phoblacht a bhí sé dá
dhéanamh), an cócaire, Mungail de Róiste, scata de
mhuintir na tíre agus an máta, a bhí ag breathnú níos
dríbeáilte arís ná mar a bhreathnaigh sé an lá roimhe sin.
Tamall síos uathu bhí an Gearmánach mór ina luí in
aghaidh na ráillí agus an t-éadach céanna air a bhí air i
dteach na gcrúibíní ach iad a bheith míle uair níos brocaí.
Níor bhearr sé le laethanta agus bhí a shúile lán réama.
Chuir an táilliúirín suntas ann.

'Nach mór an chreidiúint dúinn é, a bhuachaillí,' a deir
sé. 'Nuair a tháinig sé sin ar an mbaile seo bliain go leith
ó shin bhíodh sé ina shuí roimh ghairm an choiligh,
bearrtha agus ina rith síos suas taobhanna an dug agus
gan snáth de na seacht n-éadaí air. Breathnaigh anois é,
míle buíochas le Dia! Tá sé chomh brocach, bréan leis an
té is brocaí agus is bréine ar an mbaile . . . agus gan an té
sin míle bealaigh uainn. Nach mbeadh trua ag Giúdach
dó, an feic bocht?'

Bhraith Nádúr go mba cheart go mbeadh múisiam air

faoin gcaint seo ach leis sin d'fhógair duine éigin go raibh
an pharáid chucu agus dhíríodar go léir a gcluasa ar an
gceol aisteach a bhí ag teacht ina dtreo agus ag imeacht
uathu de réir mar chas an pharáid coirnéil ghéara agus
bóithre cama casta lár an bhaile. Ceol dá leithéid níor
chualathas go dtí sin i mBaile an Chaisil. Le corp cantail
dhiúltaigh banna fideoga agus drumaí an Lucht Oibre
port ar bith ach *Roll Out the Barrel* a sheinm agus tar éis
don Chomhairleoir ó Maicín trí shian chráite a ligean ar
Bhanna Práis Naomh Proinsias Xavier, thosaíodar ag
seinm ceol aitheantais an scannáin *The Message of Fatima*
agus bhíodar chomh geitithe sin nach raibh ar a gcumas
ceachtar den dá phort eile a bhí ar eolas acu a sheinm.
Nuair a thug an lucht féachana faoi deara céard a bhí ar
siúl, bhaineadar an-spórt as agus thuigeadar nár thuras
in aisce a bheadh ina dturas ar lorg mísceanna agus
mioscaise.

Nuair a shroich an pharáid an seastán bhí slua beag
eaglaisigh agus daoine mór le rá, nár fheil máirseáil dá
ndínit, ag feitheamh. Ina measc bhí an tOllamh le
Gaeilge, a bhí le forógra na Cásca a léamh; a namhaid
aiceanta, an tOllamh le Árseolaíocht a bhí leathbhogtha
cheana féin; Uachtarán an Choláiste, a bhí ag déanamh
tréaniarracht dhul ag breathnú ar na gasúir ag imirt peile
agus rúnaí an easpaig dá bhac le greim docht uillinne. Ina
sheasamh tamall uathu agus cuma chomh héidreorach,
míchompordach air agus a bhí riamh, bhí an tUrramach
Maxwell. Tugadh faoi deara go raibh flapa a threabhsair
oscailte agus tharraing sin agus iompar an Mhonsignór
de Bláca tuilleadh dea-chainte.

'Nach diabhlaí an seanphocaide é,' a deir Micil an
Chúinne. 'Tabhair air é san aois a bhfuil sé ann, réitithe

amach lena shíneadh díreach chuig an gcéad phíosa craicinn a casfar ina chosán.'

'Seo leat,' a deir an táilliúirín le Nádúr. 'Ní ina sheasamh ansin ag tochas a mhagairlí a ba cheart d'fhear ar bith a throid i dhá chéad luíochán a bheith, ach thuas ansiúd i measc na laoch a fuair bás ar son a dtíre. Seo leat! Buail ort do chuid midealacha agus do chuid decorations agus tóg áit na honóra. Cá bhfios nach bhfaigheadh an Comhairleoir pinsean duit?'

'Tabhair aire duit féin, a chrosacháin a rinneadh de thimpiste, nó cuirfidh mise do mhaidí croise suas glan . . .'

'Language, a bhuachaillí! Blood an'ounce, an lá atá ann agus eile,' arsa an Sáirsint ó Loingsigh anall leo.

'Ar chuala sibh riamh i dtaobh an Tan a thit sa gclais thuas ansin agus é ar a bhealach ar ais chuig an mbeairic?' arsa an cócaire. 'Bhuel, thit sé i mullach a ghunna póca agus chaith sé é féin sa ngoile. Nuair a fritheadh ar maidin é ní raibh an deoir féin ann. Striog, a mhac! Ach an bhfuil fhios agaibh go bhfuil seisear ar an mbaile seo ag tarraingt pinsin IRA dá bharr? Mhionnaíodar uilig, agus fuaireadar litreacha ón seanMhaicíneach lena chruthú, go ndearna siad luíochán air.'

Rinne an slua gáire ach istigh ina lár ligeadh uaill feirge. An Púca a bhí ann agus is ar éigean a bhí sé in ann a chuid feirge a smachtú.

'Breathnaigh thuas anois é,' a deir sé, 'Mac Mhaicín a cuireadh amach trí oíche ar shluasaid ag an doras dúnta mar gur ceapadh go mba iarlais a bhí ann. Mac Mhaicín a d'íosfadh na cruimheanna as corp.'

'Dia dhá réiteach, a lads,' a deir an sáirsint. 'Bíodh ómós agaibh don friggin' proclamation mura bhfuil sé agaibh do thada eile. Tá siad ag baint an bhráillín den leacht!'

Leis sin tharraing an Comhairleoir ó Maicín téad agus d'fhógair os ard a chinn isteach sna méadaitheoirí,

'Fógraím an leacht seo ar oscailt. Go maire ár bPoblacht slán!' Nochtadh leacóg chearnach marmair ar a raibh scríbhinn i litreacha óir. Rinne an slua ar an seastán agus ina thimpeall bualadh bos nár shásaigh an Comhairleoir ó Maicín ar chor ar bith. B'fhacthas dó go raibh an lá ag dul ina aghaidh agus d'fhógair sé go giorraisc ar an Ollamh le Gaeilge an forógra a léamh. Buta beag fir, a raibh a bholg ar aon dul leis an tuairim a bhí aige de féin, ab ea an tOllamh le Gaeilge. D'éirigh sé ina sheasamh os comhair an mhéadaitheora amach agus thosaigh an chaint ag brúchtáil as ar nós pórtar as bairille a mbainfí an phlocóid go tobann as. An té nár chuala nó nár léigh an forógra cheana ní bhfaigheadh sé dhá fhocal as an ráig diabhlaí. Ní raibh sé mórán le leath bealach tríd nuair a cuireadh cor eile sna himeachtaí. Ó nochtadh an leacht bhí an tOllamh le Árseolaíocht dá ghrinneadh go géar mar go raibh fhios aige go mba é an tOllamh le Gaeilge a cheap an scríbhinn. Ansin i lár an fhorógra lig sé liú fiáin agus d'fhógair in ard a chinn,

'Tá dearmad ann! Tá dearmad ann! Mo choinsias, dar m'anam, ach tá dearmad ann!'

Stop an tOllamh le Gaeilge dá rith te reatha trí Fhorógra na Cásca agus a bhéal ar leathadh gur thosaigh ag stánadh ar an leacht. Rinne an slua a bhí thart le imeall na cearnóige ar an áit agus bhí sé ina rí-rá. Ba bheag nár phléasc an Comhairleoir ó Maicín le rabharta feirge a d'at na féitheacha ina bhaithis.

''Spáin dom é,' a deir an tOllamh le Gaeilge. ''Spáin dom é.' Le méid a chuid iontais rinne sé dearmad glan nár labhair sé focal leis an bhfear eile le cúig bliana déag. Thuig an tOllamh le Árseolaíocht gur aige féin a bhí lár an stáitse anois, d'éirigh sé go mall agus shiúil trasna go dtí an leacht. Chuir sé a mhéar chomh staidéartha agus a d'fhéad ar an líne dheiridh den scríbhinn. *Siad a d'adhain an tine beo.* D'fhéach sé ar an Ollamh le Gaeilge go dúshlánach agus dúirt,

'Bheo! Bheo! Bheo!'

Tháinig dath corcra ar an Ollamh le Gaeilge le faoiseamh. Bhuail sé an leabhar as a raibh sé ag léamh faoin ardán agus scread in ard a chinn,

'Beo! Beo! Beo! A leibide gan léann! A dhruncaeir! A leadaí na luaithe. Ahhhh . . .'

'Buail le spadhar é. Tabhair na bróga dó,' a bhéic an Púca aníos ón slua. 'Amach libh ar an bhfair play!'

Bhí an t-ardán ina chíor thuathail faoi seo agus daoine ag rá 'Bheo' agus 'Beo' leo féin agus lena chéile. Nuair a bhí suaimhneas éigin curtha ag an gComhairleoir ó Maicín sna hollúna, labhair an Monsignór de Bláca ina ghuth ard creathánach agus ba bheag nár thit a raibh ann as a seasamh nuair a fuaireadar nach ag rámhaillí a bhí sé ach ag spraoi.

'Tá sibh go léir mícheart,' arsa an Monsignór de Bláca. '"Siad a d'adhain an tine, a Joe," a ba cheart a bheith ann.' Ansin thosaigh sé ag siodgháire chomh hainmheasartha sin is gur beag nár thacht sé. Nuair a chonaic an ministir an Monsignór ag gáire mheas sé go raibh sé sábháilte aige féin an rud céanna a dhéanamh, cé nach raibh fhios aige ó thalamh an domhain céard a bhí ar bun. Lig sé sian as ar nós searrach a bheadh ag seitreach ar a mháthair agus thosaigh an slua, a bhí sna trithí faoin am seo, ag liúraigh níos airde fós.

'Dún tusa do straois, a mhac Liútair,' a deir an

Comhairleoir ó Maicín go fíochmhar agus d'fhógair sé ar bhuíon cheoil an Lucht Oibre, 'Amhrán na bhFiann go beo le bhur dtoil.' Bhreathnaigh ceannaire na buíne go mailíseach mioscaiseach idir an dá shúil air agus dúirt,

'Abhair le do chuid beauties ón Third Order é chasadh. Tá tart orainne.' Agus thug sé ordú don bhuíon iompú thart agus ar aghaidh leo ag máirseáil ina dtost go dtí an Pota Gliomach.

'Cas tú féin é,' a d'fhógair an slua. 'Croch suas é, mar a dhéanfadh fear. Cuimhnigh ar t'athair agus ar do mháthair!'

Bhí Banna Práis Naomh Proinsias Xavier ina seasamh go maolchluasach ag breathnú ar a chéile nuair a tháinig beagán céille do rúnaí an easpaig. Bhéic sé ar an mbuachaill a bhí i mbun veain na méadaitheoirí ceirnín a chur suas go beo. Bhí an buachaill ag baint oiread sin spóirt as a raibh ar siúl ina thimpeall go mb'éigean sonc a thabhairt dó sular thuig sé an t-iarratas. Chuaigh sé de léim isteach sa veain agus thosaigh ag tochailt i measc na gceirníní.

'Silence, a phaca asal,' arsa an Comhairleoir ó Maicín. 'Tabhair ómós d'Amhrán na bhFiann.'

Chiúnaigh an slua agus sheasadar go léir ar aire ag fanacht leis an duan náisiúnta. Ar deireadh bhí smacht ag an gComhairleoir ar na himeachtaí, ach níorbh é a lá é, gan dabht. Le méid a dhriopáis bhuail an buachaill suas pláta de Bhuíon Cheoil Chéilí an Chaisil ag seinm *An Rógaire Dubh*. Sciob sé anuas é tar éis an chéad chúpla dreas ach bhí sé fánach ansin aon cheo a dhéanamh ach dhul abhaile. Thosaigh daoine ag breith ar a chéile ar fud na cearnóige agus ag damhsa. Rug an Púca ar an gcócaire agus d'fhógair, 'Beirt eile anseo don half-set! Soir a ghabhfaidh sé!'

Scaip an slua go spleodrach agus iad ag scairtíl gháire. Ní raibh a leithéid de lá acu le fada agus b'fhada a bheadh a thuairisc dá ríomh in óstaí an bhaile. Rinne slua mór ar an gCúinne, mar a raibh Micil ag cur chun oibre cheana féin. Ach níor chorraigh an Sáirsint ó Loingsigh ón áit ina raibh sé. D'fhan sé agus a leiceann iompaithe i dtreo na spéire agus é ag grinneadh an leachta lena leathshúil. Ansin dúirt sé leis féin. 'Tá sé fíoraisteach. Ní thuigim é sin ar chor ar bith!' Chuir sé a leathchois dheas ar an troitheán agus chuaigh abhaile go mall chuig a dhinnéar.

### 4

Chaith Máirtín an tráthnóna ag dul thart ag cur tuairisc Bhilín i ngach uile áit dar sheas sé riamh, ach ní raibh toradh ar an gcuardach. Sheas sé Tí Mhaggie, áit a raibh an Comhairleoir ó Maicín agus muintir Fhine Gael ag ól fuisce as éadan agus ag leadhbairt an Ollaimh le Árseolaíocht, an Monsignór de Bláca, buíon cheoil an Lucht Oibre agus mórán chuile dhuine eile ar an mbaile faoi mhísc na maidine. Labhair Máirtín i gcogar le Maggie ar an gcúlráid ach dúirt sí nach raibh tuairisc ar Bhilín ná ar a dhearthair agus go raibh a chuid bagáiste fós gan bailiú. Thug an Comhairleoir ó Maicín Máirtín faoi deara agus thug sé aghaidh air.

'Bí amuigh as seo, a Chommunist bhréan,' a deir sé. 'Ní comhluadar do dhaoine gnaíúla tú, ag dul thart ag bualadh sagairt. Seargfaidh lámh a bhuailte suas go gualainn!'

D'iarr Maggie air ligean do Mháirtín, nach raibh sé ag cur isteach ná amach air, ach dúirt Máirtín léi gan bacadh. Níor chuir caint an Mhaicínigh isteach air chor ar bith. Bhí sé suaimhneach agus beag beann ar rudaí a chuirfeadh isteach go mór air cúpla lá roimhe sin féin. Rinne sé gáire agus d'imigh leis amach.

Dúradh leis in áit eile gur facthas Bilín an oíche roimhe sin agus bean ina theannta, tar éis am dúnta na n-óstaí agus é ag déanamh ar an gCarcair Bheag, thuas os cionn na cearnóige. Ba ansin a bhí an teach aíochta ina raibh Bilín le Aoine an Chéasta a chaitheamh. Níor theastaigh ó Mháirtín dhul i ngaobhar aon cheann de mhná Bhilín, mar b'iondúil anachain a bheith ag baint leo, ar bhealach amháin nó ar bhealach eile. Mar sin féin, theastaigh uaidh Bilín a fheiceáil go géar, os rud é go raibh a intinn déanta suas go huile agus go hiomlán aige a dhul go Sasana lá arna mhárach. Ní hamháin gur theastaigh uaidh slán a fhágáil aige as caradas, ach bhí fonn air pléisiúr a bhaint as an éad a bheadh ag Bilín leis agus an gcumha cinnte a bheadh air ina dhiaidh. Ach shocraigh sé gan aon fhocal a inseacht dó faoi chúrsaí Stella. Bhí iomarca cion aige uirthi le go n-inseodh sé tada do dhuine ar bith ach dá dheirfiúr b'fhéidir, murar athraigh sí agus níor mheas sé go n-athródh.

D'fhan sé le teacht na hoíche sular thug sé aghaidh ar Theach Aíochta Mhuire gan Smál, fothrach millteach scaipthe de theach ina bhfanadh taistealaithe tráchtála den chéim ab ísle, tiománaithe leoraí agus cléirigh in oifig an phoist. Ní raibh sé istigh riamh ann, ach bhí cáil mhór óil agus oilbhéasa ar an úinéir, tarbh mór d'fhear de mhuintir Mhic Dhonncha as an mBaile Gaelach. Nuair a chuaigh Máirtín isteach fuair sé beainín feosaí dhubh san meán tríochadaí ina suí i bpóirse d'oifig ag léamh leabhráin a raibh clúdach gáifeach air.

'Tá mé ag lorg Maisie, más é do thoil é,' a dúirt sé go cairdiúil. Baineadh tuisle ceart as agus thaispeáin sé freisin é nuair a dúirt sí,

'Mise Maisie. Céard tá uait?' i slí nach raibh cairdiúil ar chor ar bith.

'Bhuel, Bilín ó Gráda...a thuairisc an dtuigeann tú...atá uaim.'

'Bilín ó Gráda? Cén Bilín? Níl aithne agamsa ar aon Ghrádach...'

Thuig Máirtín go raibh sé i súil ribe agus rinne sé iarracht sleamhnú as ach tháinig sí ina dhiaidh amach as an bpóirse gur rug ar chába a chóta go feargach. Nuair a tháinig sí ina aice ba mhó ná riamh a iontas go rachfadh go fiú Bilín chun leapa léi. Bhí sí níos sine ná mar mheas sé ar dtús agus í clúdaithe le púdar agus le péint. Dia dhá réiteach, ach b'fhíor don fhear sa bPota Gliomach faoin bpláta scoilte!

'Tá sé agam anois,' a dúirt sí. 'Liam de hÍde mo thóin. Má thagann tú suas leis sula dtagaimse suas leis abair an méid seo.' Bhí an-olc uirthi agus bhí greim an fhir bháite aici ar chába a chóta agus a hanáil, a bhí trom le boladh tobac stálaithe, dá phlúchadh. Ach leis sin scaoileadh búir fhiáin ó bharr an staighre agus chonaic Máirtín fear an tí ina sheasamh ina chosa boinn agus gan air ach treabhsar agus léinteán. Bhí a dhóthain mhór ólta aige.

'Ag dul suas ar na custaiméirí i mbéal an dorais atá tú anois, a raicleach. Tá an oiread dá bhualadh ort, go sábhála Mac Dílis Dé sinn, go gcaithfear tóin nua a chur ionat lá de na laethanta seo. Fan go bhfeicfidh mé cén breac a casadh i do thról an iarraidh seo.'

Srac Máirtín é féin as crúba na mná agus bhain as chomh maith is a bhí sé in ann agus é ag gáire mar bheadh

Dia dhá rá leis. Níor stop sé go dtáinig sé chomh fada le Leacht na Saoirse ar an gcearnóg mar a raibh an Sáirsint ó Loingsigh ina shuí ar a rothar, a leathchois ar an gcosán agus é ag grinneadh an leachta.

'Tá mé féin ag déanamh amach gur "Bheo" a ba cheart a bheith ann gan dabht,' a dúirt sé le Máirtín. 'Níl mé in ann meabhair ar bith a bhaint as mar atá sé. Ha?'

D'fhiafraigh Máirtín de an raibh Bilín feicthe aige ina shiúlta le dhá lá. Dúirt sé nach raibh sé feicthe aige le lá ach go raibh fhios aige cé aige a mbeadh an t-eolas is deireanaí agus theacht in éindí leis féin anois díreach. Thug sé féin agus Máirtín aghaidh ar halla damhsa a bhí i ngar do chúinne íochtair na cearnóige ina raibh Céilí na Saoirse dá rith. Halla damhsa thar a bheith garbh a bhí ann, a thaitíodh muintir na tíre thart ar Bhaile an Chaisil, saighdiúirí agus cailíní aimsire ón tír a bhí lonnaithe sa mbaile mór. Dúirt an sáirsint go bhfaca sé féin Bilín dhá oíche roimhe sin in éindí le cailín aimsire as an ospidéal ar a dtugtaí ar an gcúlráid an Portán Gorm agus bhí sise istigh ag an gcéilí. Thosaigh an sáirsint ag iarraidh bheith ag piocadh as Máirtín i dtaobh an raic lena dheartháir agus an raic le Bean mhic an Adhastair, ach sular éirigh leis aon eolas a aimsiú tháinig garda óg ina lánrith aníos chucu ag fógairt,

'Deifir go beo, a sháirsint. Tá troid uafásach ar siúl sa halla. Tá ceathrar saighdiúirí ag marú dream lads óga as an tír!'

Orlach breise níor chorraigh an sáirsint ach é ag imeacht leis ar an rothar agus leathchois ar an talamh aige dá bhrú féin chun cinn.

'Ha!' a deir sé. 'Cén cineál bróga a bhí orthu ag dul isteach, ar thug tú faoi deara, maith an fear?'

'Bróga?' a deir an garda óg, 'Bróga? Bróga móra airm, ar ndó!'

'Ar ndó!' a deir an sáirsint go tarcaisneach. 'Seo é an cineál créatúir atá siad a cur anuas as an depot chugam anois. Cén uair a chonaic tusa fir ag dul isteach ag damhsa agus bróga tairní orthu. Ó, a dhiabhail álainn as Ceanada, nach dtuigfeadh leanbh sa gcliabhán gur ag dul ag ciceáil a bhí siad sin!'

'An ndéanfaimid ruathar smachtín, a sháirsint?' a deir an garda óg.

'Coinnigh do smachtín do na ladies, a mhaicín bán, ach rith síos agus cuir an band ag playáil rud éigin . . . old time waltz nó ríl set nó rud ar bith agus tabhair cuntas amach chugam faoin gcaoi a bhfuil an troid ag dul.'

Bhain an garda as agus leis sin tháinig buidéal folamh amach trí fhuinneog an halla damhsa, a bhí suite os cionn garáiste agus gan de bhealach isteach ná amach as ach trí staighre géar a bhí ag dul ó dhoras na sráide go béal an halla féin. Bhí beirt fhear ina seasamh ag ceann an staighre agus iad ag tabhairt na mbróg do dhaoine a bhí ag iarraidh éalú isteach gan íoc i lár na troda. Ina theannta sin bhí siad ag caitheamh daoine a bhí dá rúscadh amach as an halla síos in dhiaidh a mullaigh agus bhí triúr sínte gan aithne gan urlabhra ar an gcosán. Aird dá laghad níor thug an sáirsint ar an rí-rá ar fad ach dúirt le Máirtín,

'Dhá scilling atá ar an doras ach gheobhadh tú pass-out ar scilling . . . go háirithe tar éis an scliúchais seo. Go maith, tá an band curtha ag playáil. Anois b'fhéidir!'

Leag sé a rothar le cois an chosáin agus shiúil sé go mall go dtí an doras gur thosaigh ag rútáil lena bhróga móra i measc na gcorp. Tháinig an garda óg anuas ina rith chuige agus d'iarr treoracha. Sula raibh am ag an sáirsint aon cheo a rá leis, tháinig slua fiáin ina rith timpeall an choirnéil agus an Cipín a' Búrca chun cinn orthu. Sheas an sáirsint sa doras agus líon a mhéid go hiomlán é. Labhair an Cipín leis.

'Fág sin amach anois, a sháirsint. Tá saighdiúirí ag tabhairt na mbróg do bhuachaillí as an mbaile s' againne: Lig suas an staighre muid.'

D'ardaigh an sáirsint a lámh san aer agus bhagair ar an gCipín agus ar an slua. 'Níl aoinne eile ag dul suas ansin go mbeidh an troid thart. Sin a bhfuil ann de Ghaeilge ná de Bhéarla, a mhac bán. Níl ach bealach amháin amach as an áit sin agus an rud a chuaigh suas an staighre sin caithfidh sé ó nádúr a theacht anuas arís.'

Sheas an Cipín os a chomhair, chaith a chaipín ar thaobh de, a sheaicéad ar thaobh eile, a gheansaí taobh thiar de agus lig uaill a bhí le cloisteáil istigh sa halla.

'Dá mbeifeá a cheithre oiread chomh mór agus chomh tiubh agus atá tú agus ní choinneoidh tú mise dealaithe ó mo chine. Tá ómós againn duit nach bhfuil againn don dara duine sa bhfórsa, ach má caitear na bróga a thabhairt duit tabharfar duit iad agus go binn. Fógraím anois duit an doras sin a fhágáil!'

Bhí an garda óg ar tí a smachtín a tharraingt nuair a chuaigh cor gan choinne i gcúrsaí na hoíche. Séideadh fuinneoga agus slinnte ar fud na cearnóige agus os a gcionn sa halla damhsa agus thosaigh sianaíl ar fud na cearnóige ar gach taobh. Bhí an Sionnachánach tar éis Leacht na Saoirse a shiabadh san aer.

Chuaigh an sáirsint go haclaí ar a rothar agus d'fhógair ar an ngarda óg é leanacht. Bhí an sáirsint ag eascaine go tréan agus dá mhilleánú féin faoi gur fhág sé an leacht le dhul anuas ag an halla damhsa. Lean slua mór é agus tháinig slua mór eile sna feire glinte anuas staighre an halla damhsa. Ba chlos torann daoine ina rith ag déanamh ar an gcearnóg as gach ceard. Bhí na soilse sráide go léir ag ceann uachtair na cearnóige siabtha ag an bpléasc ach ba léir nach raibh fágtha den leacht ach bruscar. Agus sin a raibh fágtha freisin den Sionnachánach. Rug an phléasc air agus ní raibh fanta as a chéile dá cholainn ach a cheann a bhí amuigh i lár na cearnóige agus a ghéag chlé a fritheadh ar dhíon na hÓstlainne Ríoga an lá dar gcionn. D'ordaigh an sáirsint don slua fanacht siar, rud a rinneadar nuair a chonaic siad an garda óg ag cur amach go fras ar an tsráid. Bhí tost uafásach ann agus nuair a labhair duine ar bith ba i gcogar é.

'An bastard bocht,' a deir an sáirsint os ard. 'Caithfear a phutóga agus a chuid feola a scríobadh den talamh le spúnóga. Cén fáth an diabhail nach bhfuair sé ord sé phunt déag?'

Tháinig múisiam ar Mháirtín agus bhí áthas air go raibh a intinn déanta suas aige imeacht. Thug sé a chúl le míthaitneamh don slua caidéiseach ar an gcearnóg agus shiúil go scioptha chuig Óstlann na gCeithre Máistrí. Bhí an beár lán le daoine, a bhí ag ól fuisce mar a bheadh Dia dhá rá leo agus ag inseacht leaganacha míchruinne den méid a tharla. Dúirt fear amháin gurb é an Cipín a' Búrca a maraíodh. In am ar bith eile bheadh Máirtín i lár an tslua agus a scéal féin dá chur i láthair le fórsa aige, ach anois níorbh fhiú leis na ráflaí ab fhiáine a cheartú. Chonaic sé Learaí uaidh istigh sa mbeár cúil, ach cailín strainséartha a bhí ag freastal agus ní raibh tuairisc ar Stella. Nuair a shroich sé Learaí dúirt sé,

'Tá an scéal socraithe. Tá mé ag iarraidh dhul anonn ag Máirín go bhfeicfidh mé í agus socróidh mé m'intinn ansin faoi rudaí eile. Bhí raic an diabhail agam leis an deartháir ach tá mé chomh buíoch céanna anois.'

Rinne Learaí gáire croíúil agus bhuail bos láidir ar shlinneán Mháirtín. 'Beidh deoch an dorais againn agus buailfidh muid bóthar ansin. Mé féin atá ag tiomáint. Chomh luath is a chuala mo phíolóta faoin gcréatúr bocht úd thuas tháinig ragús sochraidí agus gardaí onóra air agus scaoil mé bóthar leis. Is bocht an scéal é. D'aithin mé ar a shúile an oíche cheana go raibh rud mór éigin ar a intinn. Go ndéana Dia grásta air.' D'ardaigh sé a ghloine agus d'ól blogam as.

'Dhéanfadh sé chomh maith céanna le ord sé phunt déag,' a deir Máirtín agus ní túisce as a bhéal é ná tháinig náire air—níor leis na focla ná an smaoineamh.

Chuir Learaí strainc air féin agus chroith a ghuaillí go mífhoighdeach.

'Tá an chaint sin cineál éasca freisin,' a dúirt sé. 'Sé an trioblóid i dtaobh na tíre seo go bhfuilimid go síoraí tuairim céad bliain ar a gcúla féin, ní áirím tíortha eile. Sílim amanna gur chailleamar an iomarca agus nach dtabharfar an bhris isteach go deo.'

D'fhan sé ina thost ag breathnú isteach ina ghloine agus ansin chaith sé siar fuílleach na dí agus thosaigh ar a abhóga portáin i dtreo an dorais agus é a labhairt le Máirtín thar a ghualainn.

'Tá an bille íoctha agus na málaí sa gcarr. Casadh do chailín beag orm ar mo bhealach isteach agus thug sí leid dom faoi do chuid pleananna. Tá rud beag anseo agam a thug sí dom.'

Nuair a bhíodar ar an tsráid shín sé beartán beag

bídeach ag Máirtín agus dúirt go magúil agus go dáiríre, 'An ndearna sí fear díot, a Mháirtín?' Dhearg Máirtín agus tháinig olc ar dtús air faoin gceist lom. Ansin d'imigh an t-olc go tobann agus dúirt sé,

'Rinne, a Learaí, rinne!'

Leag Learaí a dhá láimh mhóra ar a ghuaillí agus dhearc isteach ina dhá shúil thar a bheith dáiríre.

'Gabh mo leithscéal, ach ní le fiosracht a bhí mé ná le gránnacht ach oiread, cé go bhfuil brainse ionam go deimhin. Ach tá tú ar an mbóthar ceart anois ach aire a thabhairt duit féin agus tú féin a chosaint ar an saol agus tosaí ag smaoineamh go neamhspleách duit féin. Ná lig do dhuine ná do dhaoine crobhnasc a chur ort de do bhuíochas . . . agus ná lig don bhideach de thír seo é dhéanamh leat ach oiread.'

Thug sé aghaidh ar an gcarr ansin ach mheas Máirtín gur bhraith sé taise éigin ina shúile nach bhfaca sé go dtí sin. D'oscail sé an beart **beag** agus ní raibh ann ach gluaisteán bídeach páisteach agus nóta beag.

I gcuimhne ar an engine diabhalta úd. Má bhíonn am agat scríobh chugam agus cá bhfios nach gcasfaí ar a chéile muid lá éigin? Tabhair aire duit féin. Tá cion dáiríre agam ort.

Rinne sé gáire leis féin agus dúirt leis féin gur mhór an trua nár casadh ar a chéile roimhe sin iad. Ach tamall gearr ina dhiaidh sin bhí sé ina shuí in aice Learaí ag déanamh a smaointe agus Baile an Chaisil ag sciorradh níos faide agus níos faide ar a chúl.